信長餅

料理人季蔵捕物控

和田はつ子

時代小説文庫

角川春樹事務所

目次

第一話　米麴　6
第二話　柚子寿司　62
第三話　バテレン粥　116
第四話　信長餅　177
第五話　鯛納豆　232
第六話　米詰め鯉　289

主な登場人物

季蔵《としぞう》　日本橋木原店「塩梅屋《あんばいや》」の主。元武士。裏の稼業は隠れ者（密偵）。

三吉《さんきち》　「塩梅屋」の下働き。菓子作りが大好き。

瑠璃《るり》　季蔵の元許嫁。心に病を抱えている。

おき玖《く》　「塩梅屋」初代の一人娘。南町奉行所同心の伊沢蔵之《いざわくらの》進《しん》と夫婦に。一児の母。

烏谷《からすだに》椋十郎《りょうじゅうろう》　北町奉行。季蔵の裏稼業の上司。

お涼《りょう》　烏谷椋十郎の内妻。元辰巳《たつみ》芸者。瑠璃の世話をしている。

豪助《ごうすけ》　船頭。漬物茶屋みよしの女将おしんと夫婦。

田端宗太郎《たばたそうたろう》　北町奉行所定町廻り同心。岡っ引きの松次と行動を共にしている。

松次《まつじ》　岡っ引き。北町奉行所定町廻り同心田端宗太郎の配下。

嘉月屋嘉助《かげつやかすけ》　季蔵や三吉が懇意にしている菓子屋の主。

長崎屋五平《ながさきやごへい》　市中屈指の廻船問屋の主。元二つ目の噺家松風亭玉輔。

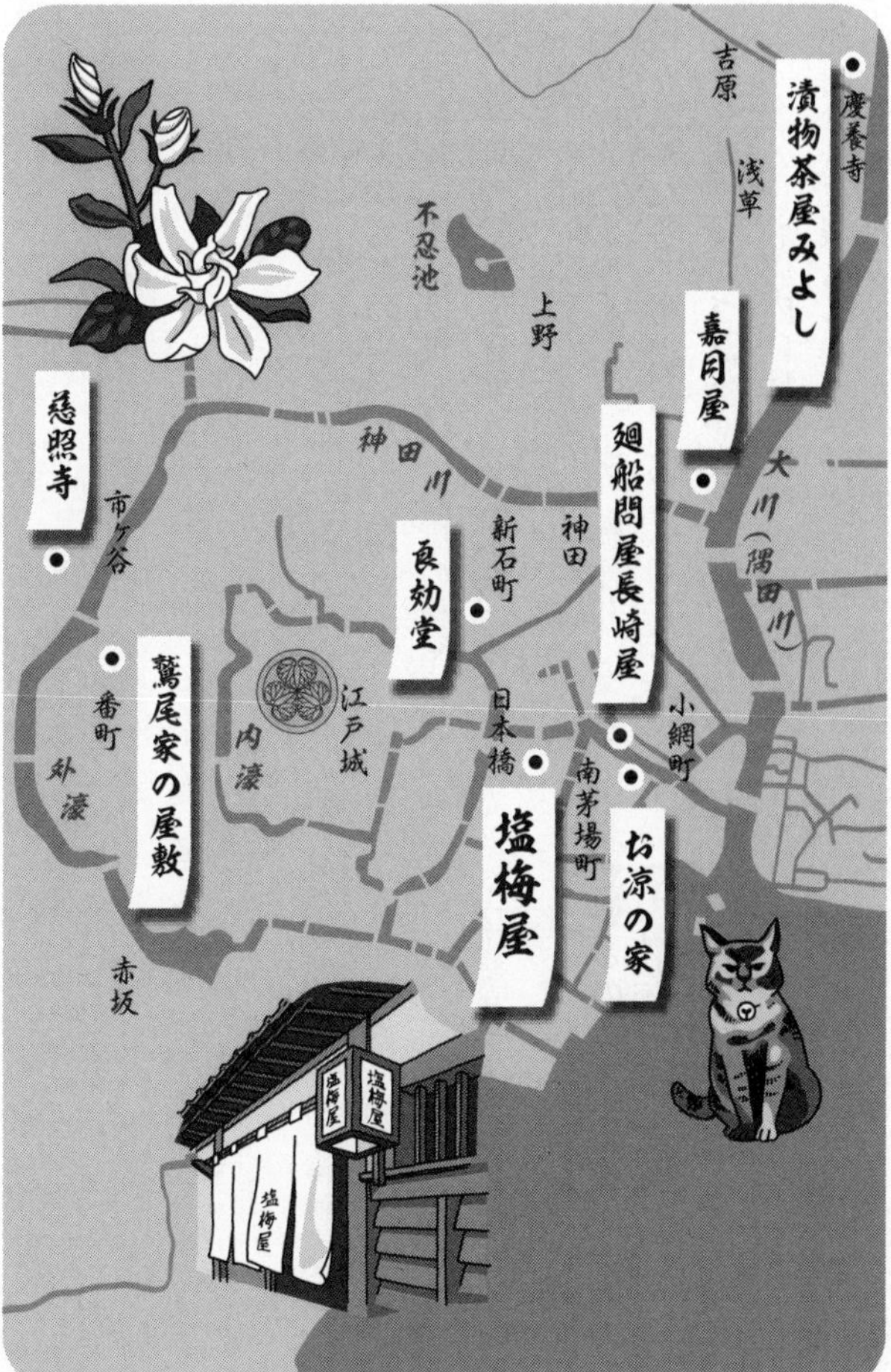

地図製作／コンポーズ　山﨑かおる

第一話　米麹

一

江戸の冬は寒さの中に味わい深く、また不思議な美味が眠っている。

このところ季蔵《としぞう》は足しげく湯島《ゆしま》の麹屋美麹《こうじやびこうじ》に通っている。美麹には白米から作る米麹だけではなく大麦を元にした麦麹、大豆からできる豆麹等さまざまな麹と味噌《みそ》が揃《そろ》っている。主《あるじ》とはすでに顔馴染《かおなじ》みであった。

味噌作りには麹が欠かせず、麹作りは冬と決まっているので味噌を仕込むのに最も適切な時季は冬であった。

主に米麹が多用されるが麦麹による麦味噌、豆麹による豆味噌も意外に愛好されている。この日も店内には麦味噌をもとめに訪れた足軽の女房が、

「味噌は麦に限りまっしょっ」

と言い切ったのは明らかに薩摩《さつま》弁《べん》であった。帰っていく背中を見送ったところで、

美麴の主全之助《ぜんのすけ》は、

「味噌は麦味噌しか好まない九州や四国、備前《びぜん》、備中《びっちゅう》、出雲《いずも》なんかの西のお客様方には、はらはらさせられることが多いんですよ。特にご自分のところで味噌を仕込まれるお大名家の御家来衆がみえて、〝江戸の味噌はおえん（駄目）〟とか、〝麦味噌はえーにょば（いい女）〟なんていうのは他愛もないんですが、〝江戸味噌ときたらいびせい（気持ち悪い）じゃ〟と大声でまくしたてられるとね。お客様のほとんどが江戸の人たちなんでほんと、冬でも冷や汗が流れることもあるんです」

　安堵《あんど》のため息をついた。

「当然、豆麴や豆味噌を買われるお客様にも気遣いされるのでしょう？」

　季蔵は知りたくなった。

　八丁味噌とも言われる豆味噌は徳川家康《とくがわいえやす》生誕の地であり、三河《みかわ》における徳川氏の最重要拠点であった岡崎《おかざき》城近くの八町《はっちょう》村で江戸開府以前から作られてきている。

「何しろあの赤だしですからなあ」

　全之助はさらにふーっと大きく息をついた。

　赤だしもまた開府以前から食されてきた岡崎を含む三河の味噌汁であった。当初は、味噌に鰹節《かつおぶし》を混ぜて擂《す》り合わせたものを煮立てた後、漉《こ》した出汁《だし》を使ってナメコ汁などに仕立てたものだった。八町村は、矢作川《やはぎがわ》の舟運と東海道《とうかいどう》が交わる水陸交通の要所であり、開府後はこの水運の功や東海道を行き来する人々によって八丁味噌の名が広められ、最近では生産量の四分の一以上が江戸に出荷されるようになり、八丁味噌を赤だし味噌と呼んでいる向きもある。そして、この味噌が使われる汁は徳川将軍家ゆかりの汁とされていたので、高級料亭等の膳《ぜん》に上ると誰《だれ》もがたいそう貴重なものとして有難く食していた。

「一度この豆麹で塩梅屋《あんばいや》独自の赤だし味噌を仕込んでみたいものです」

季蔵がふと洩《も》らすと、

「先ほど豆麹を買いにお客様がみえるのかとお尋ねになりましたが、御三家の紀伊《きい》家、尾張《おわり》家、一橋家、田安家の御三卿、数々の親藩、譜代の江戸屋敷の賄《まかな》い方の方々がみえます。北とか西とかの別はありません。もちろん麦味噌が最上と豪語なさっている外様《とざま》の方々は見向きもされません。赤だしの味噌汁は美味と評判ですので瘦《や》せ我慢かもしれませんが。ごくたまにわきまえのない成り上がりの商人《あきんど》が熱心に欲しがることもありますが、〝わざわざ手作りせずとも八丁の赤だし味噌をもとめればよろしいでしょう〟と申し上げてお売りしていません。ここまで申し上げればおわかりですね」

と全之助はやや厳《いか》めしい物言いをした。

──豆味噌の元になる豆麴は、徳川家ゆかりで武家の上位にある御三家、御三卿親藩、譜代だけのものというわけだな。身分を超えて勝手にもとめ、赤だし味噌を拵《こしら》えてはならぬという暗黙の掟《おきて》のようなものがあるのだろう。それを破りでもしたら、横紙破りのどんな咎《とが》が降ってくるかわからない？──

武士の身分をとっくに捨てている季蔵が少なからずうんざりして、

「たしかに赤だし味噌の豆麴より命の方が大事です」

苦笑すると、

「そうですとも。てまえもこの豆麴売りについては相手がお大名家の御家臣のときだけ応じるのが美麴代々の習慣ですのでどれだけ気疲れすることか──。まかりまちがえばこれものですから」

全之助は無礼打ちされる仕草をしてから、

「今は商売繁盛の時季ではありますが、疲れます」

三度目の吐息をついて、

「季蔵さんのは、いつものでよろしかったですね」

出来立ての米麴を季蔵が持参した重箱に詰めた。

「いつだったか、米麴の作り方を見せていただきました。あれはなかなか興味深かったです。実は試してはみたのですが、蒸し加減や保温の勘所が摑《つか》めなくて、生の米麴を絶やさずに拵え続けるのは無理だと思い知りました」

季蔵が頭を搔《か》くと、

「米麴までお作りになられてしまったら、こちらはあがったりですよ」

全之助は笑い顔になった。

清酒、米味噌、醬油《しょうゆ》、味醂《みりん》をはじめとして、甘酒等にも欠かせない米麴を作る手順は以下のようなものである。うるち米を洗って一日水に漬け、漬け上がったら笊《ざる》に上げて水をよく切る。

蒸籠《せいろう》に晒《さら》しを敷き、水切りした米を入れて平らにならす。この蒸籠を火にかけて半《はん》刻《とき》（約一時間）ほど蒸す。

蒸し米を寿《す》司《し》桶《おけ》か小盥《こだらい》に移してへらで上下を入れ替えながら広げて、適温に冷めたら種麴を非常に目の細かい篩《ふるい》で三回に分けてふるいながら丹念にへらを使ってまぶす。ややぬるめで一日保温し続け、米の表面に三割から五割の菌糸がついてきたら、揉んで混ぜ、平らにならして、麴に直《じか》に触れないように菜箸《さいばし》等をわたし、その上に濡《ぬ》れ晒しを被《かぶ》せた状態で一日弱保温する。

「全之助さんが見せてくれた仕上がりは米が白く濁り、表面に菌糸が伸びていました。

それをいただいて掌《てのひら》でこすりあわせてみると、ばらばらになりました。何とその香りも味も栗《くり》そっくりで感激しました。あれを乾かすと乾燥の米麴になるのでしょう。わたしの米麴もそれなりにはできましたが風味に乏しくて、もとより名人に敵《かな》う代物ではありませんでした。そうはわかっていても今度は豆麴をやってみようなんて思いつくのですから、どうかしてますね」

そんな季蔵の言葉に、

「そりゃあ、あなた食べ物商いをしてる者の業ってもんですよ」

全之助は大きく頷《うなず》いて、

「てまえだってもっともっといい栗の香りを出したいと思ってるんですからね。上には上があるんですよ」

ふと洩らした。

「上には上とは？」

季蔵は聞き洩らさなかった。

「そうそう――」

全之助はゆっくりとした物言いで、

「麴の肝は二つあります。この美麴にご先祖様から保温の秘訣《ひけつ》は事細かに伝えられています。これに従って作り続けていれば保温でしくじるようなことはまずありません。秘伝ですので詳しくは申し上げられませんが、もとより甘酒程度の要領ではありません」

説明した。

「へらで混ぜ合わせることのほかに、炬燵《こたつ》へ出し入れして拵える様子は一見、塩梅屋《うちや》で拵える甘酒とそう変わらないように見えたのですが」

季蔵は首を傾げかけて、

「そうだ、わかった、広間の三か所に掘られている炬燵ですね。あの炬燵は各々微妙に異なる熱さになっていて、その都度必要な保温の案配に合わせて、種麴入りの蒸し米を入れ替えていたのでしょう？　それにしてもよく微妙な保温の案配を摑むことができますね」

次には感嘆していた。

すると全之助は、

「美麴を継いできた主たちは皆、長風呂《ながぶろ》です。長風呂でちょうどいい湯加減からやや熱め、ややぬるめ、ぬる過ぎを体感するんです。まるで自分が種麴にでもなったかのようにね。夏場、むっとする風呂場を閉め切って長く湯に浸《つ》かっていることもあります。これは仕上がりへと進む米麴になったつもりです。この手の年季を積むとあの手の保温の案配が身につくのです」

にこやかに応《こた》えた。

二

「さすがのお家芸ですね」

感心した季蔵は、

「もう一つの肝は何です？」

先を促した。

「それは種麴の良し悪《あ》しです」

酒や味噌、醬油に欠かせない麴は酵素を作ることを目的にしているが、種麴の目的は米等を麴に変えるコウジカビの胞子である。そのため、麴と種麴の作り方はほとんど同じなのだが、材料と適温、時間が異なる。麴はうるち米を使って三日でできあがるが、玄米が使われる種麴は乾かし、粉状に砕くまで約七日はかかる。ちなみに種麴の元が玄米でなければならないのは、コウジカビが充分に育成するための栄養分が必要だからである。

「申すまでもなく、てまえどもは古くから種麴屋（もやし屋）も兼ねております。昨今は割高でも出来上がった米麴等を手軽に買われる方が増えましたが、昔は皆さん、手作りなさっていたようです。その意味では種麴屋が先にあって、麴屋を兼ねるようになったと申した方が正しいかもしれません。何しろ種麴が生まれたのは千年も前の、古い時代なのだそうですから」

「そんなに古くから――」

季蔵は絶句した後、

「そんなに古くによくも種麴の元になるコウジカビを見つけられたものですね」

と言いかけると、

「何でも田んぼの稲穂につく胞子の塊、これを稲麴というのだそうですが、それに灰をかけるとコウジカビだけを取り出せることがわかったのだということです。悪さをするものも混じっているから、その点は気を配るようにとご先祖様が遺《のこ》された古い日記に書かれていました。それが種麴屋事始めだとも」

全之助はやや得意顔で言い、

「ここでどうして昔々の人たちがコウジカビのお役立ちを知っていたのかと、不思議に思われませんか？」

問うた。

「それはもしかして〝かむたち〟と関《かか》わりがあるのではないかと——」

季蔵の応えに、

「その通りです」

全之助は大きく頷いた。

「〝かむち〟が変わって醸立《かむたち》、〝かむたち〟とは米を嚙《か》んで発酵させ、酒にすることですが、蒸かした米をそのままにしておいたらカビが生え、いつの間にか酒になってしまったということを意味する古い言葉でもあります」

「昔々の人たちがコウジカビ採りに夢中になった気持ちがよくわかります。何しろ酒の元なのですから。となると先ほど種麴の良し悪しが肝と言われましたが、煎《せん》じ詰めればコウジカビの良し悪しなのですよね」

季蔵が同意をもとめると、

「この世には千年以上前の昔から受け継がれてきた極上のコウジカビがあるそうです。これが使われている米麴は、栗の実の風味に花の香りさえ加わって、それはそれはえもいわれぬ最上級品なのだとか——。一度はこの鼻と舌で味わってみたい——」

一瞬、うっとりとした表情になった全之助は慌てて、

「夢ですよ、夢。こんな話、ありゃしません。ご先祖様が京に繋《つな》がっているのでふとこんな夢を見たくなっただけです。種麴屋の戯言《ざれごと》だと思って聞き流してください。いい年齢《とし》をして恥ずかしいから誰にもおっしゃらないでくださいね」

と言った。

この時の全之助の目は、豆味噌を拵えてみたいという季蔵を止めた時に似て尖《とが》っていた。

――この話、本当かもしれない――

季蔵は塩梅屋の先代長次郎《ちょうじろう》が遺した日記の一文を思い出した。

食は奥が深い。さまざまな材料を扱い、料理を工夫してきたが、人の一生がもう少し長ければ、是非とも独自の味噌や醬油等をやはり自分だけの米麴を用いて拵えてみたい。とはいえ味噌は味噌屋、醬油は醬油屋がその道を極めている。到底一料理人が敵うものではない。

そんな折、振売《ふりうり》の種麴屋から面白い話を聞いた。種麴の元はコウジカビという美味をつくるカビの一種なのだから、これはという味をつくるカビだけを長年にわたって生かし続けて売る、極秘の商いがあってもおかしくないというのだ。そんな商いがあったら出向いて行って小判を積んでもいいから、是非とももとめたい。そうすれば限りあるわたしの一生の中で味噌や醬油、味醂の花が咲くこともありそうだ。

この長次郎の日記には料理へのあくなき想《おも》いから発した夢が語られていた。

――となると、きっと全之助さんととっつぁんのコウジカビへの想いは、あったらいい話、あってほしい話にすぎないのかも――

そう断じて季蔵は極上のコウジカビへの自分の想いを封印した。

――もとより生きることは夢ではない。わたしは仕入れた米麹を活《い》かさねば――

麹屋美麹から戻った季蔵はもとめてきた重箱の米麹を使って、足りなくなってきていた三五八《さごはち》と呼ばれる米麹を使った漬け床に取り掛かった。これは奥州《おうしゅう》や上州《じょうしゅう》（栃木県）、野州《やしゅう》（群馬県）や常州《じょうしゅう》（茨城県）等での米麹使いで、青物や魚介、肉類の即席漬けの元である。

三五八は塩三、米麹五、うるち米八の割合で作る。米麹を作る要領でまずは米を蒸す。冷めたところで米麹と塩を入れてよく混ぜて蓋《ふた》付きの器に移して、夏場は一月、冬場は二月、味が馴染むまで熟成させて仕上げる。一年は保存がきくが、夏は発酵が進んで味に酸味が出てきてしまうので、涼しい場所に置かなければならない。

この日、季蔵は明日訪れる北町奉行 烏谷椋十郎《からすだにりようじゆうろう》のために三五八漬けと三五八飯を拵えることにした。何日か前に届いた烏谷の内妻お涼《りよう》の文《ふみ》に以下のようにあったからである。

旦那様は仰せつかっているお役目もあって、これ幸いとばかりに、料亭やお屋敷でのお招きも多く美食ばかり召し上がっておいでと案じられます。あたしは貝原益《かいばらえき》軒《けん》先生の『養生訓《ようじようくん》』を拝読いたしておりまして、青物をもっと召し上がらないとお身体《からだ》に障るのではないかと。もとより美味に目のないお方ですので、馬耳東風、あたしの言うことなどなかなかきいてはくださいません。どうか、そちらへおいでの際には何とかこの旨《むね》、ご留意いただけると幸いです。お願い申し上げます。

涼

塩梅屋季蔵様

ちなみに貝原益軒は江戸初期の儒学者であり、時代を超えて読み継がれてきていた名著『養生訓』には長寿の秘訣が書かれている。

「お奉行様はべったら漬けの方が好きなんじゃない? おいらもそうだよ。甘酒好きの松次《まつじ》親分も楽しみにしてるよ、べったら」

　下働きの三吉《さんきち》が言った。

「だったらおまえはべったらを拵えてみろ。余分に大根は買ってあるから」

　季蔵の言葉に、

「ん。おいらべったら市で売ってるのに負けないやつをつくってみせるよ」

　三吉は好物作りとあって、目を輝かせて意気込んだ。ちなみに毎年神無月《かんなづき》十九日には宝田恵比寿神社《たからだ》を中心とした町々でべったら市が開かれ、大掛かりにべったら漬けが売り出されている。

　季蔵は大根の浅漬けの一種であるべったらを漬ける三吉をしばらく見守った。

　まずは大根の皮を厚めに剝《む》きミョウバン水で下漬けする。べったらの本領の一つは美女の美肌にも似た恐ろしいほどの白さであった。白さが際立つ下漬けを砂糖と塩を混ぜた甘酒で本漬けする。仕上がりはカリカリした歯ざわりと甘いが淡白な味、名の謂《いわ》れになった表面についた甘酒の麴のべとべとが特徴である。風味が変わるのも早く、貯蔵性がないのも美女の運命のはかなさに似ている。亡き長次郎はこのべったら漬けを〝白粉《おしろい》漬け〟と勝手に称していた。べったら市の熱狂ぶりは、美味の奥にそこはかとない夢が感じられるからではないかと季蔵は思っている。

そんなべったらではあったが漬け込んで十日から十五日経《た》たないと仕上がらないので、もとより明日には間に合わない。

三五八漬けについては長次郎が参勤交代で江戸を訪れていた大名家家臣から聞いて、以下のように書き留めている。


三五八漬けとは奥州、上州、野州や常州の郷土料理で、麹で漬けた漬物のことであるという。名前の由来である塩三、麹五、米八を馴染《なじ》ませた漬け床に食べやすい大きさに切った青物、スルメ、数の子、一口大の鶏《とり》のもも肉等を漬ける。ただし、青物は薄塩でしんなりさせたものを三五八で本漬けにする。

季蔵は長次郎の書き留めに倣《なら》って洗っただけの大根と人参《にんじん》、酢でアクを抜いた牛蒡《ごぼう》を薄塩で下漬けしてあった。これらをスルメ、数の子と一緒に漬けるというよりも、粒々の三五八をたっぷりとまんべんなく纏《まと》わせる。

「これで明日の夜には美味《おい》しく食べられちゃうっていうんだから、三五八って凄《すご》いお役立ちだよね」

三吉の言葉に、

「それでもべったらの方がこいつより美味《うま》いとおまえは思ってるんだろう？」

季蔵は言い、

「ん、まあ――」

一瞬目を逸《そ》らした相手に、

「よし、明日の賄いでべったらと同じくらい三五八漬けも美味いと、おまえを思い切り飛び上がらせてやるからな」

自信の笑みを浮かべた。

三

「邪魔をする」

烏谷椋十郎は、変わらず暮れ六ツ（午後六時頃《ごろ》）の鐘が鳴り終える前に塩梅屋の前に立った。

季蔵は童顔の巨体を迎えていつものように離れへと案内した。烏谷は神妙な顔で配下だった長次郎の仏壇に手を合わせると、

「頼む」

夕餉《ゆうげ》を所望した。

季蔵は七輪に火を熾《おこ》し、三五八漬けにした鶏のもも肉を焼き始めた。大根等の青物やスルメ、数の子は焼かずにそのまま供する。焼かない青物やスルメに付いた三五八の粒は落とさないでおく。独特の食味と風味が美味である。鶏のもも肉の方は粒を除いて網に載せないと粒が焦げてしまい、せっかくの肉の旨《うま》みが台無しになる。

三五八漬けの鶏のもも肉が焼きあがる頃、三吉が三五八飯を運んできた。三五八飯は白米に約一割の三五八を混ぜて、適量よりもやや少なめの水で炊き上げた味つけ飯であった。見た目はただの普通の飯だが食べると塩気と独特の甘みがお代わりを呼ぶ。賄いで試してみたところ、

「いちころってこのことだよね」

三吉は唸《うな》り、漬けたままの青物やスルメや焼いた鶏のもも肉を菜にして食して、

「うーん、明日も明後日《あさって》もこの賄いでいいっ。おいら、病みつきになりそう」

歓声を上げ、

「べったら一番は取り消しっ」

好みを変えた。

とはいえ一汁もない一菜の膳である。

「こんなものしかないのか？」

という烏谷の苦情を覚悟していた季蔵だったが、何と烏谷は無言で箸を取った。酒を出せとも言わず、三五八漬けと飯を交互に口に運んで皿と飯茶碗《めしぢゃわん》を空にした烏谷は、

「これは冷えても美味かろう。家の者たちにも食べさせたい。弁当にして持ち帰るゆえよろしく頼む」

と言った。

――これはもしや、お涼さんがこちらに出した文をご存じなのかも、あるいはどこかお身体の具合を悪くされているのか――

季蔵は常とは異なる烏谷の様子に疑心暗鬼になった。知らずと相手の顔を凝視していると、くすっと烏谷の口元がほどけて、大きなガラス玉のような丸い目が上目遣いになった。

――しまった――

この一瞬、季蔵は烏谷を気遣ったことを後悔した。

――やはり、このお方は食えない――

烏谷の一見無垢《むく》そのものに見える黒目勝ちの目は曲者《くせもの》であった。この目が笑うのを季蔵はまだ見たことがない。口元は笑っていてもその目だけは冷たく無表情なのだ。

一瞬上目遣いになる時は無理難題を持ち掛けてくる徴《しるし》だと最近わかりかけていた。

烏谷にとって先代長次郎は特別な配下であった。表向きは塩梅屋という一膳飯屋の主にしておいて、裏では隠れ者として、奉行所が表立って取り締まることのできない悪人を裁く手伝いを命じていたのだった。極悪非道な主家の後継ぎの奸計《かんけい》に嵌《は》まって出奔《しゅっぽん》した季蔵はこの長次郎に拾われ、長次郎亡き後は表と裏、両方の役目を烏谷から課せられてきていた。立場上、どんな無理難題でもまず、断ることはできない。

「お話を伺いとうございます」

季蔵は自分の方から切り出した。

「一つ、普通とは違う正月料理を作ってほしい」

烏谷はさらりと応えた。

「阿蘭陀《オランダ》風でしょうか？」

以前、季蔵は鶏肉や豚肉、牛肉をふんだんに使った、長崎《ながさき》は出島《でじま》で食されているというもんじ使いの正月料理を頼まれて苦心惨憺《さんたん》したことがあった。

——拵えたことのあるあれならできる——

ほっと安堵しかけていると、

「まあ、変わり種の正月料理についてはおいおいわかるだろう」

烏谷は明言せず、

「五日ほど前、料理番が突然いなくなってしまった屋敷がある。主は大した食通だ。優れた料理番と美味い料理なしではいられない。それゆえ、是非ともその屋敷に夕餉を届けてほしい」

と告げた。

「お屋敷というのはどなた様でございましょうか？」

季蔵の問いに、

「通称稲穂《いなほ》屋敷と言われている」

烏谷は表情のない黒目を見開いて伝えると、

「一度主に目通りしてほしい。追って日取りは伝える」

弁当が出来上がるのを待って立ち上がった。

三五八以外にも米麹を用いた調味料は多々ある。季蔵は三吉を帰してから米麹を使ってさまざまな調味料を拵えた。

最も簡単なのは塩麴。これは米麹と同量の水に三分の一量ほどの塩を加え、常温で十日以上おいて用いる。二、三か月以上寝かせると旨みが増し一年は保存できる。青物を漬けると塩だけの尖った味わいとは違う独特な深みのある塩味になる。

季蔵は明日の献立にこの塩麹で蕪《かぶ》の塩麹漬けと豆腐の飛鳥《あすか》風を仕込んだ。蕪の塩麹漬けは皮を剝いて薄切りにした蕪に塩麹を揉み込んで一日おく一夜漬けで、豆腐の飛鳥風は木綿豆腐の表面に塩麹をたっぷり塗って一晩おいて食する。飛鳥風と名づけたのは塩麹で熟成された豆腐がねっとりとした食味で黒胡椒《くろこしょう》とも相性がよく、大昔に食べられていた蘇《そ》（チーズ風の乳製品）を想像させるからであった。

手間が省けて便利に使えるのがニンニク麹と生姜《しょうが》麹、椎茸《しいたけ》麹である。これらは皮を剝いて潰したニンニクと塩、すりおろした生姜、水で戻してすりつぶした干し椎茸各々に米麹を加え、よく混ぜて清めた蓋付きの瓶《かめ》で保存する。一日一度は混ぜて数日から十日ほどでとろりとしてきたらさまざまな料理に使える。氷室《ひむろ》や井戸の中に入れておけば一年は保存できる。

季蔵はニンニク麹と生姜麹、椎茸麹を使ったお勧めの逸品を品書きに以下のように書き足した。

マグロのニンニク麹和《あ》え
生姜麹鍋《なべ》
椎茸麹の玉子焼き

この三品の作り方は以下であった。

マグロのニンニク麴和えは刺身用のマグロの赤身をぶつ切りにして、適量のニンニク麴で和えて一晩おいて食する。魚介はマグロ以外の鯵《あじ》や鰯《いわし》、蛸《たこ》、烏賊《いか》、残った刺身の鯛《たい》や平目《ひらめ》でも美味しく出来る。残った刺身を醬油漬けにする向きが多いがニンニク麴和えにすると、残り物の再利用という域を脱した新鮮な旨みに出会える。

生姜麴鍋はまず鍋に出汁、生姜麴、酒、塩を入れて火にかける。そこに一口大に切った厚揚げ、春菊、葱《ねぎ》、さっと茹《ゆ》でた薄切り大根、人参等を入れて煮る。最後に胡麻《ごま》油《あぶら》を垂らして供する。寒さが厳しい折にはこの鍋で体がじんわりぽかぽか温まりよく眠れる。

椎茸麴の玉子焼きは卵三個と椎茸麴大さじ一、砂糖大さじ二分の一、出汁大さじ二を鉢にとってよく混ぜ合わせる。これを焼き、巻き簾《す》で巻いて少し落ち着かせてから切り分ける。砂糖と出汁だけの玉子焼きとは一味違う、奥深い大人の味で酒の肴《さかな》にも菜にも適している。

続けて季蔵はすでに仕込んであるみかん麴の入った深皿を取り出した。みかん麴のみかんは酸味が強すぎて生食に不向きとされ、青物屋から貰《もら》い受けたものを使う。このみかんを皮ごと粗《あら》みじんに切り、米麹を入れてよく混ぜ合わせ、常温で半日おくとみかん麹が出来上がる。これを魚やももんじに揉み込むと半刻から一日で身が柔らかくなり、甘みと柑橘《かんきつ》系特有の風味がつく。ただしみかん麹の保存は七日ほどに限られる。柚子《ゆず》や橙《だいだい》でも代用できる。

　みかん麹を使った一品に季蔵は鶏むね肉の揚げ焼きを思いついていた。これを早速試作することに決めた。みかん麹には塩が加えられていないのでまずはそぎ切りにした鶏むね肉に塩を適量ふって揉み込む。次にみかん麹を揉み込み半刻ほどおく。麹の粒が残っていると焦げやすいので粒を取り除いてから、一口大に切って片栗粉《かたくりこ》をまぶす。平鍋に多めの油を引いてこれらがきつね色になるまで揚げ焼きにする。

　出来上がった鶏むね肉の揚げ焼きみかん麹風味を味わってみた。以前試してみた塩麹を使ったものより塩味が薄く仕上がっている。肉の表面にふった塩の揉み込みと、肉の芯まで届く塩麹のまぶし揉み込みとでは、微妙に塩のもたらす作用が異なるようである。正直季蔵は少々物足りなかった。

　——やはりこの料理の相性は塩麹との方がいいのだろうか？——

　そう思いかけてあることに気づいた。

——もしこれが鶏ではなく鴨《かも》だったなら——

肉の風味が鴨のように濃ければ重めの塩麹ではなく、軽めのみかん麹を用いた方が、よほどその旨みが引き立つのではないかと思われる。

季蔵は毎冬、一度か二度、偶然鴨売りたちの間で鴨がだぶついて捨て値になる日を心待ちにした。

四

翌夕、塩梅屋には常連たちが集っていた。履物屋の隠居喜平《きへい》を筆頭に大工の辰吉《たつきち》、指物師の勝二《かつじ》である。喜平は流行風邪禍《はやりかぜか》の折、これに罹《かか》って生死の間を彷徨《さまよ》って以来、身内さながらに案じてくれた辰吉の恋女房おちえを、以前のように「あれは女ではない、縕袍《どてら》だ」とは口に出さないつもりでいる。もっとも辰吉の方は「喜平さん、女の話をしなくなっちまったらお迎えが近いよ」などとからかう。「辰吉さん、それはちょっと言いすぎですよ」と勝二がたしなめる。勝二はこのところ指物の腕を上げて、実入りもよくなり、一時は遠ざかっていた塩梅屋にも足が向くようになってきていた。

「まずはあれだ。先付けはあれに限るよ、とろーりのあれ」

喜平が好物の話をする時の声は女の話をする時以上に華やいでいる。

あれというのは豆腐の飛鳥風であったが、辰吉は、

「あいつは美味くて酒に合うが俺は蕪の塩麹漬けの方がいい」

わざと同調しない。

「わたしはどちらも好きです」

勝二は以前にも増して気遣いに長じている。

「新しい麹料理です」

季蔵は椎茸麹の玉子焼き、マグロのニンニク麹和え、生姜麹鍋の順に供した。

「この三種の料理の中でどれが一等か決めてもいいかな」

喜平が言い出すと、

「俺は椎茸麹とやらの玉子焼きだ。見かけは並みの銅銭だが味は小判。こんなの滅多にないぜ。おちえに土産《みやげ》に持って帰りたいほどだよ」

辰吉が先取りした。

「わしも同じだ。是非とも倅《せがれ》の嫁にも教えてやりたい」

喜平のその言葉に、

「腰巻の中を盗み見たっていう嫁にかい?」

そろそろ酒が過ぎてきて辰吉の口が滑った。喜平の隠居が早かったのはこの手の悪

癖を息子に責められてのことだったが、それをまた自慢げに吹聴してきたのは喜平自身であった。売り言葉に買い言葉で、

「だいたい女でもない褞袍に土産なぞ――」

喜平は眉間《みけん》に青筋を立てた。

「今、召し上がっておられるマグロのニンニク麴和えや生姜麴鍋はいかがでしょうか？」

季蔵は話の矛先を変えようとしたが二人は一触即発で睨《にら》み合っている。以前には酒に弱い辰吉が倒れて気を失い、女烏谷といったところの褞袍のおちえが亭主を迎えに来て、痩せて小柄な辰吉をひょいと背負って帰ったこともあった。

「わたしは椎茸麴の玉子焼き、マグロのニンニク麴和え、生姜麴鍋のどれも大変結構だと思います」

勝二が二人の睨み合いに割って入った。

「そこで季蔵さんに一つお尋ねしたいことがあるんです」

勝二は季蔵の方を向いた。

「何なりと」

季蔵は微笑《ほほえ》んで促した。

「このところ、塩梅屋では麴を使った料理が多いんですが、これには何か季蔵さんの思いがあるんですか？　麴といえば酒、味噌、醬油、味醂造り等に欠かせないものとだけ思い込んでいただけに意外です」

勝二の問いに、

「皆さんお気づきとは思いますが昨今は何もかも青物や豆腐類、魚、ももんじ等の食べ物の値が上がっています。何かの理由で安売りの時にはまとめ買いしたいところです。そうした材料を、イキがよかった時以上の美味しい料理にするには、どうしたらいいかと考えて麴に考えが至りました。麴といえば酒や調味料の立役者ですが、もっと広く料理にも使えないものかと思い立ったのです」

季蔵は応え、

「たしかにねえ」

大きく頷いた喜平はもう辰吉を睨んではいなかった。喜平は先を続けた。

「ちょいとわしも気にはなってたんだが、聞けばイキの悪い魚なんかを誤魔化すために麴を使ってるんだろうって疑うみたいで、言い出せずにいたんだが。なにより季蔵さんの麴料理は美味いからね。それなら余計な文句もないだろうって。ただね、どうして今、冬場に麴料理なんだろうっていうのはまだ気にかかってる。麴は一年中あるだろうに――。それにまとめ買いの魚なんかをもたせるのに麹を使うんなら、魚の傷みやすい夏場じゃないのかい？」

「夏場の麹使いは乾燥ものに限ります。生麹は冬にしかできないものですから」

季蔵は応えた。

「おや、生麹と乾燥麹はよほど違うのかい？　うちの嫁は乾燥の方は水でもどして同じように使ってるよ。何も生麹でなくったっていいんじゃないのかい？」

喜平の追及に、

「そうは言われているのですが――」

――まさかここで千年以上前の頃から伝えられてきたコウジカビだの、それの付いた種麹を使ってつくられる、栗の花と実の両方の香りがするという米麹の話などできはしない――

窮した季蔵は、

「ありがちな愚かな拘《こだわ》りと思ってください」

知らずと頭を下げていた。

「喜平さんも元は履物を作ってて、辰吉さんは大工、わたしは指物師、そして季蔵さんは料理人。ようは皆、職人なら誰にもあるんじゃないですか？　この手の拘りって

——ねえ——」

最後は勝二が穏便に締め括《くく》った。

「食い物までたいした値上がりだってえのに、やたら景気がいいところはあるんだっていうから、ったく、驚くじゃねえか」

辰吉も話の矛先を変えた。

「そりゃあ、あんたの河岸《かし》の話かい？」

喜平はすぐに飛びついた。

「何でも千代田《ちよだ》のお城にあるギヤマン造りを真似《まね》た小屋を、腕のあるその筋の大工に頼んで建てさせたって仲間から聞いたことがある。今年の秋口の話だよ」

「ギヤマン造りといえば寒さに弱い草木のためのものですよね。冬でも中は温かく南国の花を愛《め》でられるという——。途方もない金や格別な腕が要るはずです。千代田のお城に造られているだけだとわたしは聞いています」

勝二はギヤマン造りを知っていて、

「それがたしかなら驚きです。本当ならよくお許しが出たものですね」

季蔵は頭を傾げた。

——幕府の重臣たちとも縁のある、よほどの大商人であっても手鎖《てじょう》の刑に処せられておかしくない振舞いだ——

手鎖の刑とは文字通り、手鎖をさせられたままの謹慎刑であった。

「本当だとも」

辰吉はやや憮然《ぶぜん》とした面持ちで、

「聞いた話じゃ、こっそり夜中に来て造れってえんでもなくて、真っ昼間、表門から正々堂々、ギヤマンや大工道具を積み重ねた大八車を通してくれたってことだ。ま、そんな具合だからお許しは出てたはずだぜ。それと屋敷の中は広々してて建物も立派だし、手入れの行き届いた庭には錦鯉《にしきごい》が跳ねる大きな池と見事な五葉松が際立ってたってえよ」

と続けた。

「そんな景気のいい格別なお家はいったいどこのお大名なんだい？」

喜平が目を剝いた。

「何でも稲穂屋敷と呼ばれているんだとさ」

辰吉の応えに、

——何とお奉行に夕餉を届けるよう命じられたあの稲穂屋敷とは——

聞き覚えのある名に季蔵は一瞬息を止めた。

「どこのお大名家なのですか」

勝二が言った。

「稲穂というお名なのかい？」

喜平の頭が傾《かし》げられ、

「お武家の名らしくねえな」

と呟《つぶや》いた。

「お庭が立派なのはわかりましたが、お屋敷の中はどのようだったのでしょう？」

季蔵は訊《き》かずにはいられなかった。

「雇われた連中は陽当《ひあ》たりのいい場所を決めて、ギヤマンの小屋を建てるのが仕事だから中へは一切立ち入らなかった。ただし出来上がっての振舞い酒の代わりに持たされたものがカステーラよりも断然美味い、食いはじめたら止まらない、女房、子どもが泣いて喜んだ珍しい菓子をくだすったんだとか。悪いがどんな菓子だったかまでは知らねえよ」

応えた辰吉は、

「そうそう、とにかくこんなところ市中にあったのかって思うほど、どーんと広い敷地で厠《かわや》へ行った大工の一人が迷ったんだと。そん時お白州《しらす》を見ちまったそうだ」

と続けた。

「お白州って奉行所のあのお白州かい？」

「どうして武家屋敷にお白州なんてあるんです？」

喜平と勝二の言葉に、

「そんなこたあ知らねえ。けど見ちまったそいつもやっぱりそう思ってぞくっとしてきて、たいそう薄気味悪く思ったんだとさ」

と辰吉は返した。

五

――もとより家臣を含む大小旗本家に科せられる量刑はご公儀の仕切りだし、大名家は大目付、国元の治安維持はその国の領主である大名の仕事だ。江戸屋敷にお白州があるなどという話は聞いたことがない――

不可解でならなくなった季蔵はいずれ烏谷に訊こうと思った。

この日、季蔵は供した蕪の塩麴和え、豆腐の飛鳥風、椎茸麴の玉子焼き、マグロのニンニク麴和え、生姜麴鍋の拵え方を記した紙を三人に渡した。季蔵が拵え方を書いた紙を客たちに渡し、客たちの妻や嫁たちから広く、塩梅屋ならではの安くて美味い料理が流布《るふ》されるようになってから久しい。聞いた人たちが拵え方を記した紙を貰いに立ち寄ったり、瓦版屋《かわらばんや》が取り上げることもあった。

三人の家族への土産は烏賊の三升漬けにした。

「烏賊の三升漬けの拵え方の紙はありません。これは刺身用の烏賊を一口大に切って三升漬けと混ぜるだけですから。日持ちは三日ほどです」

そう言って季蔵は烏賊の三升漬けが入った蓋付きの陶器の器を各々に手渡した。

三升漬けは三五八同様奥州ゆかりのもので、三升の謂れは麹、醤油、青唐辛子を一升ずつ樽《たる》に漬け、これらを合わせて蓋付きの器に詰めて保存する調味料だからである。三升漬けはそのまま炊き立ての飯にのせたり、豆腐や焼き魚、鶏肉、ももんじ等につけて食する。ニンニク麹や生姜麹と同じで一年は保存がきいて便利であった。

「また酒の虫が疼《うず》いてきそうでいけない」

蓋を取った喜平が洩らすと、

「呑兵衛が虜《とりこ》になりかねない匂《にお》いです。塩辛に似て非なる肴ですから」

勝二は得心したように言い、

「よしっ、家に帰ったらこれでおちえと飲み直すぞ」

辰吉は張り切った。

それから何日かして季蔵は賄いに三升漬けのぶっかけうどんを拵えた。うどんにかけるめんつゆは出汁と醤油に煮切った味醂、酒である。茹でたうどんを皿に盛り、めんつゆ、三升漬けをかけてよく混ぜ、最後に削ったかつお節をのせて食する。

「大人のぶっかけうどんだけどイケる」

三吉は夢中で箸を動かして、

「もしかして、三升漬けの料理、これが一番かもしんないね」

と絶賛した。

この時戸口が音もなく開いてぬっと大きな丸い顔が、

「その一番とやらを食わせてくれ」

中を覗《のぞ》いていた。

「お役目ご苦労様です」

季蔵は慌てて頭を下げた。

「惹《ひ》かれて来ずにはいられぬ匂いよな。稀有にして美しい匂いというのはこれを言うのだ」

入ってきた烏谷は軋《きし》み音を奏でながら床几《しょうぎ》に腰を下ろした。

「昼時に断りもなくおいでになるとはお珍しいですね」

季蔵はうどんを茹で始めた。

「なに、稲穂屋敷へわしと一緒に出向く日が決まったので報《しら》せに来たのだ」

――それならわざわざこうして出向かずとも常のように文にすればよいものを――

季蔵は一人分のうどんを茹でつつ、めんつゆを用意した。察した三吉はすでに鰹節を削っている。

「瓦版が書き立てることもあるせいだろう、ここの料理は知られている。何日か前の瓦版に麹を使った豆腐の飛鳥風や椎茸麹の玉子焼き、マグロのニンニク麹和えが記されていた。その瓦版を目にした稲穂屋敷の主がいたく、そちの麹使いと料理に感心しなさっているのだそうだ。褒美を出したいほどだともいう」

烏谷は切り出した。

――ならば、これは手土産に豆腐の飛鳥風や椎茸麹の玉子焼き、マグロのニンニク麹和えを持参しろということなのだろうか――

季蔵は予想しつつ烏谷の次の言葉を待った。

「それで是非とも、椎茸麹やニンニク麹とは異なる種類の米麹を用いた時季の味を夕餉と限らず、朝餉や昼餉にも賞味したいと仰せだ。慣れた料理人がいなくなって不自由なさっているのだろう。ちなみに主は米麹に拘りがあって柚子の香りがお好きだとも伺っている」

烏谷が言い切ったのと、あつあつのぶっかけうどんが仕上がったのとはほとんど同時であった。

――主だけに捧げる米麹料理を考えて拵え、手土産にしろということだな――

ようは試されるのだと季蔵は覚悟した。

――それにしても酒の肴や馳走《ちそう》を並べる夕餉だけではなく、朝餉、昼餉にも向いた品をご所望とは。朝、昼とさぞかし凝った料理を召し上がっているのだろうが――

季蔵はこれは難題だと思った。格別に富裕な御仁の普段の膳となると想像もつかない。

すると話を聞いていた三吉が、

「それって、塩や味噌、醤油なんかじゃない？　おいらの家じゃ、銭が無くなって菜が買えない時は飯を炊いて塩にぎりにしたり、それに醤油かけたり、おっとうなんて味噌を肴に酒飲んでるよ。おっかあは〝こういう時があるから魚一匹を分け合うのが有難いんだよ。それに御馳走ばかりじゃ飽きるよ、きっと〟なんて言ってる。おいらはその御馳走、まだまだ腹一杯食ってみたいけど、お大尽は塩にぎりの美味さを知らないかもしんないね」

と何気なく洩らして、

――そうか――

季蔵は愁眉《しゅうび》が開けた。

――人は誰しもそうそう馳走ばかり食したいわけではない――

十日ほどして、稲穂屋敷へ持参する米麴料理の目途《めど》が立った。そして三吉が帰った後、釜《かま》に飯を仕掛けると、三種のすでに出来上がっていて、飯にのせても美味しいし酒の肴にもなる調味料を並べてみた。

朝餉　納豆麴

昼餉　柚子味噌

夕餉　米麴入り柚子胡椒

これらに使った稲穂屋敷の主が好むという時季の柚子は季蔵の好物でもあった。納豆麴は米麴とみじん切りにした柚子の皮をよく混ぜたら、納豆、七味唐辛子を加えて仕上げる。蓋付きの器に入れて七日ほど馴染ませて食する。冬場は十四、五日保存できる。

味噌といえば長い熟成を経て出来上がるものがほとんどだが、柚子味噌は柚子さえあれば家に常備してあるものですぐにできる。米麹と醤油をよく混ぜたら、柚子の果汁と皮、果肉を混ぜ合わせて蓋付きの器に移し、常温で二、三日おく。その後、鍋に移して火にかけ、木べらで混ぜながら九百数える間煮て水気をとばす。最後に砂糖を加えて溶けたら火から下ろす。保存期間は十四、五日である。

米麹入り柚子胡椒は、一年以上保存できるので夏場も柚子の香りを料理に移すことができて便利である。完熟の柚子の皮と赤唐辛子を当たり鉢で当たり、塩を混ぜた米麹と混ぜて蓋付き器に詰めて常温で七日以上おく。米麹が柔らかくなって出来上がる。米麹入り柚子胡椒は舐《な》めれば酒の肴になるし、ご飯にかければふりかけにもなるがやはり、真骨頂は菜に用いることで料理の格を一段も二段も上げると季蔵は確信していた。

季蔵は米麹入り柚子胡椒を使う料理を拵えてみることにした。まずは卵を茹でて殻を剝いた。これに塩の代わりに米麹入り柚子胡椒を添えて食べてみた。塩味の尖りが強く感じられる馴染みの茹で卵とは異なる。何とも典雅で風味豊かな逸品であった。

――もはやただの茹で卵ではない。輪切りにしてこれを一振りすれば京料理にも負けない会席膳の一品で供せるだろう――

次につくったのは鰯の米麹入り柚子胡椒和えであった。

鰯を一口大に切って好みの油、米麹入り柚子胡椒で和える。このまま菜にも肴にもなる。鯵でも美味しくできる。春から秋までは鰹《かつお》、秋口なら秋刀魚《さんま》等、旬《しゅん》の青魚が絶品の菜や肴になる。一年中安価なマグロも鯛等の高級魚の料理に引けを取らない旨さとなる。これには白髪葱《しらがねぎ》を散らすとさらに風味が増す。

夜更けて塩梅屋に飯の炊ける香《こう》ばしい匂いが立ち込めている。

――こういう時は――

季蔵が期待を込めて戸口を知らずと見つめていると、

「俺《おれ》だよ」

伊沢蔵之進《いざわくらのしん》が油障子《あぶらしようじ》を開けて顔を見せた。南町奉行所定町廻《じょうまちまわ》り同心の伊沢蔵之進の今は亡き養父は南町の筆頭与力であり、烏谷椋十郎とは長きにわたる友であった。その縁で蔵之進は烏谷とも時に内密に事件解決のために助力してきている。季蔵はその事実を知っていて蔵之進とは互いに知り得ている話を伝え合うことがあった。そんな蔵之進は塩梅屋の先代長次郎の忘れ形見おき玖《く》と結ばれて、今は可愛《かわい》い盛りの子宝にも恵まれている。

六

「おいでになる頃だと思っていましたよ」

知らずと季蔵は顔を綻《ほころ》ばせていた。蔵之進はこうして時々夜半に塩梅屋を訪れる。

「冬の突風がここの料理の匂いを運んできたのさ」

蔵之進は屈託なく応えた。

中肉中背、これといった特徴のない薄い顔であったが伏せたり見上げたり、横目を使ったりする目に独特の動きと光がある。蔵之進と知り合ったばかりの頃、季蔵はよくわからない、油断ならない相手だと思って警戒もしたが今は違う。

蔵之進は養父伊沢真右衛門《しんえもん》からの薫陶《くんとう》もあって、烏谷から秘密裡《ひみつり》に調べを頼まれたり、不審を抱いた事件は南北の奉行所の別なく、自分からのめりこんでしまう性質《たち》である。

烏谷に半ば強制的に口説かれて隠れ者になった季蔵ではあったが、事件と関わる月日を重ねるごとに蔵之進の一途《いちず》な正義感に共感を覚えるようになっていた。季蔵は戦友のような蔵之進が好きであった。

「どんな匂いでございましたか？」

季蔵は茶化して聞いた。

「そりゃあ、もう飯が炊ける匂いに決まってる。こんな夜中だというのにな。これほどいい匂いはなかろう。役所でおき玖が作ってくれた塩鮭《しおじゃけ》の弁当を食べたというのに、ここの匂いに誘われて俄然腹が空《す》いてきたよ」

「おき玖お嬢さんの鮭弁当は絶品でしょう？　どーんと厚切りの塩鮭が入ってるはずです」

塩梅屋の看板娘だったおき玖は幼い頃から長次郎の手伝いをしていて、今頃は仕入れる鮭の荒巻の区別にうるさかった。荒巻は内臓を取って甘塩にするか薄い塩水に浸した鮭のことで、荒縄で巻いて作ったところからこの名がある。

「そりゃあ、うるさい、凄い」

蔵之進は苦笑して、

「まずは海で獲《と》れたオスの鮭でないと駄目なのだそうだ。川に上ったメスの鮭は腹の卵に栄養を取られるので、身の脂が落ちてしまい味が落ちるのだとか。もちろん河口近くの海でもメスは駄目。川を上った鮭を待ち構えている熊《くま》でも、メスの鮭は腹《はら》の部分しか食べず身は残す。それだけ川上りのメスの鮭の身は美味くないらしい」

季蔵はずっと以前、長次郎が存命でおき玖もまだ蔵之進に嫁いでおらず、三吉は棒《ぼ》手振《てふ》りをしていた頃をなつかしく思い出した。

「腹の卵を抜くとオス、メスの区別はつきにくくなるんだそうだが、そこは多少値が張っても大きなオスの鮭を選ぶこと。このあたりは買う側が目利きでなければならないし、信用できる棒手振りから買うようにしなければ。それと最後の極めつけはさっきおまえさんが言ったように、厚切りにして食べる醍醐味《だいごみ》。とはいえもともと脂の乗ってないメス鮭では望めない。でかいオス鮭を厚切りにして焼くというのが、おき玖伝授の荒巻の極意ということになる」

――とっつぁんの受け売りの後継ぎが一人増えたな――

季蔵はうれしかった。

――とっつぁん、よかったですね、これでこそおき玖の連れ合いだ。本物の連れ合いだって喜んでるんじゃないですか？――

心の中で長次郎に話しかけていた。

「まあ、一杯行きましょう」

季蔵は自分の分も冷や酒を湯呑《ゆのみ》に注《つ》いだ。

「珍しいな」

蔵之進が目を丸くした。たとえ蔵之進の訪れが夜半で酒の酌み交わしにふさわしい時であっても、勧められた酒を季蔵はほとんど呑まなかったからである。

「何かいいことでもあったのか？」

訊かれた季蔵は、

「まあ、ちょっと」

曖昧《あいまい》に応えて、

——まさか、あの世のとっつぁんが娘の連れ合いが荒巻の講釈までしてくれて、たいそう喜んでいるだろうなどとは言えない——

「瑠璃《るり》さんの具合がいい？」

さらに追及されて、

「ええ、たしかに。今年はまだ瑠璃が風邪を引いていません」

と応えると、

「それはよかった」

蔵之進は湯呑酒をぐいと傾け、季蔵もそれに倣った。暑さ、寒さで体調を崩しがちな瑠璃がこのところ元気なのは確かだった。

「こんな冬は初めてです。どこぞで守りの神が微笑んでくれているような気もします」

季蔵は長次郎の情味のある笑顔を思い出しつつふと洩らした。

――瑠璃のこともとっつぁんが守ってくれようとしているのかも――

すると、蔵之進の目が見開かれて、

「らしくないな」

やや意地悪げに思い切り細められた。

「わたしらしくないと？」

思わず季蔵が返すと、

「この世に守り神がいるなんて、悪辣《あくらつ》極まる魑魅魍魎《ちみもうりょう》の渦の中で、命を張って闘ってきたおまえさんの言葉とは思えないぞ」

蔵之進は激昂《げきこう》して空の湯呑を季蔵に向けて差し出した。季蔵は大徳利《おおどっくり》を傾けて注いだが自分の湯呑の酒を飲む気は失《う》せていた。

「今だって烏谷椋十郎の命によってどんな魔物と闘わせられるか、わかったものではないはずだ」

蔵之進は季蔵を見据えた。

「気になることはございます」

「俺もある」

二人は同時に稲穂屋敷と叫んだ。

「夜中はいいな。誰にも聞こえない」

蔵之進の言葉に、

「しかし、〝壁に耳あり、障子に目あり〟とも申しますからね」

季蔵はわざと声を潜め、

「まあ、忍びが天井裏にいたり、縁側の下にもぐるのは夜中と相場が決まっているがな」

蔵之進は呟き、

「ですがここには高い天井裏も縁側もございません」

と季蔵は言いきり、二人は声を上げて共に笑った。

「とはいえ稲穂屋敷は何とも不可解だ。あれだけ広い敷地に屋敷を構えて、家臣たちを住まわせているのは大身の旗本や大名家と変わらない。にもかかわらず家名はない。奉行所に集められている資料にないのだ。ただし歴代の物書同心の日誌にはある」

日々順番に当直して、色々な訴訟その他、当番与力の指揮に従って書記をしているのが物書同心であった。

「そこにぽつぽつと稲穂屋敷のことが書かれている」

「どんな風にです？」

「火事や飢饉《ききん》の時に出てくる。稲穂屋敷で火事が起きても火消しは向けられていない。また飢饉の折、旗本家、大名家は上から下まで禄に応じて、商家にも同様にお助け金を出させていて、どこがどれだけ出したという書き置きがある。米屋、呉服屋、両替屋、酒屋、骨董《こっとう》、廻船《かいせん》問屋等の大店《おおだな》や藩の御用商人は言うに及ばず、裏店の小間物屋や青物屋、菓子屋等にまでお達しが出ている。にもかかわらず、とびっきり富裕なはずの稲穂屋敷は含まれていない」

「稲穂屋敷とはまるで幽霊のようなものですね」

季蔵の言葉に、

蔵之進はにこりともせずに言い放った。

「幽霊だから三百年近くも続いておるのかもしれぬな」

「稲穂屋敷は前田《まえだ》様のように続いてきたというのですね」

季蔵は驚いた。

前田利家《としいえ》を初代とする前田氏加賀《かが》藩は織田信長《おだのぶなが》が天下を統一しようとする寸前、本能寺《ほんのうじ》で倒れた後、関白豊臣秀吉《かんぱくとよとみひでよし》に仕え、次の為政者徳川政権下にあって、外様として今日まで存続している。

「ただし前田家は外様とはいえ御三家に次ぐ大名として徳川家と公に格別な縁がある。稲穂屋敷は大広間の序列はおろか、武家であるという記述もないが、武蔵野《むさしの》に広大な屋敷にひけをとらない特別な土地の管理を許されているようで、そこに住む民たちは農耕をしている。もっともその土地は川と川に挟まれて、他の土地から孤立しているのだと聞いて知ったという。品川《しながわ》にある稲穂屋敷が高い塀で外と切り離されているのと同じでな。こうした事実は稲穂屋敷が軍役、諸役や運上金や冥加金《みようがきん》と無縁であることをも知った物書同心が、妬《ねた》み、嫉《そね》み混じりに聞かされた話をついつい記してしまっただけだ。二百年以上前のことで権現様晩年の頃だった」

「その同心はどうなりました?」

季蔵は恐る恐る訊いた。

「それを書いた半年後に病死している。別の者が日誌を引き継いだが、その者は職を辞するまで、一行たりとも稲穂屋敷のことは書いていない。それからほぼ百年後、有《ゆう》徳院《とくいん》(八代徳川吉宗《よしむね》)様の頃、先ほど申した火事や飢饉の話が記されていて、稲穂屋敷が存続していたことがわかった」

そこで一度蔵之進は言葉を切った。

七

——徳川様が将軍職にあってこうも長く稲穂屋敷についての話が禁忌であったとは——

季蔵は烏谷の命によりこれから訪ねて臨時の料理人を務める屋敷でもあり、以前にも増して気が重くなってきた。

蔵之進の方は、

「いくら冬場でもこの肴は時を置かずに食った方がよさそうだ」

鰯を米麹入り柚子胡椒と菜種油で和えた一品を見つめた。

「ならばこちらを先に食べてみてください」

季蔵は剝いた茹で卵を渡して小皿に米麹入り柚子胡椒を摘まみ入れた。

「何という料理だ？」

蔵之進の問いにまだ名前を付けていなかったことに気づいた季蔵は、

咄嗟《とっさ》に名づけた。

「これは柚子卵でございます」

「なるほど黄色い柚子塩をつけて食べるのだな。柚子塩か——柚子は嫌いというわけではないが茹で卵はただの塩での方が食べ慣れているのだがな」

「まあ、そうおっしゃらず。ものは試しという言葉もございましょう」

促された蔵之進は不承不承、茹で卵を柚子卵にしてほおばった。

「おっ」

まず意外そうな声が上がって、

「これは美味い。柚子の香りが素晴らしい。舌にぴりっと来る辛味もいい。何せ酒に合う。柚子も化けるものだ。化かしたのは塩だけではないな」

小皿の米麹入り柚子胡椒を使って二個目の柚子卵を拵えて口へと運んだ。

「化かした相手は後で明かします。さあ、鰯の柚子風味もどうぞ」

そう言って季蔵は蔵之進に箸を手渡した。鰯の柚子風味という名称も、米麹入り柚子胡椒の正体が悟られないよう付けたものだった。米麹入り柚子胡椒は柚子の皮も麹も赤唐辛子までもが細かな粒状になってしまうので、強い風味だけで元の形はわからなくなる。

「これは文句なく酒に合う」

蔵之進は満足そうに鰯の柚子風味を食し続けて、

「これに使われているのは黄色が柚子の皮で、柚子卵の時にもちらちら見えていた赤は赤唐辛子だな」

　得意げに正体を当てようとした。

「半分と少しは当たっています」

　季蔵は真顔で応えた。

「まだ何か入っているのか？」

　蔵之進は頭を傾げた。

「柚子と赤唐辛子、それだけの組み合わせでこれだけ馴染んだ奥深い味が出るものではないようです」

　と言って、飯茶碗に炊き立てのご飯をよそうと、常備してある納豆麴、柚子味噌を小鉢に盛って勧めた。

「柚子尽くしの調味料の真打ちです。これで飯を召し上がっていただければ、先ほどのわからなかった材料が何かわかります」

「どちらも佃煮《つくだに》のように色が濃くて飯に合いそうだ」

　蔵之進は箸を手にすると、まず納豆麴をご飯の上にのせて啜《すす》るように喉《のど》に落とした。

「これは意外、意外。何の豆かと思っていたら納豆だったとはな。納豆独特の臭みや粘りがなくて豆もふっくらしている。柚子の香りが食欲をそそる。これなら納豆嫌いの上方の連中や子どもにも勧められる。　塩梅屋は上方の者を泊める旅籠を開いてもやっていけるぞ」

　などと冗談を言い、

「こちらは味噌だな」

　柚子味噌に箸を伸ばして味見した。

「何とも強く柚子が香り高い。柚子卵や鰯の柚子風味とは異なる、強いがどっしりした味わいだ。次の飯は湯漬けにしてくれ」

　柚子味噌で湯漬けをさらさらと胃の腑《ふ》におさめると、

「飯茶碗の中身に目を凝らして湯漬けを食べてやっとわかったぞ。ふやけた白い粒が見えた」

　と言い、

「今まで召し上がられた料理の立役者は米麹でございます」

　季蔵は言い切った。

「なるほどな」

　頷いて頬杖《ほおづえ》をついた蔵之進は、

「あえて見つけようとしなければまるで姿がないかのように隠れてしまう、幽霊のようでもある米麴とやら、何かに似ていないか？」

　思わせぶりに季蔵の方を見た。

「実はお奉行様はこの米麴を用いた料理を持参して稲穂屋敷へ向かうよう仰せなのです。わたしはいなくなってしまった料理人の代わりに夕餉を届けることになっています。稲穂屋敷の主は持参する料理でわたしの腕を確かめるつもりなのでしょう。お奉行様のお立場を悪くしてはなりませんが、並みのお大尽ではないという巷《ちまた》の噂《うわさ》もあり、蔵之進様のお話を聞いて謎《なぞ》も深まり、このわたしでお役目が務まるものかと正直不安になってきています」

　季蔵は胸中を打ち明けた後、

「謎といえば――。お奉行様には申しそびれておりますが――」

辰吉が人づてに聞いたというギヤマン小屋とお白州の話をした。

「それは何とも凄い」

　蔵之進は仰天した。

「そんなものが許されているとはな」

「わたしもよくもそこまでと思いました」

「ただし、お奉行はご存じだろう。とにかくあのお方は地獄耳、千里眼にして狸《たぬき》だからな」

蔵之進は人差し指に唾《つば》を付けて眉を拭《ぬぐ》った。

「どうして稲穂屋敷はギヤマン小屋が造れてお白州があるのかと聞いたところで、はぐらかされるのが落ちだろう」

「たしかに」

――ここは何も言わずに命に従うしかない――

「稲穂屋敷についての話はまだある」

蔵之進は告げた。

「これから話すのは今の稲穂屋敷のことだ」

「是非聞いておきたいです」

季蔵は身を乗り出した。

「名も無ければ家紋も無いが稲穂屋敷は権現様の頃から続いてきたお家ではある。となれば代々の当主が妻《めと》を娶って子を生《な》して続いてきたことになる。それだけは間違いない。だがな、妻はいったいどこから輿《こし》入れしてきたのだ？」

「それも奉行所の記録には一切無いのですね」

「当主の誕生、婚姻、後継ぎの届け出、もちろん死亡一切の記載が無い」

「そうは言っても、婚姻、嫡子誕生は厳然と起きているはずでしょう」

「身分の別なく墓石に女の名は記さない。これは大名家や名家の子女であっても正室の子でない限り同じだ」

「死んだものとして大名家や名家の子女が、密《ひそ》かに代々の稲穂屋敷の主に嫁いでいたということですか？」

「それが一番秘密が守られる。稲穂屋敷は大名家に少なくない相応の謝礼をするだろうから、これで困窮している大名家も潤うはずだ。嫡子が誕生しなければこれを繰り返す。束《つか》の間《ま》だが潤う大名家が増える」

「死んだことにされて売られるに等しい当の姫君たちがあまりにお気の毒です」

季蔵は思わず、かつての主家鷲尾《わしお》家の悪辣非道な嫡男に無理やり側室にされた瑠璃の苛酷《かこく》な運命に想いを馳《は》せた。季蔵の許嫁だった瑠璃はそれが因《もと》で正気を失い未《いま》だ恢《かい》復《ふく》していなかった。

「大名家と大名家、京の公家《くげ》と徳川将軍家の縁組とて同じようなものではないか」

蔵之進の言葉に、

「川と川に挟まれて農耕を続けてきた広大な国元から、妻を娶るということはないのでしょうか？」

季蔵は訊いた。

「それはわからない」

蔵之進は言い切って、

「それと稲穂屋敷が許されている武蔵野の土地は大名家の国元のようなものではない。稲穂郷《ごう》と呼ばれているがそれも正式な名ではない。住んでいるのは一人残らず農民だ。農耕に必要な馬を増やし農具も自分たちで工夫している。まだ言ってはいなかったが、農地を挟んで両側の川には堅固な堤防が造られている。これらを造って川の氾濫《はんらん》のたびに強固にするべく直し続けて今日に至る。費えは全《すべ》て稲穂屋敷が負担してきた。それゆえ農地はすこぶる肥沃《ひよく》で毎年米の豊作が望める。農民たちは稲穂屋敷へは年貢を納めるのだろうが、稲穂屋敷から公儀が諸役、運上金や冥加金を取り立てることはないので、農民の負担は大名家等よりよほど少ないようだ。ゆえに近隣の領民たちに比べて稲穂郷の農民たちの暮らしぶりは悪くない。中には見目形のいい娘たちが何人もいるだろう。これだけ代を重ねて家を保っていれば稲穂郷の娘が稲穂屋敷の妻になっていてもおかしくない。だが、稲穂屋敷の主は生涯稲穂郷を見ることもないし、農民たちは代々堤防の外に出られない決まりになっている。主と農民の娘、双方に出会いは無いから見染め、見染められることなども無い」

ここでまた飯碗を季蔵に突き出した。

「納豆麹も柚子味噌も共に病みつく」

第二話　柚子寿司

一

蔵之進《くらのしん》はもう一膳《ぜん》ずつ、納豆麹《なっとうこうじ》をかけた飯と柚子味噌《ゆずみそ》の湯漬けを堪能《たんのう》した。

「遠く離れた稲穂郷《いなほごう》の娘たちは見染められなくても、市井には常に浮世絵の美人画に描かれるような小町娘等がいます。たとえば常憲院《じょうけんいん》（五代徳川綱吉《とくがわつなよし》）様の御生母の桂《けい》昌院《しょういん》様は出自が青物屋と聞いています。将軍家さえ血筋を繋《つな》ぐためには生母の身分を問わないのですから、稲穂屋敷とて市井の若く美しい娘たちを娶《めと》ればいいのでは？」

季蔵《としぞう》は湧《わ》いてきたさらなる疑問を口にした。

「しかしこの長い徳川幕府の間、稲穂屋敷の者たちが高い塀で隔てられている屋敷から外へは一歩も出てはいないとされている。奉行所の記録にはないが多く戯作者《げさくしゃ》の日記にはそのように書かれてきた。人ではあろうが幽霊の集まりのようで、人として生まれても外とつきあいのないせいで次第に幽霊となるのだと。もちろんいったい何人の者たちが主《あるじ》に仕えているのかもわからない。ただし相当数の家来が揃《そろ》っていなければ、畳替えや屋根葺《やねふ》き、庭の手入れをはじめとする衣食住をほとんど屋敷内で賄《まかな》うことはできまい」

「稲穂屋敷は男子禁制の大奥ほどではないにせよ、塀の外の民とのつきあいを禁じている、日の本を縮めたようなところなのですね。とはいえ、後継ぎを産む女だけは簡単に賄えないはずです」

「それについては市井の小町娘たちがそのためにさらわれるという草紙が、手を変え品を変え書かれている。そのたびにお上は取り締まっていないというのに、書いた戯作者たちは死んだり、筆を折って名を潜《ひそ》めた。今ではこの手の草紙は昔物語と化して、綺麗《きれい》な娘たちがさらわれると必ず稲穂屋敷の嫁にされたのだという噂《うわさ》が立つものの、誰《だれ》も信じていない。人さらいはたいていが人買いの仕業だとわかっているからだ」

「全部が人買いの仕業だとは思えません。時に禁忌を破って稲穂屋敷の主が外へ出ることもあり、相手を見染めてさらってしまう流れになることもあるのでは？」

季蔵の言葉に、

「男にも色恋へのあこがれや執着はあろうからな」

頷《うなず》いた蔵之進はおき玖《く》との馴《な》れ初《そ》めや結ばれた経緯《いきさつ》を思い出してやや顔を赤らめつ

つ、

「とはいえ見染められた娘はあまりに気の毒だ。死ぬまで親兄弟に会えないだけではない。これも草紙に書かれていることだが、稲穂屋敷の主には人の顔がないのだ」

憐《あわれ》みの嘆息をついた。

「人の顔がないとは？」

「主は鬼の面をつけているという話も語り継がれている。生まれつき顔が火傷《やけど》の痕《あと》ように爛《ただ》れているのだとも。そしてそれは必ず父親から男の子に受け継がれる醜貌《しゅうぼう》なのだとも――」

「見た者はいないのでしょう？」

「伝えてきた昔々の戯作者たちは外部の者の数少ない屋敷入りの事実を知った。今回のギヤマン小屋造りの大工たちのように、屋敷内に受け持つ者がおらず、やむなく頼んで入れた者たちの中の一人が偶然、目にして触れ回ったのを耳にしたのだろう。今回のがどこにもあろうはずのないお白州《しらす》なれば、昔見た人の姿が鬼の面の主であってもそうはおかしくない。そして草紙に書かれている鬼の面の主は実は人食い鬼で、人肉を肴《さかな》に酒を飲むという血まみれの酒池肉林を好む大悪党に書かれている。このあたりはよくある酒呑童子《しゅてんどうじ》の話に似せている」

酒呑童子の言い伝えは八百三十年以上前の一条《いちじよう》天皇の治世に起きた酒好きの悪鬼の成敗談である。悪鬼は京の若者や姫君を次々にさらって餌食《えじき》としていたが、天皇の命を受けた勇者 源 頼光《みなもとのよりみつ》が討ち取る。しかし、源頼光は一刀両断に刎《は》ねた酒呑童子の首に睨《にら》み据えられ、嚙《か》みつかれる。

「巷間《こうかん》伝えられてきた稲穂屋敷の主の話はこの手の悪鬼伝説じみたものが多いのですね」

季蔵は少々呆《あき》れた。

「まあ、そうだ。そしてこんな酒呑童子まがいの与太話ばかりでは、今の屋敷の主がどんな奴《やつ》なのか、皆目見当がつかない」

「稲穂屋敷も主もわからないことばかりです。あまりに不可解すぎます。ということはわたしがこれからお奉行様の命で訪ねなければならない稲穂屋敷やそこの主は、源頼光に成敗された酒呑童子よりもずっと怖い相手かもしれません」

言い切った季蔵に、

「奉行所に一切名を残さない稲穂屋敷の住人たちは幽霊に例えられるものの生きている。怖いのは幽霊よりも生きている人だと亡くなった養父はよく言っていた。幽霊にあるのは怨念《おんねん》による呪いだけだが、生きている間は過ぎたる金欲、出世欲、色欲等、ありとあらゆる邪《よこしま》な欲に支配されるのが人であるとも。稲穂屋敷で何が待ち受けているかわからない。自分の身を守るべくくれぐれも気をつけて」

蔵之進は念を押すように言った。

この蔵之進が帰っていくと少しずつ夜が明けて辺りが白んできた。

――今日は帰らずここで引き続き仕込みの仕事をしよう――

季蔵が小上がりで横になってうとうとしていると、油障子《あぶらしょうじ》が引かれる音がして、

「ああ、やっと居た」

馴《な》染《じ》みのある声に起こされた。

岡《おか》っ引《び》きの松次《まつじ》が息を切らしている。松次は四角いえらの張った顔と金壺眼《かなつぼまなこ》が特徴の中年男である。北町奉行所定町廻《じょうまちまわ》り同心の田端宗太郎《たばたそうたろう》の下で働いている。早くに連れ合いに先立たれて男手一つで育て上げた娘は遠方に嫁いでいて今は一人暮らしであった。

「長屋の方へ行って声を掛けたんだけど答えがねえもんだから、たぶんこっちだと思ってさ」

季蔵の長屋にまで松次が訪ねてくるのはほぼ明け方と決まっている。

「また、あれですか」

季蔵は起き上がった。

「そうなんだ。いつもすまねえなあ」

松次は戸口に立ったままでいる。

「行きましょう」

季蔵は松次について歩きはじめた。

松次の足は浅草観音《あさくさかんのん》の境内《けいだい》へと向かっている。

「あれにしてはずいぶん賑《にぎ》やかなところで――」

季蔵が呟《つぶや》くと、

「そうなんだ。朝早くに出てきた大道商人《だいどう》（露天商）の古着屋が見つけんだ」

松次が相づちを打って続けた。

「たいていあれは人気《ひとけ》のない寂しいところ、街はずれや川辺、廃寺とか廃屋なんかで見つかるだろ。それがよりによって、わんさか人出の多いとこでっていうのは俺も長くあれを見てきたが、初めてだぜ」

あれというのは不審死と思われる骸《むくろ》であった。こうした骸には明らかに行き倒れと察せられるものも少なくない。また木の枝にぶら下がって息絶えていて自害と見受けられる骸もある。どんな骸についても番屋に届けられた際には検分し、殺しであれば下手人探しをするのが定町廻り同心と岡っ引きの役目であった。このような折、季蔵が駆り出されるのは骸に対する観察眼というか、自害か殺しか、骸を見分ける目の持ち主だったからである。

二人は浅草観音の境内に入った。夜が明けたばかりだというのにすでに大道売りたちが店を開く支度に追われている。その数はひしめいて見えるほど多かった。

季蔵は長身痩軀《そうく》の田端が細長い手を上げてこちらへ合図を送ったのに気がついた。

「田端の旦那《だんな》たちはあそこで」

松次が準備中の大道商人たちの間を器用に縫って田端のところへ行き着いた。季蔵も続く。

「ご苦労」

一言だけ田端は労《ねぎら》った。

以前はこのような折、烏谷《からすだに》も駆けつけたものではあったが、大目付の代行じみたお役目をも拝している今はもう加わらなかった。

「こっちだ」

田端は境内にある松の木の下で菰《こも》を被《かぶ》せた骸を見下ろしていた。隣にはまだ背中の大きな荷を下ろしていない、髪を後ろで結わえた太り肉《じし》の大年増《おおどしま》が立っていて、じっと骸の方を睨んでいる。

「こんなところに骸なんて縁起でもない、古着を売る商いの邪魔になるから見えないところへ運んでほしいと、この古着屋にさんざん言われたがこればかりはそうもいかぬ。きっちりした骸検《あらた》めは我らが役目ゆえな」

田端は珍しく長い言葉で古着屋の憤懣《ふんまん》を制したが、

「まあ、ここは松の木に風情《ふぜい》があって結構な所場代を払いましたんで、早く着物を並べたいんですよ。何せ、抜群にお買い得のうちの品は人気なんで。並べるとすぐ財布の紐《ひも》を緩めてくれるお客さんもいるんです。だからこの松の下の場所を一時も無駄にはしたくないんです」

骸を見つけた古着屋の女は改めて大声でまくしたてた後、

「あたしを疑ってるならお門違いですよ。あたしが来た時には骸はもうここにあったんですから。それに骸は見ず知らずの男です。そんな男を殺すわけなんてありません」

田端たちに加わった季蔵の方を見た。

二

「どうして殺されたとわかりましたか？」

季蔵はまだ骸にかかっている菰を外してはいなかった。

「どうしてって、あんた、殺されたに決まってるじゃないのさ？　あんまり酷《ひど》すぎて商いの邪魔ってこともあったけど情けもあった。気の毒になって、面構えが怖いのを我慢して都合した菰をかけてやったのよ」

古着屋の女は意外な素早さで屈《かが》み込むと、さっと菰を取り除《の》けた。

——これは——

小柄な男の骸は首と胴体が離れていた。顔には赤い鬼の能面が被せられている。能面は角を突き出し牙《きば》を剝《む》きだして威嚇《いかく》している。

「俺《おれ》は鬼ってえのが、子どもの時からずーっと、怖《こえ》えんだよ。くわばらくわばら」

青ざめた松次は骸から目を逸《そ》らせている。

「それではわたしが——」

季蔵が屈み込んだ。

季蔵は手を合わせると、ゆっくりと骸の顔を覆っていた鬼の面を外した。面の下は老爺《ろうや》の小さな顔だった。その顔は皺《しわ》深くはあったが穏やかで、髷《まげ》は細く、白いものが目立つ。胴体は、貧相に痩《や》せている。

「身元がわかるものは何一つ身につけていなかった」

田端が告げた。殺しの場合、それはたいして珍しいことでもなかった。下手人は相手の身元が分からないようにして自身の犯行を隠すものである。

「首を落として鬼の面をつけるという手口からすると、これは鬼刑骸《きけいがい》ということになるのだが、定町廻りになって初めて視《み》るゆえ、念のためにおまえに来てもらった。間違いないと見定めたい」

田端のこの言葉に、

「鬼刑骸とは何でしょうか？」

季蔵は訊《き》かずにはいられなかった。

「品川《しながわ》の外れに千代田《ちよだ》のお城ほどの屋敷と土地がある。高い塀が築かれていて出入りはほとんどない。そこには奉行所は立ち入ることはできない。といって武家と見做《みな》されて目付殿や大目付殿の差配でもない。お上や世間と関《かか》わらずとも支障なく、長くほとんど自給自足の独自な暮らしを続けている。そこでの掟《おきて》を破った者には科すべき刑罰もあろう」

田端はあえて稲穂屋敷とは名指さなかったので季蔵は言い当てぬことにして、

「鬼刑骸はその科すべき刑罰を受けた者であると？」

さらに訊いた。

「この屋敷からの逃亡は重罪と見做されるのだろう。逃げた者は追いかけられてこのように処刑されてきたようだ」

――もしや、この骸は屋敷からいなくなったという料理人のものでは？――

季蔵は寒気がしてきた。

――稲穂屋敷では逃亡以外にもどんな理由で仕置きが下されるかわからない。それと蔵之進様が話していた、酒呑童子に似せて稲穂屋敷の主のことを書いた戯作者たちが亡くなった事実もある。稲穂屋敷では化け物談が意に染まず、これを書いた戯作者たちに鉄槌《てっつい》を下し続けてきたのでは？――

不安も募る。

「もとよりこちらはその屋敷を取り締まる立場ではない。だからはっきり鬼刑骸とわかればそれでいい。後は行き倒れの者たちが眠る供養塚に弔うだけだ」

と田端は続け、

「そうとわかりゃ、早くしてくださいよ」

古着屋の女は唇を尖《とが》らし、

「そろそろ、小者《こもの》たちが運んでくる戸板が届く頃《ころ》なんだがな」

松次はやはりまだ季蔵が手にしている鬼の面から目を離している。

「これは殺しではないかもしれません」

季蔵は言った。

その目は首の切断面を凝視している。

「僅《わず》かですが紐が締まった時に付く滲《にじ》んだような血の痕が見受けられます。これは生きている時のものです。片や切断された首の切り口はすっきりしていて滲みの痕はありません。周囲に血の飛び散った痕もなく、この骸の首はここで斬《き》られてはいないのです」

仔細《しさい》に胴体を視ていって、

「滲んだ血のあるなしでは自害か殺しかわかりません。首を絞められて殺されさらにその首を斬られたのかもしれません。けれども褌《ふんどし》と小袖《こそで》が尿《にょう》で濡《ぬ》れた跡があり、裾《すそ》に細かに千切れた枯葉が付いていました。足や手には枯草で付いたと思われる小さな傷がいくつもあります。となるとこの男は枯草の多い草地、もしくは林の中に入って、自ら木の枝に紐を通し縊《くび》れて骸となったのでしょう。そしてその後、何者かに木から下ろされて首から紐を外され、締め痕に添って首を切断されて、ここまで運ばれてきたのです。この鬼の面ともども、番屋に移してからさらにくわしく調べなければなりません」

と告げて鬼面を骸の顔に戻した。

「なるほど」

田端はやや当惑気味に頷き、松次は、

「まだまだその鬼とおさらばできねえのかよ」

ちらと鬼の面を見てあわてて目を伏せた。

「ああ、よかった。これでやっと商いができる。子どもたちに腹いっぱい食わしてやれるよ。旦那方、ご苦労さんでした」

古着屋は頭を下げて骸が運ばれるのを見送った。

番屋に運ばれた骸は土間に横たえられた。

「首を絞めて殺してから斬り落としたということはないだろうか？　これなら鬼刑骸となろうが」

田端はこの骸が鬼刑骸である可能性を突いた。

「ないとは言えません。だからまだまだ調べなければならないのです」

屈み込んだ季蔵は骸を裸にしてくまなく調べた後、

「骨と皮ばかりと言っていい痩せ方ですが手足の小さな傷のほかに傷はありません」

鬼の面を改めて取るとまずは目の中を視た。

「目には首が締まった時に血が出てできる点が見えています。これは絞められても自分で首を括《くく》っても出来ます。なのでこれだけでは自死とは決められませんが」

次に口の中をこじ開けると、

「小石ほどの大きさの出来物が舌に出来ていて、周囲に広がっています。これはおそらく性質《たち》のよくないものではないかと。わたしは医者ではありませんが、これとよく似た出来物で悩んでいた料理人仲間にこの様子を見せられたことがありました。出来物が大きくなるにつれて、次第に料理の味を見極めることがしにくくなってきたという話も聞きました」

と季蔵は説明した。

「その料理人仲間とやらはどうなった？」

田端が訊いた。

「ほどなく首を括って亡くなりました。料理で身を立てている料理人にとって、舌は包丁を握る手と同じです。これがはかばかしくなくなってしまうともう料理は拵《こしら》えられません。この悩みは深かったと思います」

季蔵の応《こた》えに、

「それで、おまえはこの骸は生きている頃、料理人だったと言い切るのか？」

田端は鋭い目を向けてきた。

――お奉行からの命についてここで話すことはできない――

「おそらく」

とだけ季蔵は言った。

「料理人であろうがなかろうが、鬼刑骸だったわけでしょ、すぐにも供養塚に葬ってやりましょうや」

松次の言葉に、

「鬼刑骸だったかどうかはまだわかっていない。その骸が料理人でなくとも不治の口中の病となれば老爺でもあり、世をはかなんで首を括ることはあり得る。しかし、その首をわざわざ斬り落としてから、胴体と一緒にあそこまで運んだのはなぜか、何の意味があったのかという謎《なぞ》は残る」

田端は応えを待つかのように季蔵を見た。

「確かに。骸の首を落とした者はなにより、この首斬り骸を目立たせたかったのだと思います」

「そいつもそのためなんだろう？」

松次は恐る恐る季蔵が手にしている鬼の面を指さした。

「今まで市中で見つかった鬼刑骸というのは皆、鬼の面をつけられていたのですか？」

季蔵の問いに、

「奉行所の記述には鬼刑骸も含めてあの屋敷のことは何も書かれていない。鬼刑骸を目にした者は実は俺も含めて今の奉行所には誰もおらぬ。長きに渉《わた》る奉行所伝説のようなものが今、突然降って湧いて驚いている」

田端は額から汗を吹き出させていた。

三

季蔵は鬼の面をしげしげと見て、

「これは一見能面であるかのようですが、木枠に紙を貼《は》って丁寧に色を塗って仕上げる張りぼてです。手に入れるのはそうむずかしいことではありません。お確かめください」

田端に渡した。

「たしかに木彫りの面よりも軽い」

頷いた田端は、

「しかしなにゆえ浅草観音の境内で、首を斬り落とされた自害の骸が鬼の面まで付けられて見つけられなければならなかったのか?」

「まさか本物のお、鬼の仕業じゃあねえんでしょうね」

慄《おのの》く松次に、

「そんな馬鹿なことはあり得ない。この骸があの屋敷の料理人のものだったら、あの屋敷の命により内輪の処罰を公にしたいと願ってのことかもしれない。これを機にお大名のように富裕ながら、いつまでも日陰の身で胸を張れずにいることに嫌気がさしたのではないかと――。そうなると案じられるのは内輪の裁きが外にも向くことだ。あの屋敷は不可解すぎる」

田端は蔵之進とよく似た想《おも》いを口にした。

「しかしこれだけのことで、自害の骸の首を斬り落としたのがその屋敷の者たちだとは決めつけられません。これはあの屋敷の裁きと仕置きを装ったものかもしれないからです」

季蔵は反論した。

「だとしたらその理由《わけ》は？　身元のわからねえ骸はたとえ料理人であってもあの屋敷に仕えていたとは限らねえんだったよな。そうなると誰が何のためにこのような念の入った細工をするってえんだ？」

松次が呟いた。

――それは稲穂屋敷を酒呑童子の根城扱いして化け物屋敷であるかのような風評を、市中だけではなく奉行所役人たちにも、ひいてはお上にまで流すことではないかと思う。上から下までさんざん稲穂屋敷を怖がらせるのが目的だ――

季蔵は稲穂屋敷の名を知っていて明かさずによかったと安堵《あんど》した。

――明かしていれば必ず皆、田端様のようにお考えになるだろうから――

だが季蔵の意に反して、

「でもまあ、どっちにせよ、あの屋敷じゃ、自分のところの裁きで外も取り締まろうとするだろうさ。嫌だねえ、酒呑童子を頭に悪い鬼がぞろぞろ出てきて悪さをするのは。誰でもいいし、死んでてもよかった。この爺《じい》さんはあの屋敷の奴に首を斬られた。これは〝我が一門、屋敷ここにあり〟ってえ幟《のぼり》の代わりだよ。悪くすりゃあ、こりゃあ謀反《むほん》のはじまりさ。おふくろはね、俺が子どもの頃悪さをすると〝そんなことしてると、あのお屋敷の鬼がやってきて食われちまうよ〞なんて言ってた。俺の鬼嫌いの因《もと》はそれかもしんねえ」

松次はすでに稲穂屋敷を敵対視していた。

——田端様や松次親分、ご定法に通じている方々にまで稲穂屋敷は鬼の館だという思い込みが染みついているとは——。蔵之進様とて鬼より人が怖いとおっしゃったご養父の伊沢真右衛門《いざわしんえもん》様の見識を話してはくださったものの、わたしが稲穂屋敷に行くと知って、屋敷に入れば暗雲に呑《の》まれてしまうかのように案じてくれた。ひょうひょうとした普段には似ぬ切羽詰まった様子で——

季蔵は知り合いたちの思い込みにも少なからず空恐ろしくなった。

——こうした点をお奉行はどのようにお考えなのだろう。わたしを稲穂屋敷に遣《つか》わす真の目的は何なのか？——

「季蔵さん」

松次に声をかけられた。

「急に考え込んじまってどうしたんだい？」

「実は夜中に炊いた残りの飯をどうしようかと思い悩んでいたところでした。いかがです？　皆さん、塩梅屋《うちや》へお寄りになりませんか」

季蔵は方便で切り抜けた。

「そりゃあ、有難い。ねえ、旦那」

松次の四角い顔が綻《ほころ》ぶと臼《うす》のように幅がさらに広がった。

ここからの田端は常に無言である。松次たちの方から立ち寄ることが多いのだが、そんな時も松次の後ろから長身瘦軀を屈めて戸口を潜《くぐ》り、ひっそりと入って床几《しょうぎ》に腰を下ろす。そしてひたすら湯吞《ゆのみ》で冬でも冷や酒を飲み続ける。飯や菜はもとより肴の類《たぐい》も一切口にしない。

「たしか田端様の御新造《ごしんぞ》様は柚子がお好きではなかったかと――」

季蔵の言葉に田端は黙って頷いた。

「でしたでしょう。それで先ほどから残った飯で柚子寿司《ずし》ができぬものかと想いを巡らせていたのです。お重に詰めてたまには御新造様の好物をお持ち帰りになっていただくのもよろしいかなと」

これは方便ではなかったが咄嗟《とっさ》の思いつきだった。

田端の妻は父親の跡を継いで娘岡っ引きになったお美代《みよ》であった。今は一児をもうけて新造として田端家を支えている。強く逞《たくま》しく優しく容色も悪くない。体力自慢なので育児、掃除等の家事は完璧《かんぺき》にこなせるのだが、玉に瑕《きず》なのは料理が不得手なことだった。

「そいつには俺も乗らせてくれ。一人暮らしの侘《わび》しい飯の華やぎになる」

松次の言葉に、

「もちろんです。松次親分にはここで出来立ての柚子寿司を召し上がっていただくつもりです」

季蔵は微笑《ほほえ》んで、

「それではわたしが拵える間、どうかいつものでお寛《くつろ》ぎください」

常と変わらず田端には湯呑で冷や酒を、松次には甘酒を用意した。田端はすぐにぐいぐいと飲みはじめ、目を細めた松次は、

「待ってましたっ」

甘酒の入った湯呑を抱きしめるかのように両手で抱えた。

「おやっ」

松次が頓狂《とんきょう》な声を上げた。

「いつものように熱くない」

どうしたんだといわんばかりに松次の金壺眼が見開かれた。冬場の甘酒は風邪予防にとあつあつを息を吹きかけながら啜《すす》るのが常道である。

「まあ、飲んでみてください」

季蔵の勧めに松次は半信半疑で一啜りした後、

「こりゃ、いける」

唸《うな》るように言った。

「塩梅屋特製です」

松次に勧めたのは米麴を用いたどこででもつくられている、古くは一夜酒とも言われた甘酒を一ひねり工夫したものであった。まずは柔らかめにご飯を炊き、これに水を加える。ここまではありがちな普通の甘酒である。火傷せずに指を入れられる程度の熱さまで冷ますのではなく、ちょうどいいか、やや熱めにまで冷まして、美麴《びこうじ》でもとめた冬場ならではの生の米麴を加える。このまま二日から三日保温すると甘すぎず、すっきりとした甘みと仄《ほの》かな酸味が楽しめる。

「甘ーい、甘ーい、甘酒屋のようなのもいいが、こいつみたいにどっかに酒が眠っててまだ起きてねえってのも、下戸《げこ》にとっちゃ、ちょいと粋《いき》な気分が味わえる。なーんか酔ったみてえにふわふわしてきた。それでいて酒とは違うから気持ちも悪くならねえ、疲れがとれてきた気もする。若い頃に戻っちまったみてえだ。これでもちょいと女たちに騒がれもしたんだよ。おっ、女房が生きてる。娘はまだよちよち歩きだ。いい眺めだよ、極楽、極楽」

松次ははしゃいだ。

季蔵は松次には塩梅屋特製の甘酒を田端には冷や酒のお代わりを勧め続けた。

「どうしてこんなに美味《うめ》えんだい?」

「低めの熱さで長く保温するだけではなく、わたしは生の米麹が一役買っていると思っています」

と季蔵は応えた。

——おそらく生の米麹の働きが繊細なこの甘酒の味わいを生むのだろう——

ちなみにこの甘酒は二、三日で飲みきらないと酒に変わってしまう。もちろん、季蔵はこのことまでは松次には伝えない。

——そんな話を聞いただけで親分は悪酔いしてしまうだろう。そもそも飲食は舌と胃の腑《ふ》だけが感じるのではなく、心あってこそなのだ——

季蔵は柚子寿司を拵えはじめた。まずはすし飯を作る。残っていた飯をすし桶《おけ》に移し、酢、塩、米麹入り柚子胡椒《こしょう》の順番に入れて混ぜる。

サバの切り身を七輪で焼き上げ、指でほぐしながら小骨を取り除いておく。すし飯にほぐしたサバと白胡麻《しろごま》を入れて混ぜる。好みで米麹入り柚子胡椒をふりかける。

四

　ほんの思いつきの残り飯使いではあったが、夢中で柚子寿司を平らげた松次は、

「ぴりっと来るのに尖ってねえ柚子の味が何ともいえねえ。この米麹ってえのは季蔵さん、手妻みてえに見事な芸をするもんだね」

　うっとりと米麹入り柚子胡椒の黄色と赤の小片を見つめ、季蔵が田端の妻にとお重に柚子寿司を詰めていると、

「俺にはこっちを土産《みやげ》にしてくれると有難《ありがて》え。飯に混ぜて握りゃあ、馳走《ちそう》になる」

と米麹入り柚子胡椒を指さした。

　それから何日かして、長いつきあいの廻船《かいせん》問屋長崎屋《ながさきや》の主五平《ごへい》が訪ねてきた。出会った当時の五平は二つ目になったばかりの噺家《はなしか》で松風亭玉輔《しょうふうていたますけ》と名乗っていた。長崎屋は江戸で一、二を争う廻船問屋だったにもかかわらず、後継ぎとはいえ、幼い頃から噺好きだった五平は店を継がず、噺家になることを選んで勘当された身であった。二つ目といえばまだ下積みであり、祝儀とも無縁で当然日々の暮らしはぎりぎりだった。そんな五平にとって塩梅屋の菜や肴は懐《ふところ》に優しかったのである。

「あの時の酢豆腐の噺は忘れられません」

季蔵は時折思い出した。

ちなみに酢豆腐とは腐った豆腐のことで、食通を自任している自慢屋の若旦那を、長屋の連中がこれこそ極めつけの美味だと偽り、知ったかぶりをして苦しみながら食べるのを見てざまあみろと笑い転げる噺である。

「あの時は有難くも季蔵さんが飲み代や肴代の代わりに噺で払わせてくれたんですよ」

五平はそう言うのだが、

「そうだったでしょうか」

季蔵は覚えていない。

その直後、五平は父親を殺され、父親と不仲だったとされる五平に疑いがかかったものの、季蔵が真の下手人を明らかにした。お縄になった下手人は主の座を狙《ねら》う長崎屋の大番頭だった。このままでは後継ぎのいない長崎屋は店を畳むほかなかった。そこで五平は路頭に迷ってしまう大勢の奉公人たちのために真打ちへの道を断念し、長崎屋の主として寝る間も惜しんで商いに励んだ。その必死の努力が実って長崎屋の商いは父親の代にも増して繁盛している。もっとも噺から全く遠ざかったわけではない。今でも五平は噺の会と称して知人を集めては自身の噺の独演を続けている。

忙しい五平は時折、ふらりと塩梅屋を訪れる。仕込みは夕餉《ゆうげ》のものなので当然、すぐに供せるものは賄いか賄いに毛の生えたものしか用意できない。酒を飲んでもほどほどである。そしてたいていは聴き手は季蔵一人の噺で締めくくられる。その噺の多くは瓦版屋《かわらばんや》が騒いでいるせいで二人ともが耳にしている市中の事件や出来事をもとにしたものであった。

「世相と関わっての噺ですからね」

などと五平は言った。

そんな五平の訪れが変化した。長崎屋の奉公人が訪ねてきて、

「旦那様が他にお客様がおられないときにお伺いしたいとのことです。どんなに遅くともよろしいので、いかがでしょうか」

と訊かれた季蔵は、

「夜四ツ（午後十時頃）には暖簾《のれん》を仕舞いますから、それ以後でしたらいつでもお待ちしますとお伝えください」

返事をした。

五平はその翌々日の夜四ツを少し過ぎた時分に塩梅屋の油障子を引いた。

「ご心配なことでもおありなのですか？」

いつになく五平の顔は青かった。

「酒はありますか？」

「ございます」

「今日は思い切り飲みたい気分です。家ではなかなかそうもできなくて──」

「お店《たな》で何かございましたか？」

五平の妻は市中の男たちなら誰でも憧《あこが》れた、美貌《びぼう》で鳴らした売れっ子の元娘義太夫《むすめぎだゆう》で、季蔵が仲を取り持って結ばれた。夫婦は男女二人の子に恵まれている。ただし、内儀おちずは過剰な心配と几帳面《きちようめん》が過ぎるきらいがあり、たとえば五平が家で大酒を飲んだりしたら何かよほどのことがあったのかと、心を蝕《むしば》ませるほど悩みかねないのだった。

「いや」

五平は首を横に振った。

「それではお店のことで？」

「ん」

今度は曖昧《あいまい》に頷いた。

「まさか船が――」

当てずっぽうだったが、

「まあ、ねえ」

五平は目を伏せた。

「今時の積み荷は上方の木綿ですか？」

上方からは船で多量の木綿が江戸に運ばれていた。その他にも下りものは銘柄であり、下り醤油、下り酢、下り塩等の食品、下り水油（鬢に艶《つや》を出したり保護する油）等も人気の品であった。

五平は季蔵の問いに応えない。

「まさか樽《たる》廻船がやられたなんてことはないでしょう？」

樽廻船は伊丹《いたみ》や灘《なだ》等の摂泉《せっせん》十二郷で造られる下りもの一番人気の新酒の輸送に使われていた。人気の高まりは伊丹酒の剣菱《けんびし》を赤穂《あこう》浪士たちが別れの盃《さかずき》に飲んだとされたり、将軍吉宗《よしむね》が御膳酒と定めたことも大きいとされている。

当初は新酒の買い付けは酒屋だけであったが奨励令が下ると、樽廻船を借りるだけではなく、酒屋から買ったという名目で造ったり酒屋を兼ねる廻船問屋も出てきた。

これが五平の父親の成功の一因でもある。何しろ新酒は高額な取り引きになるので難破はかなりの痛手のはずだった。

「たしかに沈んだと伝えられたのは新酒を積んだ樽廻船ですが、長崎屋《うち》ではないのです」

五平の物言いは沈んでいて難を逃れたという安堵感とは無縁であった。

とりあえずはほっとした季蔵は、

――何か複雑な事情がありそうだ――

酒ではなく松次に気に入られた塩梅屋特製の甘酒を湯呑に注いで供した。

――五平さんは酒が強くない。酔い潰《つぶ》して家へ帰すわけにはいかない――

「不思議に身も心も落ち着く味わいですね」

口をつけて一気に飲み干した五平は、

「なるほど、優しい味ですね」

いくらか顔色を戻していた。

「実は大変世話になった方の災難なのです。季蔵さんも聞いたことがあると思いますが、上千屋《かみちや》さんなのです。酒問屋上千屋は下り諸白《もろはく》を市中で一番種類多く置いているところです」

下り諸白は江戸でも評判の酒とあって味も品質も良くとにかく高値だった。諸白とは酒の醸造において、麹米と掛米（蒸し米）の両方に精白米を用いて透明度の高い酒を造る製法である。その起源は古く奈良《なら》の大寺院の僧房酒に遡《さかのぼ》る。諸白でない酒は片《かた》白《はく》と言い、麹米は玄米のまま使い、掛け米だけに精白米を用いる製法でこれらは並酒と称された。

江戸開府の頃から続く酒問屋上千屋は売り上げこそ、他の酒問屋ほどではなかったが下り諸白の中でも選《よ》りすぐりを置いていることで知られている。また、毎年お上からのお達しで市中の酒問屋を廻っては酒蔵にしまわれている、下り諸白の味を確かめて書き記す務めを果たしていた。酒問屋の中には片白を下り諸白と偽る者もいたからである。

「上千屋の御主人は代々下り諸白の達人であり、ご意見番です。おとっつぁんが下り諸白を荷にすると決めた時も、上千屋の先代は何かと便宜《べんぎ》を図ってくだすったと聞いています。わたしと当代の主白《しろ》右衛門《えもん》さんの縁はおとっつぁんの野辺送りの時以来です。江戸ではいくら試してもよい諸白ができませんので、上方の酒屋さんたちはたいそう強気です。取引きはとかく向こうが有利です。そこを上手《うま》く取り持ってくれたのが当代白右衛門さんでした。上千屋さんはこの難破で師走始めには入るはずだった新酒を失《な》くしてしまったのです。ああ、何という不運か――」

五平は両手で顔を覆って、

「わたしのところへは新酒が着いています。注文先が決まっているものばかりではないので、多く買い付けた分を長崎屋で楽しむ分も含めて白右衛門さんに譲りたかったのですが、〝五平さん、気持ちは有難いがそれだけではとても足りない。気持ちだけ貰《もら》っておきますよ、ありがとう〟とおっしゃいました」

掠《かす》れ声で続けた。

「今年の新酒はどれほど下ったのでしょう？」

季蔵は訊かずにはいられなかった。

五

——たしかお奉行が多い年は七十万石余の新酒が下ったと言っていた。下り諸白はますますの人気のようだし、今年はきっと去年以上だろう。それほどの量を市中の酒問屋が確保しつつあるのだとしたら——

「五平さんのところだけではなく、他の酒問屋さんからも少しずつ、下り諸白を上千屋さんに廻しては貰えないのですか？」

——一軒からは少量でも何軒か集まれば上千屋は何とか立ちゆくのではないか？

――

「商人道はものの売り買いに尽きます。高値で売れるとわかっているものを譲るなどということは普通しません。それで白右衛門さんもわたしの申し出を断られたのです。それと――」

躊躇《ためら》った五平は間を置いてから、

「大老舗《おおしにせ》の上千屋さんは毎年お上の命により、他の酒問屋の下り諸白の味について意見書をしたためてこられました。不審な場合は酒問屋だけではなく、問屋から買い付けて売る小商いの酒屋にいたるまで調べる熱心さです。仲間内にはこれを快く思っていない者たちがいます。同業者のよしみがあってもいいだろうという目こぼしをよしとする考えです。またあるいは上千屋さんのような誉《ほまれ》あるお役に就《つ》きさえすれば、馬鹿正直な意見書などお上に出さず、今以上に商いを膨らませて名実ともに江戸一の酒問屋になれるという野望を抱いている者もいるのです。この手の人たちは今回の上千屋さんの苦境を固唾《かたず》を呑んで見守ってはいても、助けの手を差し伸べるなど思いもしないでしょう。残念ながら噺によく出て来る長屋の熊《くま》さん、八《は》っつぁんのような愚かしいまでの人の良さは商いとは無縁です。商いは苛酷《かこく》なものです。それで根がとことん愚かなわたしは未《いま》だ噺と縁を切れないでいるのですよ」

いつになく空《むな》しさを噛みしめるような物言いをした。

──すでに万策尽きているということなのだろうが──

季蔵はこうして時を長くとってまで自分を訪ねてきた五平の真意をはかりかねた。

「実はわたし、あまりに上千屋さんが八方塞がりの御様子でしたのでつい罪作りな助言をしてしまったんです」

五平は知らずと俯《うつむ》いてしまっていた。いきなりそう言われた季蔵は困惑した。話が飛びすぎていてよくわからない。

「くわしく話してください」

「はい、では」

五平は頭を上げた。

「早くに連れ合いを亡くして独り身を続けた白右衛門さんには息子さんと娘さんが一人ずついます。兄と妹です。兄の方は、ありがちな放蕩者《ほうとうもの》で商いに身を入れたことはなく、白右衛門さんを助けて骨身を惜しまず働いてきたのは妹のお嵯峨《さが》さんです」

上千屋の長女が嵯峨と名付けられるのは、その昔、嵯峨天皇が京の御所で華麗にして品位のある菊をたいそう愛《め》でて丹精《たんせい》してから菊の栽培が世に広まったという謂《いわ》れにちなんでのことである。

「何人と決められているわけではないので小町娘は町の数だけいるとも言われていますが、たいていは器量好《よ》しを自他ともに認めていて、我先に美人画に描かれたい、そうなればどんな玉の輿《こし》も夢ではないとばかりに化粧し着飾りがちでしょう？　ところがお嵯峨さんに限っては違うんです。化粧っ気一つありません。昔から働き者でしたが今は一人、二人と日々奉公人に暇を出しているので、表向きの商いだけではなく、掃除、洗濯、料理等家事万端をこなしています。上千屋さんとは古いつきあいのわたしが気になって出向いて行っても暗い顔は見せません。この間は〝そろそろこれも使い途《みち》を変えなくては〟などと言い、残っていた去年ものの下り諸白でそれはそれは美味しい酒饅頭《さかまんじゆう》を作って振舞ってくれました」

そこでぺろりと舌先で唇を舐めた五平は、

「贅沢《ぜいたく》に下り諸白を使った酒饅頭の肝は酒にあらず、何と中身の漉《こ》し餡《あん》なんですよ。格別な風味の饅頭皮には、粒のままの小豆餡じゃ、粗雑すぎるんです。せっかくの風味を粒々が台無しにしてしまう上に、口馴染みがよくないんだと思いました。そこをわきまえて漉し餡にしているのが凄《すご》いのです、お嵯峨さんは。きっと饅頭作りだけではない料理の才がありますよ」

味わった下り諸白使用の酒饅頭について熱く語ってお嵯峨を絶賛した。

「小町娘という言葉を使うとありがちな小町娘が思い出され、どこか媚《こび》を含むようで気が進まないのですが、あえて使わせてもらいます。お嵯峨さんこそ、小町娘中の小町娘、江戸市中の誇りであり華です」

——上千屋さんほどの大店の娘さんが料理好きとは——

季蔵は意外に感じた。

大店の娘は手習いを終えると琴、三味線《しゃみせん》、長唄《ながうた》、生け花、茶の湯、画《え》等の習い事に明け暮れるのが普通であった。料理は厨《くりや》で奉公人たちの手によって作られる。

「ところで罪作りな助言とは？」

季蔵は気がかりであった。

「放蕩息子は京助《きょうすけ》と言います。難破の不幸に見舞われても、仲間たちが力を貸してくれなくとも、跡取り息子さえこれを機に心を入れ替えれば、何しろ自他ともに認める老舗中の老舗上千屋の災難ですからね、何とか持ちこたえてほしいという親戚筋《しんせきすじ》も京の本家を筆頭にあるでしょう。ところが京助のせいで上千屋は親戚から見放されてしまっているんです。白右衛門さんによれば〝本家から何度も勘当しろ、しっかり者のお嵯峨に婿を取れと言われてきていたが、そんなことをして、喧嘩《けんか》や博打《ばくち》で命を落としでもしたらと思うと、どうしてもそうできなかった〟と。子どもたちが幼い頃、奥さんを病で亡くし、商いと子どもたちの成長を生き甲斐《がい》に独り身を通された白右衛門さんは、上千屋主と父親の顔の他に母親のようなきめ細かな情の持ち主なのです」

「それもあって五平さんは助言せずにはいられなかったのですね」

季蔵は先を急いだ。

「難破が上千屋の命取りになりかねないというのに京助は変わらず、呑む、打つ、買うの暮らしぶりを続けていました。金の無心に、そんな余裕はもうないと白右衛門さんがはじめて断ると、〝だったら通りかかる旅の奴《やっ》らからいただくまでだ。それが一番てっとり早い〟と追いはぎの企《くわだ》てを口にしたのです。お縄になればまちがいなく死罪です。驚いた白右衛門さんは罪の重さを説いて、そのようなことは決してしないようにと繰り返し言い聞かせ、とりあえずはかき集めた金を京助に持たせました。京助が〝金を持って来なければ、仲間内でいう「いただき」、ようは追いはぎの仲間になるしかない〟と遊び友達に脅されていると項垂《うなだ》れたからです」

「そこで白右衛門さんは五平さんに全《すべ》てを打ち明けて相談なさったのですね」

「それは少し違います。白右衛門さんは悪い友達には金を渡して縁を切り、家に帰ってくるように京助に言ったのですが、何日待っても戻っては来ませんでした。そんなある日、白右衛門さんは倒れてしまったんです。床に臥《ふ》せったまま起き上がることもできなくなりました。思い余ったお嵯峨さんがわたしを頼ってきて、初めて白右衛門さんと上千屋の想像以上の窮状を知ったんです。お嵯峨さんが涙ながらに話してくれました。上千屋では医者に診せる金にも事欠いていたんです。もちろん長いつきあいのある掛かりつけ医は来てくれるでしょうが、薬礼（診察費）が払えないとわかっている白右衛門さんが断じて、〝呼ぶな〟と譲らないのだということでした。あの人はいや、上千屋は代々真の誇りの持ち主なんですよ」

「しかし、あなたは誇りよりも命だと白右衛門さんを説得なさったはずです」

「もちろんです。長崎屋掛かりつけの医者を連れて行って診ていただきました。年齢を経た者が悩み事等に心身が蝕まれて発病、次第に重くなる心の臓の病だということでした。特効薬があるものの、調合がむずかしく売り買いはされておらぬものだそうでした。それでも〝蛇の道は蛇、何とか手に入るのではないか、金に糸目はつけない〟と伝えると、〝きっとこれはただの伝説にすぎぬものでしょうが〟と断ってから〝びんずる大黒《だいこく》という神様を見つけ、この特効薬を願って授かると、驚くほどの長寿を全うしたという患者の話は、曽祖父《そうそふ》の代からわが医家に伝わっています〟と応えてくれて、わたしはこれをお嵯峨さんに伝えました」

びんずる大黒のびんずるは病気を治すご利益があるとされる羅漢《らかん》（仏弟子）である。

「助言とはこのことだったんですね」

「ええ」

五平は浮かぬ顔のまま頷いて、

「家族想いで孝行娘のお嵯峨さんは市中にある寺社をご自分の足で訪ね歩いて、とうとう〝びんずる大黒〟を探し当てました。ぼろぼろに朽ちた破れ寺にあったと言っていましたから並大抵の苦労ではなかったと思います。そこまでのことをしたお嵯峨さんの力になりたくて、わたしは〝最愛の父親のために心の臓の特効薬を授けてほしい〟という願い事を書いた紙を細く畳むのを手伝い、〝びんずる大黒〟のある破れ寺へ一緒に行きました。願い事は一人より二人の方が御利益があるように思えたからです」

そこで一度ああ、ふうと絶望気味のため息をついた。

六

「破れ寺は千住大橋《せんじゅおおはし》の向こうにありました。どこもかしこも朽ちかけていて埃《ほこり》だらけで、寺荒らしだって寄り付かないほど、本堂にあった他の仏具も蜘蛛《くも》の巣に覆われていました。〝びんずる大黒〟はそんなものに混ざって祀《まつ》られていたんです。この世の病による痛みや苦しみを一身に背負っている歪《ゆが》んだ苦悶《くもん》の顔が、むっくりした布袋腹《ほていばら》で袋と小槌《こづち》を持った大黒天の身体《からだ》についていました。見たことのない何ともおかしな様子でしたが、これは笑いたくなる類のおかしさではなくただ、ただ不気味でした。〝夜更けて、細く折り畳んだ願い事の文《ふみ》を見つけた〝びんずる大黒〟の首に結ぶと、必ず目的の御利益があるそうです〟という医者の言葉と、お嵯峨さんのけなげに思い詰めた様子がなければ、わたしは逃げ帰ってしまっていたと思います」

五平は先を続けた。

「そしてどうなりました？」

季蔵は思い切って訊いた。

「三日経《た》って上千屋に特効薬が届きました。もちろん送り主の名は書かれていません。お嵯峨さんからこれを聞いたわたしは念のため医者にその特効薬を見せました。すると医者はほんの少しを舐《な》めて、〝たしかにこれは海の向こうから渡ってきた特効薬、洋地黄《ようじおう》で間違いありません。ディギターリス（キツネノテブクロ）という向こうから伝えられてまだ日の浅い毒草も、調合によっては古来用いられてきた烏頭《うず》（トリカブトの根）のように、優れた特効薬になるのだと聞いています。痛んで苦しむ心の臓の発作に即効します〟と太鼓判を押しました。こうして白右衛門さんは起き上がれるようになって大福帳に目を通せるまでに恢復《かいふく》しました。しかし――」

そこで五平は言い澱《よど》んだ。

「お話によればその特効薬は具合が悪くなった時に備えて常に持ち歩いていなければならないようです。足りなくなりませんか？」

季蔵が疑問に思うと、

「その通りです。密《ひそ》かにお嵯峨さんの〝びんずる大黒〟参りが始まりました。お嵯峨さんは〝何かわたしにできるお礼をさせてください〟という文を添えたそうです。特効薬だけではなく、黄金色の眩《まばゆ》い小判が詰まった千両箱まで届いたそうですから。〝びんずる大黒〟は神様ではなく人だという証《あかし》です」

五平はやや憤慨したように言った。

「そのようですね。病を治すびんずると商人《あきんど》の守り神とされる大黒、合わせて〝びんずる大黒〟なのですから。そんな神様は聞いたことがありませんし。しかし神ではなく人ならば――」

季蔵はさりげなく先を促した。

「〝びんずる大黒〟は騙《かた》りだったんですよ。掛かりつけの医者の曽祖父の話に乗って仕掛けた罠《わな》に違いありません。狙いはお嵯峨さんでした。〝びんずる大黒〟は特効薬と金子に文を添えてきました。これには〝商いで起きる病は金子による手当も必須《ひっす》。父親の薬を授け続けるゆえ、娘は得意な料理で仕えよ〟と書かれていました」

「お嵯峨さんはどうされました？」

訊くまでもないと思いつつ季蔵は念を押した。

「お嵯峨さんは上千屋と父親、ひいてはろくでなしの兄京助のために、自分に課せられた運命を受け入れました。仰せの通りにするという文を返しました」

「まさか、廃寺の〝びんずる大黒〟のところへ行って仕えるわけではないでしょう？……」

「ええ、もちろん。ある日、上千屋にそれはそれは立派なお大名が乗るような駕籠《かご》がお嵯峨さんを迎えに来ました。ただし家紋はどこにも見当たらなかったそうです。わたしはこんなこともあろうかと案じていたので、足が速く力もある奉公人の一人に日々上千屋を見張らせていました。そして、お嵯峨さんが白右衛門さんに別れを告げてその駕籠に乗りこんだ後を尾行《つけ》させたんです。その者によれば立派な駕籠は大通りを避けて裏通りばかりを巧みに進みつつ、あの品川の外れも外れのまるで大海原のように広い稲穂屋敷へと入って行ったそうです」

――稲穂屋敷‼――

その言葉を聞いたとたん、季蔵は一瞬雷に打たれたような気がした。

「どうかなさいましたか?」

五平に気遣われた。

「いえ、驚いただけです。稲穂屋敷についてはいろいろ噂がありますので。さぞかし上千屋さんはもとより、五平さんもお嵯峨さんの身の上が案じられていることと思ったのです。お話を伺って、わたしまで切なくもなりました」

――まさか、隠れ者のお役目ゆえにその稲穂屋敷に近々行くなどとは言えない――

季蔵の言葉に、

「わたしは刀で斬りつけられたかのような驚きでした。もう少しでわたしの心の臓まで止まりかけたほどです。あの稲穂屋敷が〝びんずる大黒〟の正体だったんですからね。掛かりつけの医者を問い詰めたところ、その医者は仲人口の桂庵《けいあん》も兼ねていて、何者からか送られてきた幾ばくかの金子に添えられていた文に、〝当方〝びんずる大黒〟を広く知らしめたい〟と書かれていたと白状しました。医者は〝びんずる大黒〟の所在はわかっていませんでしたが、曽祖父から伝えられてきた〝びんずる大黒〟の特効薬の話は本当でしたんで、切羽詰まっている様子のわたしに話したんだそうです。よかれと思ってのことだったと。このように言い訳されるとこれ以上は責められず、〝びんずる大黒〟のことを助言した自分を責める日々なんです」

五平は頭を抱えて、

「稲穂屋敷の主は酒呑童子のような鬼だということです。市中で綺麗な娘をかどわかしで弄《もてあそ》んだ後、酒肴《しゅこう》にして食らってしまうのだと。まあ、これは噺や草紙の中のことでしょうが、代々の主の妻は内証が苦しいお大名の姫様が身売り同然に因果を含められて泣く泣く嫁ぐほかにも、神隠しに遭《あ》ったとされる小町娘たちがいるはずです。あるいはお嵯峨さんのように〝びんずる大黒〟に釣り上げられてしまう向きも。妻たちは鬼の夫との夜が恐ろしくてならず、産んだ子もまた、鬼の面を被らなければならないほど顔が爛れているのに絶望して、中には自ら命を絶ってしまう女もいるのではないかと。わたしはお嵯峨さんの身が心配でなりません」

鬼畜の酒呑童子まがいであるという主の話を元噺家らしく膨らませてよりお嵯峨を案じた。

「まあまあ、そう悪い方にばかり考えずに――」

季蔵は五平を宥《なだ》めるために塩梅屋特製の甘酒を湯呑に注《つ》いで、

「たしか文には〝得意な料理――〟とありましたね。稲穂屋敷ではお嵯峨さんの料理上手を知っています。ということは目的はその料理の腕ということも考えられます」

と言った。

――それに主が好むのは米麴を使った料理、そして柚子。ももんじとは聞いていない――

この事実も話して安心させたかったが、

――わたしが知っている理由は話せない――

「ところで稲穂屋敷へ行ったお嵯峨さんから文など届いていないのですか？」

と聞いた。

すると五平は、

「わたしのところへは来ずとも、せめて父親の白右衛門さんには届いているだろうと思ったんですが、もうかれこれ、一月は過ぎているというのに無しのつぶてだそうです」

珍しく口をへの字に曲げて、

「白右衛門さんは〝お嵯峨のおかげで江戸開府以来のこの店を潰さずにすんだ。お嵯峨にはいくら感謝しても足りない〟とわたしの前で泣いていました。以来わたしはお嵯峨さんからの文の有無を尋ねることができません。死ぬほど辛《つら》いのは白右衛門さんなんですからね。それにしても人の弱みに付け込んで、白右衛門さんから娘を取り上げた稲穂屋敷はやはり憎いっ」

顔中を憤怒《ふんぬ》でみなぎらせた。

そんな五平のために、

「この甘酒をお持ちくださいい。そうそう甘酒は風邪知らずとお上も勧めておられるので、あなた様からということで上千屋さんにもお届けしておきましょう」

季蔵はゆっくりと発酵、熟成させた格別のさっぱり味の甘酒を大徳利二つに注ぎ入れた。


それから二日ほど過ぎて烏谷から文が届いた。稲穂屋敷来訪についての打合せをしたいという。

――いよいよ、稲穂屋敷の主とご対面だな。それにしても打合せとは慎重なことだ――

季蔵は稲穂屋敷の手土産に決めていた納豆麹、柚子味噌と米麹入り柚子胡椒を用意した。

烏谷のためには、醬油《しょうゆ》麹を用いての尽くしを供することに決めてある。

――お奉行は話を躱《かわ》す名人ゆえ、今日はお好きなものばかりお出しして酒もたっぷり飲んでいただき、巧みに躱されずに肝心な話を引き出したい――

季蔵にとって稲穂屋敷への潜入はすでにもう、わが身を案じながらすることではなくなっている。家と父親のために〝びんずる大黒〟への献身を決意して駕籠に乗ったお嵯峨のことが、ただただ五平同様気がかりであった。

七

醤油麹は米麹と醤油を蓋付き器に入れてよく匙《さじ》で混ぜ、ふたをして、陽《ひ》の当たらない室内に置き、一日一回ざっくりと空気を含ませるように混ぜ、これを七日ほど（夏場は五日ほど、冬場は十日以上）繰り返して拵える。米麹が醤油を吸って表面が乾燥してきたら醤油を足す。米麹の粒が潰れるほどやわらかくなったのを確かめて冷暗所で保存する。日持ちは四月ほどである。

一連のさまざまな麹作りを見てきている三吉《さんきち》は、

「ようは米麹がとっても優れもので塩に混ぜれば塩麹、納豆だと納豆麹、柚子と味噌で柚子味噌、米麹と柚子をどっちも乾かして当たると米麹入り柚子胡椒、醤油だと醤油麹だってことでしょ。米麹さえ混ぜれば何でも旨《うま》みになるみたいな。そん中では、おいら醤油麹が真打ち、一等だと思う。きっと醤油好きの江戸っ子なら皆そうだよ」

と得意げに言い切った。

言うまでもなく烏谷は醬油好きの江戸っ子の一人であった。そして醬油麴を用いた尽くしの品書きは以下のようなものになった。

醬油麴尽くし

口取り　卵、大根各々の醬油麴漬け
お椀《わん》　醬油麴のつくね椀
お造り　マグロの醬油麴たたき
焼き物　焼き蓮根《れんこん》の醬油麴和《あ》え
揚げ物　鶏《とり》の醬油麴揚げ
蒸し物　南瓜《かぼちゃ》の醬油麴蒸し
飯物　醬油麴飯
汁　醬油麴のかきたま汁
菓子　醬油麴のみたらし団子

「さあ、今日の賄いは醬油麴尽くしの試作、試食だぞ」

季蔵の掛け声に、

「わーい」

三吉は飛び上がって喜んだ。

口取りの卵の醬油麴漬けは卵黄だけを漬けるのと、半熟卵を漬けるのと、どちらがいいのかと季蔵は迷った挙句、卵黄だけを五日間熟成させることにした。皿に取った熟成した黄身の醬油麴漬けに、拍子切《ひょうしぎ》りにして醬油麴に漬け込んだ大根を添えて供することにしたからである。

「そうだった。おいら醬油麴尽くしはぜーんぶ今食べられると思ったけど、試作の仕込みも入ってたんだね。ほとんどがそんなのだったりして」

三吉は少なからず落胆した。

「まあ、そうがっかりするな。椀物のつくね椀の方はすぐ試食になる」

季蔵は手早く醬油麴のつくね椀を拵えた。椎茸《しいたけ》、長葱《ながねぎ》をみじん切りにして鉢に取り、叩《たた》いた鶏むね肉と醬油麴と合わせてよく捏《こ》ねる。ふんわりと仕上げるために少々の豆腐も加える。これを椀ダネの大きさに丸める。椀汁は水を沸騰させて醬油麴で味付けし漉しておく。こうすると米麴の粒が取り除かれてすまし汁のように見える。ここにつくねの椀ダネを落として加熱し、白髪葱《しらがねぎ》や茹《ゆ》でた小松菜、人参《にんじん》をのせて供する。

「出汁《だし》は醤油麹だけですごく簡単なのに結構な味だよ。豆腐って実は案外臭いあるんだけど生姜《しょうが》入れてないのに大豆臭くないし——」

三吉がはしゃいだ。

お造りのマグロの醤油麹たたきはマグロは細かくたたき、葱はみじん切りにしておく。醤油麹を和えて器に盛り、わけぎの小口切りを散らす。

「すぐできちゃうのがうれしいっ」

三吉の歓声が続く。

季蔵も箸《はし》を少々動かしながら、焼き物へと進んだ。

——これは蓮根の厚さが勝負だ——

焼き蓮根の醤油麹和えは七輪でこんがり焼いた薄すぎず、厚すぎずの蓮根を辛子と醤油麹で和えて供する。シャキシャキした焼き蓮根の食味に、ピリッと辛い辛子と醤油麹の風味が絶妙ではあったが、

「大人の味すぎる」

三吉の箸は進まなかった。

季蔵は皿の上のものを残さなかった。

「わーいよいよだあ、おいらの大好きな唐揚げ、それも鶏だよお」

三吉は俄然勢いづいた。

待ちかねていた鶏の醬油麴揚げの番が来た。

これには半刻《はんとき》の仕込みが要る。鶏のもも肉は大きめの一口大に切って、醬油麴、ニンニクと共に鉢に入れて揉《も》み込み、一刻ほどそのままにするが、その間に青海苔《あおのり》、片《かた》栗粉《くりこ》を順に加えてその都度丹念に揉む。深鍋に揚げ油を熱してこれを揚げる。時々返してこんがりと色づいたら、取り出して油を切る。器に盛り、好みで柚子の砂糖煮を添えて楽しむ。

驚くほど鶏のもも肉が柔らかくなっているだけではなく、風味が増していて、

「おいら絶対柚子の砂糖煮をかけて食べる。酸っぱい甘さに合ってるもん。この鶏も肉が役者だったら〝お、鶏屋〟〝鶏屋あ〟なあんて掛け声かけたくなっちゃうよね」

三吉は大いに喜んで、みるみるうちに皿一杯を平らげてしまった。

そのせいか、蒸し物の南瓜の醬油麴蒸しについては、

「南瓜、始終おっかあに食わされてるからあんまりなあ」

気乗りがしていない様子だったが、

「まあ、そう言うな。冬至に南瓜はつきものじゃないか」

季蔵は南瓜の種を取り除き、ひと口大に切ると蒸籠《せいろう》で柔らかくなるまで蒸した。鉢

に醤油麹と味醂《みりん》、煮切り酒を入れて混ぜ、ここに蒸した南瓜を加えて和え、白い炒《い》り胡麻で仕上げた。

「おまえも食べてみろ」

季蔵は三吉を促した。

「南瓜、嫌いってわけじゃないんだけどさ、おっかあときたら、この方が菜になるって言って、べたべたに砂糖醤油でぐつぐつ煮込んじゃうんだもん。飽きるんだよね、あの味」

仕方なく箸を取った三吉は、

「ええっ、こんな南瓜あるんだねえ。甘辛醤油が染み込みすぎてない、すっきりしてる南瓜ならではの甘味。これならあっさりしてるから飽きたりしないかも。これの秘《ひ》訣《けつ》は蒸しとやっぱり醤油麹？」

と念を押し、

「そういうことだ」

季蔵は大きく頷いた。

一方、すでに醤油麹飯は炊きあがりかけている。白い飯が炊きあがる時とは異なる何とも香《こう》ばしい、より食欲をそそる匂《にお》いが店の中に広がっている。

醬油麹飯の作り方は米、醬油麹、小指の先ほどに切り揃えた揚げを釜《かま》に入れて四半刻（約三十分）ほど浸《つ》けてから炊く。

「あんまりいい匂いなもんだから――」

三吉はすでに飯茶碗《めしぢゃわん》と杓文字《しゃもじ》を手にしている。

「ちょっと待て」

季蔵は醬油麹飯に合う汁を手早く拵えた。

醬油麹のかきたま汁は鍋に水を沸騰させ、縦薄切りの人参、茹でた小松菜の葉、さっと洗ったナメコの順に入れる。醬油麹を混ぜた溶き卵を汁の具が煮えたら入れ、味噌（種類は問わない）を溶き入れて火から下ろす。汁椀によそい、刻んだ葱をのせて供する。

三吉は、

「しっかり味のついたご飯だから、いろんな具が入った味噌汁みたいな重めの汁が合うんだね。おいら味噌入りのかきたま汁なんてはじめて啜ったよ。あ、でも、汁に卵入れないで、炊きたてのこのご飯に卵かけて混ぜ混ぜする、卵ご飯も美味しいよ、きっと」

洩《も》らした後、さらに思いついたのか、

「このご飯、握り飯にして漉した醬油麹を刷毛《はけ》で塗りながら網で焼くと、醬油麹の焼きお握りだよね。これってすげえ美味《うま》いだろうな。菜は要らない飯だし肴にだってなる」

なぞとも言い、

「それにしてもこの飯の醬油麹の匂い、半端じゃなく強くていいよね。これって炊きたての飯だから？」

と訊いてきて、

「醬油麹に近い米麹は乾燥ものでも変わらないとされているが、それは大雑把に言った話で、特に醬油麹飯は元来、生の米麹を使った醬油麹でなければ風味に欠け、美味い飯に炊きあがらないと先代から聞いている。なのでこの醬油麹飯は冬の時季だけの逸品だ」

季蔵は醬油麹飯の飛びぬけた風味の秘密を明かした。

最後は醬油麹のみたらし団子である。

「これも鶏の醬油麹揚げに次いでおいら楽しみでならなかったよ」

「このみたらし団子は白玉粉で拵える。白玉団子は得意だろう。拵えてくれ」

季蔵に頼まれた三吉は、

「合点承知」

うれしそうに胸を叩いた。

菓子好きの三吉は季蔵と親しい菓子屋の嘉月屋《かげつや》に出入りして、時折、菓子の作り方を教えてもらっている。菓子作り一筋の主は三吉を我が子のように可愛《かわい》がり、三吉は上生菓子である煉《ね》り切りの手ほどきも受けている。白玉粉で拵える白玉団子など朝飯前のはずであった。

第三話　バテレン粥

一

季蔵《としぞう》は先に醤油麹《しょうゆこうじ》のみたらし団子にからめるタレを拵《こしら》えた。これはいちいち断るまでもない、今ならではの生米麹が使われている醤油麹、味醂《みりん》、蜂蜜《はちみつ》を等分に鍋《なべ》に入れ、水、おろし生姜《しょうが》、片栗粉《かたくりこ》を入れて煮詰めてとろりと仕上げる。このまま冷めないように炬燵《こたつ》で保温した。

タレを先につくるのは、白玉が茹《ゆ》で上がってから時が経《た》つと味が落ちるので、食べる直前に茹でなければならないからである。

三吉《さんきち》は手慣れた器用な手つきで白玉の粒が残りにくくより滑らかな生地になるように、豆腐を加えてしっかりと捏《こ》ね上げ、いくつもの同じ大きさの団子に丸める。鍋にたっぷりの湯を沸かし、ぐらぐら煮立たないように火から離して調節し、丸めた白玉団子を茹でる。白玉団子が浮いてきたらさらに六十数える間、茹でてから水にとる。

これに温めてあるタレをかけて炒《い》り黒胡麻《くろごま》を振って供する。冷めた白玉団子は火鉢に渡した網の上で軽く焼くか、熱湯に入れて温め直すと何とか味は保たれるが、出来立ての風味と食味、絶妙なつるり感は取り戻せない。

「おいらの白玉、白玉」

形よく仕上がった白玉団子にタレをかけて食した三吉は、

「うーん、このタレ、砂糖入ってないよね。生姜入りもちょっと――。おいらは砂糖たっぷりの甘辛味のがいい」

と呟《つぶや》いた。

ともあれこうして烏谷《からすだに》を迎える準備が調えられた。暮れ六ツ（午後六時頃《ころ》）の鐘が鳴り終わらぬうちに、

「邪魔をする」

塩梅屋《あんばいや》を訪れた烏谷に、

「お待ちしておりました」

挨拶《あいさつ》した季蔵は離れへと誘《いざな》った。烏谷はまずは先代長次郎《ちょうじろう》の仏壇に線香を上げ、手を合わせて供養する。常と変わらぬ所作であった。

「本日は醤油麹尽くしの膳《ぜん》とさせていただきました」

「楽しみだ。美味《うま》い酒は美味い肴《さかな》に限る」

烏谷は喜色満面だが例によってその目は笑っていない。

季蔵は酒を勧めつつ、口取りの卵、大根各々の醬油麹漬けからはじめて、醬油麹のつくね椀《わん》、マグロの醬油麹たたき、焼き蓮根《れんこん》の醬油麹和《あ》え、鶏《とり》の醬油麹揚げ、南瓜《かぼちゃ》の醬油麹蒸し、醬油麹飯、醬油麹のかきたま汁、醬油麹のみたらし団子までを供し続けた。

珍しいことにこの間、烏谷は無言であった。聞こえたのは喉《のど》を鳴らして飲む酒や汁もの、肴を咀嚼《そしやく》する音だけであった。

——何とも不気味な——

冬だというのに脇《わき》の下を冷や汗が伝っていた。それでも醬油麹のみたらし団子を膳にのせようとした時、

「これには酒ではなく茶であろう」

烏谷は口を開き、

「どのような種類の茶にいたしましょうか？」

季蔵が伺いを立てると、

「そちはどう思う？」

訊《き》いた。

「小豆餡《あずきあん》が使われる上生菓子や羊羹《ようかん》等ではございませんので、抹茶《まっちゃ》、煎茶《せんちゃ》ではなく、ほうじ茶が合っているように思われます」

　すると烏谷は、

「ならばそうしてくれ」

　と告げてから、

「そちも一緒に食せよ」

　と言い添えた。

　こうして季蔵は烏谷と醤油麹のみたらし団子の皿がのった膳を挟んで向かい合った。

「そうそう、明後日、稲穂《いなほ》屋敷に出向くことになっている。その際の手土産《てみやげ》は揃《そろ》っておろうな」

　烏谷の念押しに、

「はい。江戸に集まる山海の珍味をくまなく召し上がっておいでだと察せられます上、お奉行様が米麴に関《かか》わる料理をと仰せでしたので三度の膳の菜や肴を引き立てる調味料を三品ほど持つことにしています。米麴使いの塩麴や醤油麴はすでにお使いのことでしょうから、柚子《ゆず》がお好きとも伺っておりましたし、もう少し珍しくも便利な味を工夫いたしました。夕餉《ゆうげ》の馳走《ちそう》よりもむしろ、朝餉、昼餉の味を引き立てる重宝な優れものです」

季蔵は用意してあった納豆麹、柚子味噌《みそ》と米麹入り柚子胡椒《こしょう》を並べて、どのような料理に使うかについても話した。

「ふーむ」

腕組みした烏谷は、

「粋《いき》な手土産であることも、そちらしい出すぎない心構えも認める。だがやはり一点くらいこれぞという華があってこそ、稲穂屋敷への礼節を重んじることではないか?」

珍しく慎重の上にも慎重な物言いをした。

「それでは米麹入り柚子胡椒を使った柚子寿司《ずし》を加えてはどうでしょうか? ただし
――」

「ただし何だ?」

烏谷は太い眉《まゆ》を上げた。

「これには焼きサバを用います。下魚のサバを使うのでは礼を失するのではないかと案じられますが」

「それは大丈夫だ」

打って変わって烏谷の顔が笑みで埋まり、常時冷ややかな大きな目も見えなくなった。

「稲穂屋敷では実にさまざまなものが食されているゆえな」

と言い切ると、

「是非その柚子寿司とやらをそれに使う米麹入り柚子胡椒と共に頼む。できればわしのところへも届けてくれ。瑠璃《るり》もお涼《りょう》も柚子好きゆえ喜ぶ」

「かしこまりました」

季蔵は頭《こうべ》を垂れた後、

「ところでいかがでしたか？　本日の醬油麴尽くしのお味は？」

気がかりであった。

「前に立ち寄った時の三五八《さごはち》とやらの料理もそう悪くはなかったが、今日のを馳走されるとはて、あれはやはり不味《まず》かったという気がしてきた」

烏谷の感想に、

「三五八や塩麴は米麴と塩の組み合わせ、醬油麴は米麴と醬油の組み合わせによるものです。醬油はそもそも大豆から醬油に熟成されたものでそれだけでもう旨《うま》みです。その旨みに米麴が足されてさらなる高みの旨みとなるのですから、素朴な塩麴に比べて旨みが強いのは当然です。今後とも塩麹ならではの清々《すがすが》しい旨みが引き立つ料理もお召し上がりくださいますよう」

季蔵が応《こた》えると、

「わしの暴飲暴食を改めさせよと、おおかた、お涼にでも頼まれているのであろう」

烏谷は決して感情を見せない目の片方をお道化《どけ》てつぶって見せた後、

「ところでそち、稲穂屋敷へ赴くに際して何かわしに訊きたいことがあるのではないか？」

図星を突いてきた。

「よくおわかりですね」

「わしは地獄耳にして千里眼であるぞ」

「恐れ入りました」

「浅草観音《あさくさかんのん》で見つかった首切り骸《むくろ》についてはすでにそちも知ってのことと思う。田端《たばた》や松次《まつじ》は骸の検分をそちに頼っているゆえな」

「首を括《くく》った後、首が斬《き》られてあの場所に置かれたものと思います」

あの時の老爺《ろうや》は今頃、無縁仏として無縁塚に葬られているはずであった。

「素性が料理人で病に冒されたわが身をはかなんで自害したのだというそちの考えを

田端たちから聞いていた。稲穂屋敷から人が来てあの骸を引き取って行ったのは見つかった翌日のことだった。わしがおおよその風体を屋敷に伝えたのだ。引き取りに来た者は骸を見た。骸の主は口中の悪い出来物が進み、料理の味付けができなくなったことを恥じて悩み抜いた挙句、突然出て行ってしまった当家の料理人に間違いないと申したそうだ。屋敷へ運んで首を縫い合わせてねんごろに供養するつもりだとも

――」

「骸の名は？」

「向こうも明かさずこちらも聞かない。引き取り手についても同様だ。稲穂屋敷は市中で噂《うわさ》されているような鬼や化け物の屋敷ではない。城はないものの広い屋敷があって領地と言っていいかどうかわからぬが、途方もない広さの田畑の使用を許され、毎年収穫できる米や青物で潤っている。しかし、軍役、諸役はないもののわしたちと同様、この浮世に人として生きているのだ。稲穂屋敷が仕切る遠い土地の農民たちも含め、人数や目的等が限られての外出は許されているのだと思う。ようはご公儀に許される範囲での売り買いはしているのだ。いなくなった料理人らしき者の骸が見つかったとなれば人の情で駆けつけてもくる。あの屋敷が一切どことも誰《だれ》ともつきあわずにいるというのは、美女の神隠しが起きれば酒呑童子《しゅてんどうじ》のような鬼や邪、あるいは隠れ盗

賊のように瓦版《かわらばん》に書かれ、草紙等に書かれてきた絵空事同様あり得ない話なのだ」

そこで一度言葉を切った烏谷に、

「お奉行様は稲穂屋敷は確固として人として生きているとおっしゃった。でしたらなにゆえお上は奉行所の文書にもこの屋敷のことを記さないのですか？　お上のお墨付きの家名さえあれば鬼だなどとは恐れられぬはずです。肩身の狭い思いもしなくても済むのでは？　わたしは稲穂屋敷の方々に寄せられる、恐れゆえの誹謗《ひぼう》中傷の嵐《あらし》や噂の方をおぞましく思います」

季蔵は思うところを赤裸々にぶつけた。

「しかし、〝稲穂屋敷不可触のこと〟は開府以来厳重に守られてきていて変えようがないのだ。これはわしの考えだがあえて稲穂屋敷を悪の謎《なぞ》に包ませるのは、常に厳しい御定法を守らせるために欠かせない政《まつりごと》の策のような気がする。草紙はもとより絵空事と見做《みな》され、瓦版や噂は一時一時の戯言《たわごと》で決して後の世に残らないゆえな」

烏谷はギヤマンを思わせる冷たい大きな目を見開いた。

二

「ところで、まだわたしはなにゆえ稲穂屋敷で通いとはいえ料理を拵えなければならないのか、理由《わけ》をうかがっておりません」

季蔵が訊くと、

「はて、わしのそちへの指示で理由や目的を説明などいたしたことがあったかの？」

笑いながら烏谷は流し目を光らせると、

「工夫の味の数々が楽しみだ。特に柚子寿司はさぞかし美味かろう」

と言って立ち上がった。

稲穂屋敷へ出向く日がきた。約束の刻限に北町奉行所の裏門前に行くと、驚いたことに稲穂屋敷からの迎えの駕籠《かご》のうち一挺《ちょう》にはすでに烏谷が乗っていた。駕籠の傍らには帯刀した着流し姿の男が立っていて、季蔵に辞儀をした。駕籠を担ぐ者は市中の駕籠舁《か》きたちよりもよほど丁寧で上品な物腰である。季蔵が持参している手土産の重箱や蓋《ふた》付きの器と一緒に乗り込む際、中身が傾いたりしないよう気を遣《つか》っていた。道中、駕籠が上等なつくりになっているせいもあるのだが揺れはほとんど感じられなかった。

駕籠には垂れのみで引き戸がついていない町駕籠から、将軍の用いる漆塗《うるしぬ》りの引き戸がついた乗物と呼ばれるものに至るまで身分に応じてさまざまな種類があった。

稲穂屋敷の高い塀が見えてきた。桜の名所である御殿山《ごてんやま》のさらに向こうであった。

季蔵は引き戸を少しだけ開けて外を見た。今までに一度か、二度通りかかっただけでこれほど注意深く目にするのは初めてであった。

――どこまで塀が続いているのかわからない――

門番の様子も大名家や大身《たいしん》の旗本家と変わらない。門が開けられ、門番たちが駕籠へと頭を垂れた。駕籠は稲穂屋敷の中へと入っていった。

大きな池を通り、菰《こも》に包まれて冬支度中の五葉松の林を経ると、何やら近づいてくる獣の姿があった。駕籠が止まった。

――狼《おおかみ》ではないか――

数匹の狼が二挺の駕籠を取り囲んでいる。

「よしよし、今、やるからな」

着流しの男が懐《ふところ》から肉片を出して一匹ずつに与えていく。

「今度またな」

駕籠は動き出した。

するとほどなく、ばさりと音がして駕籠の上に何かが落ちた。

季蔵は引き戸の隙間《すきま》に目を凝らした。

目が合ったのは人の腕の太さほどもある大蛇の目だった。こんな大蛇は舞台の張り子のほかは目にしたことなど一度もない。駕籠の屋根から身を乗り出してきている。

「いたずら好きな困った奴だな」

着流しの男はしごくのんきな物言いだった。

「大丈夫です。昨日兎《うさぎ》を二羽平らげたばかりですから。腹など減っていなくとも、木の上で見張っていて人にいたずらを仕掛けるのが好きなんですよ。それだけですから」

着流しの男はとりなすように言ったが、

――そうは言っても――

心底季蔵は肝が冷えた。

それからは幸いにも何事もなく、駕籠は玄関までたどり着いた。引き戸が開けられて下りると、ぱっと美しい瑠璃《るり》色が目に飛び込んできた。

「孔雀《くじやく》でございます」

家人《けにん》と思われる初老の男が出迎えた。着流しの男の姿はなかった。瑠璃色は孔雀の胴体の色で、広げられている羽は青みがかった鮮やかな緑色をしている。

「出迎えは孔雀にさせよとの主《あるじ》の命でございまして」

「それは恐悦至極《きょうえつしごく》に存じます。それにしても何とも見事な孔雀でございますな。これほど美しく大きな孔雀を拝見したのはこの北町奉行烏谷椋十郎《りょうじゅうろう》、初めてでございます」

挨拶代わりに驚嘆して見せた烏谷は孔雀に見惚《みと》れている。

「わたくしは代々ここのご主人様にお仕えしてまいった者でございます。名は長瀬道《ながせみち》之助《のすけ》、ご存じではございましょうが、外での名はございません」

長瀬はやや緊張した面持ちで挨拶を返した。

季蔵は無言で頭を垂れるに止《とど》めた。

「ご案内いたします」

長瀬は先に立って歩き始めた。屋敷の中へではなく庭を歩いていく。途中ギヤマン造りの小屋の前を通って、冬だというのに緑が茂り花の咲いている様子も見て、

――塩梅屋の一つといわず三つ、四つ、十ばかりは入ってしまいそうな広さだ。これほど広ければもはや小屋とは言えまい――

季蔵は感心したが、白州《しらす》までは目にすることができなかった。

「こちらにおられます」

長瀬はギヤマン小屋の五倍はありそうな建物の前で立ち止まった。中からはえいっ、やあっ、とおっという掛け声が響き聞こえている。

「毎日朝から晩まで剣の鍛錬をなさるのはご主人様の日課であられます」

道場に足を踏み入れた長瀬は主に声を掛けた。

「おいでになりました」

この言葉に主は木刀を下ろした。田端宗太郎《そうたろう》ほどの長身ではあったが身体《からだ》はあれほど痩《や》せすぎてはいない。今時珍しい逞《たくま》しい印象の侍であった。面をつけているので顔はわからない。

季蔵は板敷の広大な道場を見渡した。相手をする者の姿は一人も見当たらなかった。

——打ち合って教示することはしないのか？——

「ご主人様の鍛錬はいつもお一人です」

長瀬は言い切り、

「それがここの長きに渉《わた》る決まりです。それではご主人様——」

頷《うなず》いた主は正面を背にして座り鳥谷と向かい合った。

「あなた様はここへ」

季蔵は長瀬と並んで下座に平伏した。

季蔵は面をつけたままの主の顔を上目使いに見た。自害後、首を斬られたこの屋敷の料理人が被《かぶ》せられていたのとは似ても似つかない、見事に精緻《せいち》な生き生きとした表情の面である。

――しかし、この面は一見赤鬼に見えるもののそうではない、面には珍しい龍だ――

季蔵は主の面を観察した。鬼も龍も頭に二本の角がある点は似ている。しかし鬼には細かくちぢれている人に似た頭髪があり、口から牙《きば》を剝《む》きだしている。面には牙が無かった。一方、水に棲《す》む龍には耳があり、鱗《うろこ》に被《おお》われた顔は長く、口のあたりに牙と見紛う長いひげが生えている。

見かけ以外にも鬼と龍とでは格が違う。鬼になる人や悪鬼の伝承は多いが、人を超えた龍は神であった。

――龍の面をつけているのは誇りの印ではないのか？　それともやはり、生まれつき爛《ただ》れているという醜貌《しゅうぼう》を隠すためなのだろうか？――

季蔵は主の首元と膝《ひざ》に置かれている拳《こぶし》をちらと見た。

――首に皺《しわ》はなく拳に青い血の筋が浮き出てもいない。何より屈強な身体だ。この方はまだ若い。それゆえ、上千屋《かみちや》の娘お嵯峨《さが》を嫁に迎えようとしたのだろうか――

お嵯峨はいったいこの屋敷のどこにいるのかと気にかかった。

「持参したものをここへ」

烏谷の言葉に、

「はい只今《ただいま》」

季蔵が柚子寿司の入った重箱等を風呂敷《ふろしき》包みから出して主へ差し出そうとすると、

「それはわたくしが」

長瀬が受け取り龍面の主が黙って頷いた。中身を確かめた長瀬は、

「なに、納豆麹に柚子味噌、米麹入り柚子胡椒とそれを使った柚子寿司ですか。どれもここではたいして珍しくもないものですな」

呟くとまた主も頷いて、

「すみません、せっかくいただいたお心遣いをわたくしとしたことがつい本音を――」

長瀬はわざとらしく大仰に頭を下げた後、

「せっかくこうしておいでくださったのですから、御無礼のお詫《わ》びも兼ねて、ここならではの味を是非とも召し上がっていただきたいのですが、いかがでしょうか？」

「詫びなど不要なのですが、そこまでお気遣いいただくのであれば是非ともいただきます」

烏谷は額に脂汗を滲《にじ》ませながら応えた。

「それでは今、膳を用意させていただきます」

こうして季蔵は烏谷と共に稲穂屋敷の饗応《きょうおう》を受けることになった。

——大変なことになった、手土産をありきたりというからには、いったい何を食させられるのか——

いつになく無表情ではない烏谷の目が危ぶんで恐れている。

——まあ、毒でなければよしとしましょう——

季蔵は意外に平静であった。

膳が運ばれてきた。窪《くぼ》みのある皿に固めに炊いた粥《かゆ》に似たものが盛りつけられていて、匙《さじ》が添えられている。

——この茶色い粒々は何なんだ？——

烏谷はすぐには手をつけようとしない。季蔵は毒見を兼ねる形で先に口へ運んだ。

——ももんじの牛か猪《いのしし》を叩《たた》いたもののようです。鶏ではありません。大丈夫です。不思議な美味さです——

季蔵は目で安全を伝えた。

粥と言っても粒が立っていて歯応えがあり、米粒は水ではなく牛の乳（牛乳）で煮込まれていて、仕上げに粉状の蘇《そ》（チーズ風の乳製品）がたっぷり、風味付けに肉桂《にっけい》

（シナモン）少々が使われていた。

三

――まあ、食えぬものではなさそうだ――

烏谷は目で語りつつ、

「何とも結構なお味でございますな」

顔中に笑いをつくると、

「この者にはこれ以上の料理をお望みでございましょうな」

容赦なく季蔵の方へ顎《あご》をしゃくった。

龍面の主は応えず、

「まさに」

長瀬は薄く笑った。

「どんなものをご所望でしょう？」

烏谷の言葉に、

「それはもう、代々のご主人様は今召し上がっていただいたような米料理がお好きですので、これに似て異なる味を工夫していただきたいところです」

長瀬は要求を明らかにして、

「こちらのものを使っていただければなお結構です」

と言った。

「こちらのものと申されますとギヤマンの室《むろ》の中で育っている青物ですか？」

季蔵は思わず訊いてしまった。たとえこの屋敷の庭のどこかに畑があったとしても、冬場の今は塩梅屋の猫の額ほどの裏地と変わらず、葱《ねぎ》や小松菜が食に適した青い葉を保っているだけのはずだった。しかし、辰吉《たつきち》から聞いた腕のある大工が請け負って建てたという、あのギヤマン小屋の中はまるで春か夏のようにさまざまな青物の異なる葉が茂っていた。

「なるほど」

長瀬は大きく頷くと、

「では、これからあなたにギヤマンの室においでいただきます。そこでこれぞという材料を選んでください。それを持ち帰って料理していただき、ここへお持ちいただいてご主人様に召し上がっていただくことにいたしましょう。美味《おい》しく召し上がっていただけるかどうかはあなたの腕にかかっています」

非常に丁寧ではあったが半ば脅しに近いと季蔵は思った。

――納豆麹も柚子味噌、米麹入り柚子胡椒、それで拵えた柚子寿司もありきたりだと鼻で笑うがごとくに退けられた。次にわたしの料理が気にいらずばわが身はどうなるのか？――

季蔵はちらと烏谷の方を見たがその目は伏せられていて口元だけが笑っている。その様子は〝それはそちの腕次第よ〟と平然と語っていた。

――こういう時、お奉行は酷薄だ――

季蔵は広い道場を見渡して、

「ところでご主人様の剣術のお相手をなさるお方はおいでにならないのですか？」

と訊いた。

――龍面の主は気に染まぬことがあると、そばにいる者たちをことごとく斬り捨てて命を奪っているのでは？――

季蔵の脳裏に浮かんだ疑惑は恐ろしいものだったが、

「お相手はおりません。さらに申し上げるとここには先ほどお供をしてきた若い者、と言っても見かけほど若くはありませんが、あれより若い者はお仕えしていないのです。何人かいる者たちは皆、わたくしのような年齢《とし》の者たちばかりです。農民の若い夫婦や家族がいるのは遠く離れた、一面に田畑が広がるところです。今年もおかげで米は豊作でした。運ばれてきて蔵に保存してある今年の米は味もたいそうよろしいので、どうか米もお持ち帰りになってご主人様の料理に使ってください」

長瀬の説明に一応は安心させられた。

烏谷は伏せていた目を上げて季蔵を見た。

「実はご主人様が一番気に入られていた料理人が亡くなりました。他にも料理人はおりますがギヤマンの室を世話している者は別におります。今、呼びましょう」

長瀬は道場を出て行くとほどなく、

「この者でございます」

驚いたことに引き合わせられたのは、大名家の姫かと思われる様子の若い女だった。髪を武家の女の最高位の髪型である優雅な〝尾長《おなが》〟に結って、束《たば》ねた艶《つや》やかな黒髪を後ろに長く下げている。時節柄白地に山茶花《さざんか》の濃赤、薄赤、濃桃色、薄桃色の花が豪《ごう》華絢爛《かけんらん》に金糸銀糸を交えて描かれた豪奢《ごうしゃ》な打ち掛けを羽織っていた。これらの衣装が華麗この上なく見えるのは、身につけている女が薄化粧をしただけの楚々《そそ》とした美女であったゆえであろうか。

──これがおそらく五平《ごへい》さんが言っていたお嵯峨《さが》さん──

一瞬季蔵は見惚れたが慌てて目を伏せた。

「嵯峨と申します。お話は長瀬様から伺いました。ご案内いたしましょう」

烏谷を道場に残して季蔵はギヤマンの室を案内してもらうことにした。お嵯峨は先に立って歩いている。きびきびした仕草に絹ずれの音は不似合いであるにもかかわらず、心地よく相俟《あいま》っている。途中、季蔵は手短に五平から聞いている話をした。

「ご案じいただいているのは有難いのですが、〝びんずる大黒〟様に父をお助けいただいた時からあたしの覚悟はもう決まっております」

お嵯峨は少しも臆《おく》していなかった。お嵯峨は少女のような無垢《むく》な顔をしている。だがこうした折には無類の強さと叡智《えいち》が滲み出るのだと季蔵は知った。

「龍面のお方は怖くはないのですか？」

季蔵の言葉に、

「当初はとても怖かったのです。でも今は――」

涙声で先を続けかけて止《や》めて、

「あなた様はまたおいでだと聞きました。そのお話はまた後ほど。まずは今日はギヤマンの室から料理に使えるものをお選びいただかねばなりません。それがあまり長いと何か示し合わせているのではないかと怪しまれてしまいます」

咄嗟《とっさ》の英断を示した。

――さすが上千屋を縁の下から仕切っていただけのことはある――

季蔵は舌を巻いた。

「それとギヤマンの室はどれをご覧になりましたか？　ここには春、夏、秋の青物用、それに薬草用との四室あります。離れているのは陽当《ひあ》たりを考えてのことと、薬草には毒のあるものも含まれているからです。ご案内する室が異なりますのでどの時季の青物になさるか、まずはお決めください」

「ご主人様のお好みはどの時季の青物ですか？」

季蔵が訊き返すと、

「ご主人様は何もおっしゃいませんが、長瀬様があなた様を試されようとしているのであれば夏だと思います。今時分に夏の青物料理は珍しく新鮮ですから。それにあのお方はぱっと華やかで命が漲《みなぎ》っているような夏のお花もお好きなのだと伺っています。黄色のひまわりやついこの間阿蘭陀《オランダ》船で運ばれてきたという真っ赤な天竺牡丹《てんじくぼたん》（ダリア）とか――」

と切れ味のいい応えをした。

「たしかにそうですね」

お嵯峨の助言により季蔵は夏の青物が育てられているギヤマンの室へと入った。

「ここの方々は不思議な味のお粥がたいそうお好きです」

お嵯峨の言葉に、

「あたしもそのように聞いております」

応えはしたが、

――といって、先ほどもてなされた米料理の変わり種と言われても――

あまりに舌馴染《したなじ》みのない味だっただけに季蔵は全く思いつかずにいた。

「お粥に拘《こだわ》りつつ意外な美味がお好みのようです」

お嵯峨がふと洩《も》らした。

――時季に囚《とら》われないあの手のお粥の意外な美味とはいったい――

季蔵は考えつつ胡瓜《きゅうり》や茄子《なす》、冬瓜《とうがん》、隠元《いんげん》、西瓜《すいか》等を眺めて室の中を行きつ戻りつした。この時、目に入ったのが何とまくわうりだった。古く大陸から伝わったまくわうりはまくわとも呼ばれていて、美濃《みの》国の真桑《まくわ》村で栽培が盛んだったことから、まくわうりと呼ばれるようになった。品種が多く、色や形はさまざまであったが、俵型で皮の黄色い「黄金まくわうり」は金まくわと呼ばれて甘味が強く好まれていた。

――権現《ごんげん》様の金まくわでもある――

これは長次郎からの受け売りであったが、乱世を統一しかけて本能寺《ほんのうじ》で斃《たお》れた織田《おだ》信長《のぶなが》だけではなく、泰平の世を築いた権現家康《いえやす》も金まくわを好んで八ツ（午後二時頃）に食したという。金まくわの果肉はやや柔らかめで食味、風味とも胡瓜に似ていて、あっさりとした甘さが特徴であった。

「これに決めました」

季蔵は金まくわを三つほどお嵯峨にもいでもらった。

「その金まくわでどんなお粥ができるのか、わたしには見当もつきません」

首を傾《かし》げるお嵯峨に、

「実はわたしもまだわからないのです」

季蔵は応えて微笑《ほほえ》みつつ言い添えた。

「それが料理の醍醐味《だいごみ》ですよ」

道場に戻りかけると庭の木の上で待ち受けていて、どさりと季蔵の駕籠の上に落ちて驚かせた大蛇が近づいてきた。

「にしきの迎えを受けられませんでしたか？」

お嵯峨の問いに、

「い、いい、驚きました」

季蔵は自分の大腿部《だいたいぶ》よりも太い相手の胴体を見据えた。もちろん背筋は凍るように寒い。

「にしきはあなたに詫びて改めてご挨拶をしようとしているのです。決して襲ったりしないのでご安心ください」

「でも、それはあなたがわたしの傍《そば》においでだからでしょう？」

この時にはもう大蛇だけではなく、供をしてきた着流しの男が餌付《えづ》けしていたあの狼たちも集まってきていた。甘えるように鳴いてお嵯峨にすり寄っていく。

「子どもの頃から、なぜか生きものに好かれました。何と池の蛙《かえる》にまでも――」

お嵯峨は狼たちの頭を代わる代わる撫《な》でている。そのうちにするすると音もなく近づいた大蛇のにしきがぐるりとお嵯峨の首巻（マフラー）になった。首を絞めつける様子は微塵もない。

「それはなぜです？」

思わず訊くと、

「その話も長くなりますからいずれ」

お嵯峨は笑顔で躱《かわ》した。

四

稲穂屋敷からの帰路は駕籠を断り、季蔵は烏谷とともに歩いた。その際、季蔵は家と父親のために人身御供《ひとみごくう》同然に連れて来られた娘お嵯峨の話をした。五平がいたく案じていると言うと、

「商人《あきんど》にしては優しすぎる長崎屋《ながさきや》五平らしい。とはいえそのお嵯峨という娘は姫御前のように華やいだ装いをしていた上に、明るい様子で自分の身の不幸を嘆いてなどおらなかったぞ。何とも生き生きとしていた」

――たしかにそうだ――

正直季蔵も同様に思ったが、

「母親が早くに亡くなってからというもの、上千屋の奥向きのことを気丈に支えてきたと聞いています。自分の気持ちを抑えて耐えるのが習い性になっていて耐えているかもしれません」

肝心な問いを投げかけても躱していた事柄に触れた。

すると烏谷は、

「事情はわからぬがあの娘は清いままだと思う」

ずばりと言ってのけた。

季蔵は頬《ほお》が熱くなるのを感じつつ、

「下衆《げす》の勘繰りではありません」

思わず口走ると、

「男なら誰でもあのような清純無垢な娘が、面の下はどろどろの肉の塊だと言われているあの屋敷の主に抱かれるのは娘が哀《あわ》れなのは言うまでもなく噴飯ものだろうからな」

烏谷は言い添えて、

「清い娘のままでなければあのような明るさを保つことなどできはしない。それが女というものだ」

と続けた。

季蔵の思いは瑠璃に転じていた。

――たしかにかつて瑠璃もあのように明るかった――

そんな瑠璃が重い心の病に冒されてしまったのは、季蔵の許嫁《いいなずけ》の身でありながら主家の嫡男に横恋慕された挙句、側室にならざるを得ない運命に翻弄《ほんろう》されたからだった。

――嫡男であることをかさに着て瑠璃を我が物としたあの男のつるりと白い顔を、

瑠璃はどれだけの恐怖で仰ぎ見たことだろうか。龍面を付け続ける稲穂屋敷の主が、それ以上に恐ろしかったはずだ――

その事実が瑠璃の心を奈落《ならく》に落としたのだと思うと、

――いずれはお嵯峨さんも瑠璃のように――。いや、お嵯峨さんだけではなく、稲穂屋敷代々の妻たちの少なくない何人かは瑠璃のようになって、子は生《な》しつつも、ただただ夜を恐れて暗く心を閉ざし続けたのではないか？――

季蔵はたまらない気持ちになった。

烏谷は、

「道場でそちを待っている間、龍面の主と話をしようとしたのだが、さっさと道場から引き上げられてしまい、何も聞けなかった。わしとしたことが――。それにしても、あの娘は狼や大蛇になつかれている。今そちから聞いた話では屋敷に入ってまだ日も浅かろうに、もう、あれだけの生きものを手なずけてしまうとは驚きだ」

と言い、

「狼や大蛇がお嵯峨さんを守ってくれるとよいのですが、まさか夜までは――」

つい季蔵は埒《らち》もない期待を洩らした。

「まあ、それは無理であろう」

烏谷はにべもなかった。

「狼や大蛇等とかく強い生きものが好きな主が、ごく幼い頃から育てしつけてきたと聞いている。あ奴らにとってあの龍面様こそが親であり絶対的な主であろうからな」

――ということはあのお嵯峨さんも、いずれ手折られて枯れる花の定めから逃れられないということか――

そうわかっていつつも、

「狼や大蛇が予期せぬ乱を起こしてくれるといいのですが」

やはりまた不可能を口にすると、

「権現様以降のこの泰平の世に乱とは聞き捨てならない」

烏谷は語調を荒らげた。

開府後のキリシタン弾圧に抗しての島原《しまばら》の乱や徳川《とくがわ》政権を転覆させようとした慶安《けいあん》事件と呼ばれる由比正雪《ゆいしようせつ》の乱は遠い昔のことではあったが、昨今の大飢饉《だいききん》にあって多くの人たちは窮していた。百姓一揆《いっき》や一向一揆《いっこう》の類《たぐい》を超える、幕府に弓引く乱は一触即発でいつ起きてもおかしくなったのである。

「これでもわしらは上様にお仕えする身、その話は決して他所《よそ》でするでない」

烏谷は言い切った後、

「屋敷へ通ううちに知るだろうから今教えておく。先ほど馳走になったあの奇妙な飯はたぶんバテレン粥なるものだろう。この飯の名も外で洩らしてはならぬぞ」

さらに激しく険しい口調で口止めした。

——何ゆえか？——

季蔵には不可解であった。バテレンとはキリスト教伝来のために海の遥《はる》か向こうの西欧から訪れた宣教師たちの総称であった。禁教後の転びバテレンという言葉は仏教に改宗した宣教師のことを示した。この頃、すでにキリスト教は禁教であることは徹底してきていて、宣教師の来航は固く禁止されているので、バテレンという言葉が使われることなどもう滅多にない。

——今更バテレンとは——。バテレン粥とやらを、お奉行がこれほど警戒するにはきっと何かあるのだ——

「わかりました」

季蔵は神妙に頭を下げた。

季蔵は離れの厨《くりや》で三吉にも知らせず、人目につかないようにして課題とされている

——念のためだ——

変わりバテレン粥を拵えることにした。

まずは先代秘蔵の魚醤《ぎょしょう》が入った小さな密閉瓶《がめ》を確かめた。鼻を近づけると饐《す》えた旨みの匂《にお》いがした。これは長次郎が日記とともに残したお宝の一つであった。この魚醤については以下のようにあった。

もう何年も前になるが久保田《くぼた》藩の江戸詰めのお侍にお故郷《くに》独特の醬油について尋ねた。鰹《かつお》等の魚をあえて大量の塩と共に寝かせ、旨みの凝縮した美味に変えたのが塩辛なのだが、これをさらに保存し続けると液状にどろどろしてきてやがて澄み汁になるという。ここまでくると塩辛のような肴にはならないが、旨みがさらに増したまたとない調味料、薄い色の変わり醬油になる。これが魚醤とやらで久保田藩では塩魚汁《しょっつる》と呼ばれているとのことだった。

家族と離れて江戸屋敷に仕えているというそのお侍は、忘れがたい故郷の味塩魚汁をこっそり一人鍋《なべ》に使っていて、再度塩梅屋を訪れた時に振舞ってくれた。舐《な》めると塩辛さを経て次々に得も言われぬ、臭みとはひと味違う魚の鮮烈な旨みがさざ波のごとく押し寄せてくる。これは凄《すご》い、と久保田藩でははたはたというご当地の小魚でつくるという塩魚汁を、江戸で手に入る鰯《いわし》で拵えてみた。できあがるまでに一年以上かかった。久保田藩のお侍は故郷に帰ってしまい、使い方までは聞きそびれてしまっている。お侍のお故郷では、冬場身体が温まるはたはた鍋なるものがあり、これに塩魚汁は欠かせないそうである。

鰯鍋を鰯の塩魚汁で試してみた。出汁《だし》に鰯の塩魚汁を加えた旨みの濃い煮汁の中で、頭と腸《はらわた》をとった鰯と木綿豆腐、芹《せり》、葱等を煮て食べる。食も酒も進むなかなかの味ではあった。

そんなある時、市中の魚問屋で見たことがないほどの大きさのアカムツを見かけた。

かのお侍が〝魚醤の旨みの横綱はアカムツだっていう話を聞いたことがある。アカムツの名の通り、姿は赤い色をしているのに口の中の喉だけ黒いからのどぐろとも言われている。この魚は長州《ちょうしゅう》（山口県）や出雲《いずも》（島根県）沖で獲《と》れるが、故郷の方にも時々やってきてありつける。一、二度口に入ったのどぐろは脂に上品な甘味があって、煮ても焼いても硬くならずにしっとりとしていて美味かった。なので故郷では江戸の鯛《たい》なんて目じゃない、出雲様ののどぐろが一番ということになってる。そんな申し分のないのどぐろからつくる魚醤だったら横綱に間違いないだろう〟と熱く語っていたのが思い出された。

江戸の近くの海でもごくごく稀《まれ》に獲れるのだと魚屋が言っていた。

無我夢中でこれを高値でもとめて気がついたら魚醬にしていた。使うのが惜しくてそのままになっている。魚醬になぞせず、脂のよく乗った白身ののどぐろを、こんがりと焼いてむしゃむしゃ食べ尽くした方がよかったのかもしれないと思うこともある。

のどぐろを魚醬にせずにはいられなかったのは料理人の性《さが》であるとは思うが、これといった使い途《みち》が思いつかず残念に思っている。宝の持ち腐れはなんとも悔しい。

――以前からとっつぁんの残したこの魚醬は料理の幅を広げてくれそうだと思っていた。それにはのどぐろの魚醬に負けないだけ強い何かが要る。そうだあのバテレン粥は強い蘇の風味が加わってはいたが新鮮な旨みだった――

季蔵は稲穂屋敷で供されたバテレン粥に想を得て、強い風味の蘇を拵えることを思いついた。

――何も蘇のために牛の乳を使うことなどない。代わりはこれがある――

木綿豆腐に塩麹を馴染ませて得られる風味はたしかに蘇に似ている。しかしそれではまだ弱かった。魚醬に伍《ご》することはできない。

――あれとあれを使おう――

季蔵は魚醤と隣り合って置かれていた酒粕《さけかす》の樽《たる》の蓋を開けた。そこそこの量の新酒と一緒に仕入れる酒粕は、粕汁等の冬場の賄《まかな》い料理に欠かせない。

塩梅屋独自の蘇を拵え始めた。拵え方はいたって簡単である。まずは木綿豆腐の水を切っておく。当たり鉢にこの木綿豆腐と貯《たくわ》えてある酒粕、保存中の醤油麹、葛粉《くずこ》、菜種油を入れて当たり棒でよく混ぜて仕上げる。

五

酒粕の蘇ができあがったところで変わりバテレン粥に取り掛かった。まずは稲穂屋敷のギヤマンの室で育っていた金まくわを縦に切って種を取り、果肉を抉《えぐ》ってくりぬいた。果肉は小指の先ほどに刻む。小海老《こえび》の下ごしらえをして塩茹《ゆ》でしておく。

――あのバテレン粥の粒になっていた肉に臭みは少しも感じられなかった――

くりぬきまくわ、まくわの果肉、塩茹で小海老に入手したばかりの新酒をふりかける。

――バテレン粥の米は飯とも粥とも異なる不思議な硬さだった。似ているのは荒巻《あらまき》鮭《じゃけ》のほぐし身と葱とを一緒に炒《いた》めた、ぱらっと口の中で広がる炊いた冷や飯だったが、あれとはまた違った。失敗して硬めに炊いてしまった米のようで――

そこで米を洗って完全に水を切った後、とっておきの菜種油で炒めた。これを土鍋で粥のように炊くのだがその際、秘蔵ののどぐろ魚醬を出汁代わりに適量加える。

――あの粥に入っていたみじん切りの葱は種類が違うのか甘味があった――

季蔵は小さな平鍋でみじん切りの葱を炒める時にほんの少々の味醂を加えた。ここに刻んでおいたまくわの果肉を入れて炒める。

――たしか塩のほかに鼻につんときたし酒の旨みもあった――

胡椒と新酒を加えて煮立ったところで火から下ろした。

――合わせる小海老にもしっかりと味をつけないと、バテレン粥ならではの不可思議な旨み粥にはならないような気がする――

季蔵はまくわとは別に小海老を炒めることにした。

――バテレン粥でもっとも強く感じられる風味はニンニクだった――

別の平鍋に刻んだニンニクと剝き小海老を菜種油で炒め、新酒とのどぐろ魚醬一振りを加えて煮立たせてから火から下ろした。

硬めの粥が炊きあがった。これにまくわと酒粕の蘇、小海老を加えて少々煮て仕上げた。

くりぬきまくわにこれを盛り付けて供する。刻んだまくわの黄色と小海老の薄赤が夏の花のひまわりや天竺牡丹を想《おも》わせる。夏の眩《まばゆ》い光の中で夏の花々がことさら強い生命力を放っているようにも見えた。

季蔵は迎えに来た駕籠に乗ってこれを稲穂屋敷へと届けた。門を入るとやはりまた狼たちが寄ってきて例の着流しの男に餌をねだり、大蛇の重みで駕籠がきしんだ。

「好かれたのかもしれませんよ」

着流しの男が駕籠の外から冗談を言った。さすがにもう、はじめての時のような緊張は走らなかったが駕籠から出て狼や大蛇を愛《め》でる気はしなかった。やはりまだ恐れはある。

駕籠は奥屋敷と称される建物の前で止まった。季蔵は変わりバテレン粥の入った重箱を抱えて降り立った。周囲を眺めたが前回見えた大きな池も道場も見えなかった。目の前は一面の松林だった。

「お待ちしておりました。ご主人様が楽しみにされておられます」

長瀬道之助が半白髪《しらが》の頭を下げた。

「ご丁寧に」

季蔵も礼に倣《なら》おうとすると、

「それはもう――」

長瀬は掌《てのひら》を上に持ち上げてその仕草を遮った。

「もとよりわたくしどもは十分ではございませんから」

そう告げて長瀬は季蔵を入ってすぐの小部屋に案内した。座ると押し入れが視界を埋めるそこはどう見ても布団部屋であった。出された茶は上等の宇治茶《うじちゃ》である。

季蔵が重箱ごと渡すと、

「これは見事でございますな」

長瀬は感心して、

「何という料理でございましょうか。ご主人様にお伝えしなければなりませんので」

と訊いてきて季蔵は内心、

──しまった、まだこの料理に名をつけていなかった。まさか、お奉行にあれほど警告されているのだから、たとえバテレン粥を振舞われたここでも、バテレンという言葉は使わぬにこしたことがない。

焦ったが咄嗟に、

「夏花粥でございます」

声を張った。

「なるほど」

大きく頷いた長瀬は、

「庭が寂しいこの冬場、さぞかしご主人様の目福になりましょう」

目を細めた。

「目福だけではなく口福もとは思いますが、なにぶん冷めてしまっているので――」

くりぬきまくわから変わりバテレン粥を鍋に移して温めてから、元に戻して食して

はどうかと勧めたかったが、

――そもそもどこに罠《わな》が張られているかわからないここで、あまり余計なことは言

わぬ方がいい――

言葉を止めていると、

「ご案じなさるな。当家の厨で大鍋で大量の湯気を上げて、その中にこの重箱ごと吊《つ》

るして良き頃合いまで温めますゆえ。そうすれば、くりぬきまくわまでそっくり召し

上がれます。ただしその前に」

突然長瀬の目が怒った。

――やはりな――

油断は大敵であった。

――しかし、これはまた何なのだ？――

「ご主人様の御膳を案じなければなりません」

季蔵は身構えた。

そう言い切るとやにわに長瀬は一度閉じた重箱の蓋を取り、幾つかある夏花粥の入ったくりぬきまくわを手にした。あっという間に冷えたままむしゃむしゃと食べ尽くしてしまう。

「なかなかのお味です」

賞賛があった。

「ありがとうございます」

季蔵は礼だけを言い頭は下げなかった。

「後は――」

そこで長瀬は自分の茶を啜《すす》ると、

「今、しばらくこうして待ちましょう」

座ったまま目を瞑《つぶ》ってしまった。ほどなく軽い寝息が漏れてきて、相手はうたた寝しているように見えた。

――毒見となると半刻《はんとき》はこのままだな――

季蔵も目を瞑ってみたが眠れるはずなどない。長瀬の寝息はいびきに変わった。

季蔵はやや苛立《いらだ》った。

この時である。

「きゃあ」

という細いが高くよく通る声が外から聞こえた。

「ご主人様っ」

長瀬が廊下へと飛び出した。

季蔵は奥屋敷の門を走り出た。

「きゃああああ、あーっ」

女の悲鳴は松林の中から聞こえている。

悲鳴があがった所へ向かって季蔵は林の中を走り続ける。

「助けてえ」

息が切れかけているその声は走って逃げているお嵯峨のものだった。そして林の中の闇《やみ》が動いていると見えたのは、お嵯峨を追いかけている黒装束であった。

——忍びだ——

咄嗟にそう思った。

——このままでは追いつかれてしまう。これしかない——

「お嵯峨さあーん」

季蔵は大声で叫んだ。

すると動く闇の矛先が変わった。季蔵の方へと疾走してくる。

――戦えるものがない――

季蔵は足先で確かめて枯れ枝を拾って手にした。

「お嵯峨さあーん」

さらに大声を上げる。

人の形の濃い闇が目と鼻の先に迫ってきた刹那《せつな》、季蔵は相手の頭巾《ずきん》で隠れていない目に向かって進んだ。枯れ枝を満身の力を込めて前へと押し出す。

「ぎゃああ」

断末魔の呻《うめ》き声を上げて目を深く突き刺された相手が地に崩れ落ちた。

「助けてえ」

お嵯峨の声がまた聞こえた。

――敵はまだいる――

季蔵はお嵯峨の声へと走った。すると、

「う、うーん、うっうっうっ」

お嵯峨に迫っていたはずの闇が苦悶《くもん》の声を上げた。目を凝らすと大蛇が黒装束の首を絞め上げている。

――蛇のにしきもお嵯峨さんの身の危険を察したのだな――

やがてもう一人の相手の苦しむ声が止むとにしきは男の首から離れて落下した。

「にしきっ」

お嵯峨が駆け寄ったがにしきは動かない。

「にしきっ」

屈《かが》み込んだお嵯峨はにしきを両手で膝にのせて抱きしめた。

「こんなになってまであたしのために――」

にしきは太く長い胴体の中ほどを深く切り裂かれて死んでいた。お嵯峨を守ろうとして盾になるべく立ち向かい、その時相手から受けた傷は絞め上げる際に悪化したものと思われる。

「夜は決して外へは出てはいけないと長瀬様に言われていました。でも、奥屋敷にあるあたしの部屋に投げ文《ぶみ》があって、上千屋やおとっつぁんのことを伝えたいから、戌《いぬ》の上刻（午後七時頃）に松林の前で待てとあって。あたしさえそんな誘いに乗らなければにしきを死なせなかったのに――。悪いのは惑わされたあたしです。でもあたしがいくら泣いたってにしきはもう生き返りはしません」

お嵯峨はにしきの骸を抱きしめたまま歯を食いしばった。

六

――お嵯峨さんはここで泣いてにしきに詫びてしまったら、自分への責めを忘れることになりかねないと思っているのだ――

今更のように季蔵はお嵯峨の気丈さを感じた。

「とにかく中へ。さぞかし案じておられることでしょうから」

季蔵はお嵯峨と共に奥屋敷へと戻った。すでに奥屋敷の前には長瀬が待ち受けていて、

「ご無事で何よりでした」

お嵯峨が抱いている大蛇の骸をちらりと見て労《ねぎら》った。

「お嵯峨様はお部屋でお休みになっていてください。わたくしはこちら様とお話をしなければなりません」

「わかりました」

頷いたお嵯峨は季蔵に軽く辞儀をすると、背を向けて長い廊下を歩いて行った。

小部屋で向かい合うと、

「少しお待ちください」

前のように茶が運ばれてきたが、長瀬は一旦《いったん》部屋を辞し、しばらくして戻ってくると、

「今、あなたのつくられた夏花粥を温めています。ご主人様とお嵯峨様に召し上がっていただきます」

とまず告げた。

「お嵯峨さんはどうされておいでですか？」

季蔵は気掛かりであった。

「お止めしておいたのに松林におられた理由は伺いました。こんなことになるのならお話ししておけばよかったと悔やまれましたが」

長瀬の顔が苦渋の皺で埋まった。

「落ち着かれましたか？」

「い、いにしきの供養だからこのまま抱いて寝るとおっしゃったのですが、それでは悲しみは募るばかりで身体にも心にも悪いとお諫《いさ》めして、こちらで預かり、今夜一晩仏間で

供養することにしました。これはご主人様の仰せです。それとご主人様はにしきは海を越えた遠い遠い南の国から旅してここに来たのだから、せめて魂なりとも、故郷の草木の茂る元へ帰してやりたいと仰せでした。明日の朝、葬る際に南国の花ばかり育てているギヤマンの室から特上の蘭《らん》の花を一鉢、一緒に埋めることになりました。これを伝えるとお嵯峨様のお気持ちもいくらか平穏に戻られたようでした」

長瀬は今夜起きた事態の始末を淡々と話した後、

「実はご主人様、ひいてはお嵯峨様もお命を狙《ねら》われています」

と告げた。

「毒見をされた時は驚きました」

応えた季蔵は今は無理もないと思い始めていた。

「いつからこのようなことが起きているのですか？」

季蔵は訊かずにはいられなかった。

「ご主人様の身に起きはじめたのは、亡くなられた奥方様をさるお家から迎えられた時からです」

「祝言の時からですね」

「はい。ここへ輿入《こしい》れされた先の奥方様はたおやかな姫御前でしたので、度重なるこのような変事に日々怯《おび》え続けた結果、身籠《みごも》られていた不安感も高じ、とうとう自らお命を絶たれました。ご主人様は以来、婚姻《こんいん》を勧めても決して首を縦に振ろうとはなさいません」

「それでお嵯峨さんなのですね」

「この先も稲穂屋敷は継がれていかねばなりませんから後継ぎが必要です。お嵯峨さんが歴代の当主が主宰してきたびんずる大黒講に、偶然加わってくださったので、これはよい縁だとわたくしは安堵《あんど》しました。お嵯峨さんのことを調べて、楚々として美しいだけではなく健気《けなげ》で心身ともに強いお方だと知ったからです。父親想いのお嵯峨様が上千屋を陰で支えてきたこと、なによりご主人様同様生きもの好きで、たいそう好かれていることも聞き及び、わたくしがこのような運びを考えたのです。添われた姫御前に亡くなられてしまい、すっかり心を閉ざされてしまったご主人様の凍った心を、お嵯峨様ならではの強さと明るさで溶かしていただけそうな気がしました。この方をおいてそんなことはできないだろうとまで思い詰めました。何としてもご主人様との縁を得たかったのです」

長瀬は知らずと声を張っていた。

——まさか——

季蔵は知らずと長瀬を見据えていた。

——あえて上千屋さんの船の難破を謀《はか》ったのでは？　これだけの富と力があれば海賊まがいの船を仕立てて樽廻船《たるかいせん》を沈める悪さもできぬことではない——

「とんでもない」

察した様子の長瀬は大きく首を横に振って、

「稲穂屋敷は長きに渉って講の精神にのっとってきました。そもそも講とは寺の内で仏典を講読したり、研究する高僧たちの会を指すものでしょう。やがて転じて、慈悲の心で行う行事、会合になって今日に至っています。一人一人から金を少しずつ集めて、いざという時のための金を蓄えておくための講も市井にはあります。一方、稲穂屋敷の講はびんずる大黒講をはじめとして、講の祖である高僧の徳につながる慈悲そのものなのですから、そのような邪《よこしま》な策など弄《ろう》するわけはないのです」

きっぱりと言い切った。

「ところでこのような変事が度重なる理由に心当たりはありますか？」

季蔵は訊かずにはいられなかった。

「それはわたくしの口からは申せません」

そう告げて長瀬は押し黙った後、

「ただしこの手の変事は募るばかりです。これはご主人様にもお嵯峨様にも申しておりませんが、このたびは飼っている狼三頭も死にました。毒死させられていました。何代も飼い続けていると狼は飼い犬に近づく習性があるようで、人が与える餌を怪しむこともなかったのでしょう。無残な死にざまでしたのでお二人には死んだことは知らせず、賊が檻《おり》を破り逃がしてしまったことにいたしました。明日、蛇のにしきを埋める生きもの墓にすでに埋葬済です。この旨、どうかお含みおきください」

と念を押した。

「それについては承知いたしましたが、松林には黒装束の忍びと思われる骸が二体遺《のこ》っています。これまできっと今までそうなさってきたように、こちらで始末なさるおつもりでしょうか？」

季蔵は知らずと強い物言いになった。

すると長瀬は、

「信じていただけるかどうかはわかりませんが、今までここまでのことは起きていないのです。従来形だけのお役目だった毒見の者たちが何人か毒に中《あた》って亡くなり、犬や猫等が殺され続けました。その中には先の奥方様が輿入れなさった折、一緒だった子猿や鶉《うずら》もおりました。生きものたちが次々に殺されていったのです。それでわたくしは用心のために、愛玩《あいがん》ではなくもっと強い生きものを飼われてはとご主人様に進言申し上げました。そして、何代か人に飼われてきてなつきはするが、知らぬ匂いのする相手には獰猛《どうもう》に飛び掛かる狼たちを信濃《しなの》の里村から、獲物の首を絞めて息を止めてから餌食《えじき》にするという蛇を長崎からもとめたのです。それらも今夜の襲撃の前にはまるで歯が立ちませんでした。ご主人様とお嵯峨様、そして稲穂屋敷を守りきれなければ毒に斃《たお》れた者たちも浮かばれません。何をどう言って、皆の墓に手を合わせてよいか、正直わからぬのです。ああ、本当にどうしたらいいのか――」

頭を抱えた。

「わたしはあなたを信じます。その代わりにあなたもわたしを信じてください。この場はわたしの言うことをきいていただきたいです」

季蔵は長瀬の手を取った。

「わたくしに一体何をしろと？」

長瀬は首を傾げつつ訊いてきた。

「今すぐこの屋敷の方々に命じて、松林の骸を探し当ててください。骸から敵の正体がわかるかもしれないからです。あなたが迂闊《うかつ》に口になされないのは確たる証《あかし》がないからでしょう？　それを摑《つか》むためにも骸は検分しなければなりません。急がないと敵とて骸から正体を知られるのを懸念し、先に探し出して始末してしまいかねませんから」

季蔵は急《せ》かした。

「わかりました」

そしてすぐにも指図に立とうとする長瀬に、

「それから骸を見つけ次第、鍵《かぎ》のかかる場所に置いて持ち去られないように見張りをつけてから、北町奉行烏谷椋十郎様に報《しら》せて、お運びいただいてください。文はわたしが書きます。おそらく烏谷様も今回のことにはお心をお痛めになっているはずです。ご助力いただきましょう」

と告げるのを忘れなかった。

季蔵は以下のような文をしたためて長瀬に渡した。

稲穂屋敷にて正体不明の闖入者《ちんにゅうしゃ》を成敗しました。屋敷の方々に大事はありませんでしたが闖入者の一人を斃した殊勲の大蛇と、人に慣れた狼たちが犠牲になりました。至急お運びくださりたく。

季蔵

お奉行様

七

長瀬を見送って、外に出た季蔵は漆黒の夜の闇をしばらく見つめた。

——ここは屋敷の庭というよりも、幾つかの建物や池、数多くの室、人や生きものの墓地を見渡す限りの草地や林が取り囲んでいるようなところだ。高い塀さえ越えられれば敵はいつでもどこにでも潜むことができてしまう。どのような守りができるものなのだろうか？——

しばらくして松林の黒装束二人の骸が土蔵の一つに運ばれ、烏谷が稲穂屋敷が迎えに出した駕籠で駆け付けてきた。左右に塀が連なる大門の前で迎えた季蔵に駕籠から下りた烏谷は、

「それにしても寒いのう」

両手を両袖《りょうそで》に入れて白い息を吐き、

「冬の夜半は何とも長く冷たい。まるで変事が続くこの屋敷のようだ」

とも洩らすと、

「不届き者の骸のところへ案内してくれ」

季蔵に言った。

「地蔵土蔵までお連れしてください」

この屋敷には二十もの土蔵があり、食料が主で後は衣料品、骨董品《こっとうひん》等がしまわれていた。地蔵土蔵だけは別で仕える者たちの骸が置かれる場所で、通夜《つや》や野辺《のべ》送《おく》りのための専用であった。

「このような遅くにお運びいただき申しわけございません」

見張りの者と一緒に立っていた長瀬が深く頭を垂れた。見張りの者たちもそれに倣ったが、烏谷と季蔵を見る目は冷たかった。それに気がついているはずの烏谷は、

「とんでもない。このお屋敷の大事とあっては駆け付けずに済むものか」

と言った。

見張りの者たちから離れて蔵に入った長瀬は、

「あの者たちは先祖代々ここを死者の寝床と称してきたので、不届き者の骸が運ばれて置かれているのが気に入らないのです。この屋敷が危機にさらされている時だというのに困ったものです」

愚痴混じりに詫びた。

「それでは早速」

烏谷は土間に並べられている黒装束の二人に近づいた。季蔵は検分のために屈み込み、烏谷は傍に立っている。

「死の因《もと》は明らかです」

季蔵は言い切った。

黒装束の一人は片目に深々と枝を突き刺されて血を流しつつ、かっともう一方の目は見開いて死んでいる。もう一人には首に太い大蛇の絞め痕《あと》が残っていて、苦悶の表情の中でぽかりと開いている目には血の点があった。

「気になるのは正体の方だ」

烏谷の言葉を受けて季蔵は二人の黒装束を脱がせて裸にした。年齢の頃は二人とも二十歳代半ばのように見受けられた。

「どちらも古傷が多いです」

鍛え抜かれた身体つきの二体の骸には刀傷だけではなく、打撲痕《だぼくこん》の古傷がそこかしこに見受けられた。

「両腕だけではなく、両手首に古傷が層になっているとは――」

季蔵はぞっとした。

「ふーむ」

烏谷が腕組みすると、

「こやつらはおそらく、幼い頃から自分で自分を傷つけて痛みに耐える修業をしていたのでしょう。深く斬りつけられたり、相当強く殴られても痛みに動じず、怯《ひる》まずに命尽きるまで闘えるような身体づくりが忍びの真骨頂だと子どもの頃、祖父から聞いたことがありました」

長瀬が不安そうな面持ちで言った。

「その手の話にくわしそうですね」

季蔵は長瀬を促した。

古くから連綿と続いてきた忍びとは主に大名や領主に仕えて敵対相手の様子を探ったり、火薬等を用いて痛手となる破壊を請け負うほかに、味方のふりをして毒殺を含む暗殺をなすことを生業《なりわい》としている。市中の人たちの平穏な日々の暮らしとは縁遠い存在であった。

「祖父は忍びの異名をそらんじていました。甲賀《こうか》衆、伊賀《いが》衆はよく知られていますが、紀州根来《きしゅうねごろ》衆とか、甲斐《かい》武田《たけだ》氏の透破《すっぱ》（三ツ者）、越後《えちご》上杉《うえすぎ》氏の伏《ふし》かぎ（軒猿《のきざる》）他、相模《さがみ》後北条《ごほうじょう》氏の風魔《ふうま》党、奥州伊達《おうしゅうだて》氏の黒脛巾《くろはばき》組、加賀《かが》本願寺《ほんがんじ》の修験《しゅげん》など。これらは総じて〝草〟と言われていたそうです。ただしこれらの〝草〟はすべて戦国の忍びだそうです。昔々のことです」

聞いていた烏谷は、

「開府以後の忍び、〝草〟について当屋敷で書き置かれたものはないのか？」

長瀬を問うた。

「あいにくそのようなものはございませんが、祖父の話では〝草〟は厳しい規律の下で並外れた闘いができる身体と力の持ち主と、食や薬をもたらす動植物の優れた知識を持つ者たちの集まりであったとのことでした」

「それはまるで歴代の主が武術の鍛錬を日々怠らぬ一方、稲作と医薬を得手としてきた、この稲穂屋敷の成り立ちのようなものではないか？　どこぞに潜む不遇な忍びの恨みを買っているのではないか？」

烏谷は鋭く言い放った。

忍びの多くは幕藩体制下で不遇であった。同心の身分を定められてそこそこ重用されたのは、伊賀越え以前からの家臣であった服部半蔵《はっとりはんぞう》だけと言っていい。

「まさか」

長瀬は目を丸くして、

「当屋敷が忍びの末裔《まつえい》であると？　そのようなものでございましたら、このような襲撃にうろたえることなどもなく自分たちだけで闘うでしょう。揃えようと思えば武器弾薬をもとめる金子は充分ございますから。どの蔵をお調べいただいても結構です、どこにもそのようなものはありません。またこうしてお奉行様におすがりすることもあり得ないでしょう」

と苦笑いして、

「そんなことより、どうか日夜、当屋敷をお守りくださいますようお願い申し上げます。それとこの骸二体の始末を早急にお願いいたします」

土間に手をついて頭を下げた。

そこで、烏谷は口の固い小者《こもの》たちを呼んで骸二体を無縁塚に葬る手配をした。

「この広さでは何人小者たちがいても見張りは徹底できない。それに小者たちのうち口の固いものは少ない。うっかりすると賊に餌付けされて狼の二の舞になる。おき玖《く》や子には悪いがしばらく伊沢蔵之進《いざわくらのしん》にここに詰めてもらうことにする」

そう決めた烏谷はその旨《むね》を長瀬に伝えて、

「駕籠で木原店《きはらだな》まで送ってほしい」

と頼んだ。

烏谷と季蔵は塩梅屋の離れで向かい合うことになった。まだ夜は明けていない。

「疲れたな」

烏谷は呟き季蔵は酒の燗《かん》をつけていた。

「何かつくります」

買い置いてあるキチジ（キンキ）は焼き魚用と刺身に下拵えを済ませてあった。赤く大きな金魚のような姿のキチジは、のどぐろによく似ているのだと季蔵は先代から聞かされていた。

「キチジは江戸より北で獲れる。それで東のキチジ、西ののどぐろと言われているんだが、姿は似ていても味は西ののどぐろに敵《かな》わないそうだ。ちょいと悔しいね」

などと長次郎は言っていた。

キチジもそうそうは売られていない魚で値もそう安くはなかったが、脂が乗る冬場は旬《しゅん》で味がいいのと、のどぐろそっくりだという姿に惹《ひ》かれてもとめたのである。実は試みてみたいこともあった。

季蔵は七輪で焼き上げたキチジに猪口《ちょこ》に取ったのどぐろの魚醤と大根おろしを添えた。

「ほう、キチジか、よいな。これは何もかけずともいける」

早速烏谷は箸《はし》を取りかけた。

「まあ、そうおっしゃらずに。とっつぁん仕込みのタレと大根おろしで召し上がってください」

季蔵が勧めると、

「ならばそうしよう」

従った烏谷は、

「ずいぶん前に食したせいか、このキチジは各段に美味く感じられる。冬場のせいであろうか」

頭を傾げながらも酒と箸が止まらない。

「キチジはこうも病みつく味であったかの？」

とも言った。

そこで季蔵はのどぐろの魚醤が長次郎の貴重な形見だと告げた。

「それは聞き捨てならぬな」

烏谷はぎょろりと大きな目を剝いた。こういう時の目に限って烏谷の目は冷たくない。食の欲をたぎらせている。

「食い物を形見に遺したとあらばそれはいずれなくなる。ありがちな形見ではない。早い者勝ちということにならぬか？」

季蔵が一瞬、応えに戸惑うと、

「であるから、わたしはここで長次郎の形見を心ゆくまで堪能《たんのう》したい。よいな」

有無を言わせず決めつけた。

こうして季蔵は烏谷のために夜中から飯を炊く羽目になった。のどぐろの魚醤を使ったキチジの漬け丼《どん》と湯漬けを供するためであった。どれも賄いで試してみるつもりでいたが――。

漬け丼はのどぐろの魚醤、味醂、酒を混ぜて火にかけ、一煮立ちさせて漬け丼用のタレを拵える。これを冷やしてから、キチジの刺身を四半刻（約三十分）ほど漬け込み炊き立ての飯に並べて食する。

「あっさり目がお好みなら、のどぐろの魚醤と普通の醬油を半々に使ってもよろしいのですが」

季蔵が立てた伺いを、

「けちけちするな、わしはのどぐろの魚醤、長次郎の形見一筋だ」

烏谷はあっさりと退けた。

湯漬けの方はキチジの刺身を漬けこまずにそのまま飯に並べて、のどぐろの魚醤を振りかけて出汁を注ぐ。

「少し形見が足りぬかもしれぬ」

とうとう烏谷は季蔵から取り上げた、のどぐろの魚醤が入った小瓶を湯漬けの飯茶碗に向けて傾けた。

「おかげで疲れがとれた。礼をいうぞ、長次郎」

食し終えたところで烏谷は小瓶に向かって頭を下げた後、

「これには長次郎の想いが籠っておる。金輪際無駄に使ってはならぬぞ」

名残り惜しそうな目を向けながら小瓶を返してくれた。

第四話　信長餅

一

頃合《ころあ》いを見計らって、

「あれだけのことが起きているのです。そろそろ稲穂《いなほ》屋敷について肝心なお話をしてはいただけませんか？」

季蔵《としぞう》は切り出した。

「肝心な話と言われても――。わしはただ稲穂屋敷の御用をつとめているだけだ。橋や堤防を直して洪水等の害に備え、市中の皆の役に立ってほしいと、大盤振る舞いされた奉加金の見返り分の働きをしている。それだけだ」

「変事が続いていることはご存じだったのでしょう？」

「それは知っていた。しかし、あれだけ並外れて富裕であればとかく妬《ねた》みを買うものだろう。たとえびんずる講なるもの等で市井に尽くしていても、人の心の奥底ははかりしれず報われぬものだ。主《あるじ》の先の奥方が自害したのは身籠《みごも》った身体《からだ》で心が保たないほど、やんごとなき姫君であられたのだろう。とはいえ稲穂屋敷の後継ぎは必須《ひっす》であろうからわしも力を貸すつもりでいた。お嵯峨《さが》との経緯《いきさつ》も長瀬《ながせ》から打ち明けられていたが、お嵯峨の屋敷入りは何も悪事ではない」

烏谷《からすだに》は淡々と話した。

「稲穂屋敷の先祖が忍びだという話は？」

「ああ、あれか」

烏谷はにやりと笑った。

「ふとそう思ったのでかまをかけてみただけのことだ。あの戦国の世に土豪だった甲《こう》賀《か》衆、伊賀《いが》衆も昔は荘園を荒らす悪党にすぎず、忍びは皆盗賊と変わらないとされてきた。それゆえ大事なお屋敷とその先祖が忍びで図星ならば、あの長瀬は激怒するに違いないと思ったがそうはならなかった。まあ、そもそも稲穂屋敷忍び説はあり得ない話だ」

「なにゆえあり得ないと？」

「領主に抱えられた戦国の忍びは、とにかく合戦で闘いまくって敵を斃《たお》す者たちが多く、その頃は百姓たちも武装したので時には重宝に雇われることもあったと聞く。忍びの最盛期だ。しかし権現様《ごんげん》が築かれた泰平の世は忍びを必要としなくなった。身体ごとぶつかるような闘いぶりで知られる忍びの出番は少なくなった。一方、この手の姿を隠して敵地に忍び込んでは内情を探ったり、姿を公にさらしつつ計略によって目的を遂げる忍びは生き残った。とはいうものの身分はよくて同心止まりだ。探りと裏切りを常套《じょうとう》にしている忍びは利用されはしても、信じるに足りないと見做《みな》されている。もちろん富裕でなどあろうはずもない。稲穂屋敷の先祖が忍びであったならば、諸役、軍役なしなどという特権が与えられるものではあるまい」

そう応《こた》えつつも烏谷はしきりに頭を傾《かし》げた。

「にもかかわらず、考えられるのは稲穂屋敷忍び説なので困る」

烏谷は珍しく逡巡《しゅんじゅん》していた。

「ところで稲穂屋敷の主と奥方様を狙《ねら》い続けている者たちはよほどの忍びです。これだけは事実で大事です」

大蛇のにしきを失ってもなお、気丈であろうとしたお嵯峨の様子が季蔵の胸に迫った。

――お嵯峨さんだけを闘わせるわけにはいかない――

「松林で息絶えた古傷だらけの忍びたちとまともに闘っていたら、今頃わたしやお嵯峨さんはどうなっていたかと——。わたしが何の武器も持たずに咄嗟《とっさ》に小枝を拾って目を刺したのと、お嵯峨さんの生きもの好きが幸いしました。しかしこれは偶然です。偶然は続くものではありません。これからは武器を持って行きたいと思っています。夜は特に危ないですから、わたしはこれからあそこに寝泊まりして、お嵯峨さんたちを守ります。塩梅屋《あんばいや》にはあの屋敷から通います」

そう言い切った季蔵に、

「よくぞ言ってくれた。これで蔵之進《くらのしん》を一日置きには家に帰してやれる。わしも草葉の陰の長次郎《ちょうじろう》に文句を言われずに形見を独り占めできて何よりだ。しかしなにぶん稲穂屋敷は遠い、そして広すぎる。あの屋敷からの駕籠《かご》の手配はわしから長瀬にしておく」

ほっと安堵《あんど》した面持ちになって、

「今時あれほどの助力を市井の民のためにしてくれる手合いは滅多にいない。見返りはきちんとさせてもらいたいのだ。頼む」

季蔵に向かって知らずと僅《わず》かに頭《こうべ》を垂れていた。

こうして季蔵は蔵之進と交替で稲穂屋敷を守ることとなり、一日交替で泊まり込む日々が続いた。しばらくは何事もなく過ぎた。

「客間ではございませんが是非、最上の部屋にお泊りください」

長瀬は稲穂屋敷初代が起居したという部屋に季蔵たちを泊まらせた。そこは龍面の主やお嵯峨の部屋の並びで、池の中ほどの大きな石塔が見渡せた。

「まるで城のような供養塔だな」

疑問に思った蔵之進が洩《も》らすと、

「あそこには代々のご主人様が眠っておいでです」

と長瀬は告げた。

季蔵と蔵之進は交替する前に必ず、泊まり込んだ日に起きたことを報告しあっている。

「先ほど長瀬様から大蛇や狼《おおかみ》より強い生きものはいないかと訊《き》かれました。何でも主がお嵯峨さんのことをたいそう案じておられるのだそうです。自分のことよりもお嵯峨さんに何かあってはと――」

ある交替時に季蔵が告げると、

「ん、たしかに主のお嵯峨への想《おも》いはたいそうなものだ。とうとう昨夜、主はお嵯峨の部屋へ行った。止《や》むにやまれなかったのだろう。廊下では悟られるので俺《おれ》は中庭に回った。中庭の縁先からは部屋の中が見える」

蔵之進はふわりとあくびをして先を続けた。

――お嵯峨さんは承知したのだろうか？――

季蔵は主が躊躇《ためら》いつつ龍面を外す様子を想像した。外し終えたその顔を見たお嵯峨の表情が凍りつく。松林で襲われていた時そっくりのこれ以上はないと思われる、最大限の恐怖を貼《は》り付かせた顔であった。あの時は叫んだものの、今回はその声すら出ない。身体だけが正直に動いて主から離れようとする。そんなお嵯峨に絶望した主が飛び掛かる。無理やりの愛を押し付けるためではなかった。主の傷ついた心はもはや愛ではなく憎しみに変わっている。その両手はお嵯峨を抱きしめるためではなく首に回っていた。いつしかお嵯峨の首にかかる主の両手は大蛇の胴体に変わっている。呻《うめ》き声一つ発せずに苦悶《くもん》の表情のままお嵯峨は息を止めた――。

「どうしたのだ、顔が青いぞ」

蔵之進が案じた。

「お嵯峨さんのことが気になりまして。今日はまだ顔を見ておりませんし――」

――主の手で骸《むくろ》にさせられたならば狼同様、早急に始末されていたとしてもおかしくはない――

季蔵は正直に応えた。

「主がお嵯峨の部屋に入った後の話の続きをしよう。断っておくが俺は覗《のぞ》きの悪癖で見ていたわけではないぞ。こういう時は襲われやすいので警護していただけだ」

「わかっております」

季蔵は早く蔵之進の目撃談を聞きたかった。

「思いのほかお嵯峨の心は太いようだ。足音を忍ばせていたこともあって、すやすやとよく寝入っているお嵯峨は気がつかなかった。主は寝ているお嵯峨の脇《わき》に座った。そして声を殺して泣き出した。肩と顔が揺れるのでそれとわかった。龍面の隙間《すきま》から涙がお嵯峨の顔に落ちたのだろう、気がついたお嵯峨は目を開けて龍面に微笑《ほほえ》んだ。龍面の肩と顔は大きく揺れた。仕舞いにはお嵯峨の掛けている夜着に突っ伏して泣き声を上げた。そんな龍面の肩に手を置いてお嵯峨は微笑み続けていた。俺は龍面が嵯峨の部屋を出て行くまで見届けた。男と女の間で起きることは何も起きなかったが、龍面を見送ったお嵯峨の頬《ほお》にも涙があった」

それを聞いた季蔵は、

――お嵯峨さんのその涙は何だったのか？

もうここからは出ることはできない、囚《とら》われ人同然の我が身への絶望ゆえなのか、共に絶望している者同士、醜貌《しゅうぼう》による傷心を引きずり続ける龍面への同調なのか――。

案じるのは敵の襲撃だけではない——

昨夜何事も起きなかったことに安堵はしたものの、二人のつながりの行く末が不安でならなかった。

二

生きものの世話がなくなったお嵯峨が、

「どうかわたしを厨《くりや》で働かせてください。といっても、上千屋《かみちや》に伝わっている普段のおかずしか作れませんが」

長瀬に頼み込むと、亡くなった料理人の後で何とか務めを果たしていた料理番は、

「それは有難い。是非お願いします」

ほっと安堵して、この屋敷の習いで何日かに一度拵《こしら》えるバテレン粥《がゆ》だけを請け負うという取り決めに応じた。

季蔵が泊まり込んでわかったのは、稲穂屋敷の三度の膳《ぜん》は当たり前の江戸市中の食に近かった。長瀬には鼻で笑われたが季蔵の持参した柚子味噌《ゆずみそ》や納豆麹《こうじ》が朝餉《あさげ》に、米麹入り柚子胡椒《こしょう》を用いた柚子寿司《ずし》が昼餉に夕餉には魚の和《あ》え物が繰り返し供された。

「危ういところを助けてくれたのがあなた様だと皆わかっておりますので、お持ちい

ただいたお品をおしいただだいた後、ひたすら真似《まね》ているのですよ。感謝の意です」

長瀬は苦しい言い訳をしたが、

──ここの料理番は創意工夫が苦手なのだろう。いくら自分の味でもこう毎日では飽きる──

季蔵は心の中で苦笑した。

そしてやっとお嵯峨が厨に立つようになってから三度の膳が変わった。

高級とされている京の伝統料理は京料理と京おかずに分かれる。専門に修業をした料理人が供する料理は京料理と呼ばれ、見た目重視で手が込んでいる。江戸市中の料亭と呼ばれる庭付きの店でもてなされているのはこの京料理である。

一方、お嵯峨が、

「普段のおかずです。残り物を使ってちょいちょいっと作ります」

と言ったのが京おかず、京の家庭料理であった。

京おかずの基本はいわゆる京野菜と呼ばれる、近郊の葉物野菜や根菜類を煮炊きする。季蔵がはじめて味わったお嵯峨の料理は切り干し大根の煮物であった。

「さまざまな味付けが混然一体となっているたいそうな美味な逸品です。これほどまで美味《うま》い切り干し大根の煮物を食べたのははじめてです。是非秘訣《ひけつ》を教えてください」

感激のあまり季蔵が教えを乞《こ》うと、

「そんなたいそうなものではありません。でも褒《ほ》めていただけてうれしいです」

お嵯峨は笑顔で続けた。

「これは実は切り干し大根ではなく、冬の切り干し大根と言われてきたものです。今頃の切り干し大根は作りたてですが、三月も過ぎれば黄色く古くなって匂《にお》いも強くなります。そこで京おかずの切り干し大根の煮物は、時季や色によって作り方を変えています。切り干しが新しいうちは味付けを薄くし、切り干し大根自体の味を生かすのだそうで、古くなると味つけを濃くするだけではなく他の材料の力を借りるのです。ところが何代にもわたる江戸暮らしでおとっつぁんもわたしもすっかり舌に江戸の調味が馴染《なじ》んでいます。店の者たちも同じです。それで上千屋では冬の切り干し大根が常の切り干し大根の煮物になったのです。作り方は改めてお教えいたします」

そして何日か過ぎて、

「上千屋《うちや》の切り干し大根の煮物がご主人様にもたいそうお気に召していただけたようで〝また、作るように〟と長瀬様からお言葉をいただきました」

季蔵は石窯《いしがま》三台も含めて竈《かまど》が十台もある屋敷の厨で、お嵯峨の切り干し大根の煮物作りを見守った。

「すでに大豆は一刻《とき》ほど水に漬けてありますから笊《ざる》にとり、深皿に入れて蒸籠《せいろう》で蒸します。切り干し大根はたっぷりの水で洗い食べやすい長さに切りました。椎茸《しいたけ》は小指の先ほど、油揚げはやや伸びた中指の爪《つめ》ぐらいに切ります。芹《せり》はさっと茹《ゆ》でて水に放し、冷めたら水から上げて水気を絞っておきます」

そう説明しながらもお嵯峨の手はしなやかに動いて仕事をこなしていく。

「お手伝いしましょう」

季蔵の言葉に、

「それでは白葱《しろねぎ》の一味唐辛子煮をお願いします」

「わかりました」

この作り方は知っているので季蔵はまず白葱を小指の先幅の斜め切りにした。平たい鉄鍋《てつなべ》を火にかけて胡麻油《ごまあぶら》を引き、白葱を炒《いた》める。両面に少々の焦げ目がついたら、醤油《しょうゆ》、味醂《みりん》を加えて一気にからめる。汁気がなくなったところで一味唐辛子をふりかけて火から下ろした。

「さすがのお手並みっ！　ついでに時季の金時人参《きんときにんじん》の梅煮もお願いします」

お嵯峨の笑顔がこぼれた。

「はい」

笑顔で応えた季蔵は早速、金時人参の梅煮にとりかかった。

金時人参は皮を剝《む》いて小指の爪ほどの厚さに切る。五角形になるように切り、その後に各所に包丁を入れねじり梅に形づくる。鍋に出汁《だし》、味醂、砂糖、塩と隠し味に梅酒少々を入れて梅形の金時人参を煮る。水分が少なくなってきたら梅肉を加えてつやが出るまで煮ていく。

お嵯峨は鉄鍋を火にかけて油を引き、椎茸を入れて炒めはじめている。続いて水気をよく絞った切り干し大根と大豆を加え、残っている水分を飛ばすように炒め続ける。出汁と酒、塩、醬油、味醂を加えて食味が残るように一気に煮上げる。煮汁が減って味がしみたら火から下ろし、これと白葱の一味唐辛子煮を合わせて器に盛る。鍋に残った煮汁で芹をさっと煎りつけたら人差し指の爪ぐらいの長さに切って散らす。

「仕上げに葱の青いところを千切りにして添えても綺麗《きれい》です」

とお嵯峨は言い添えた。

――油揚げと一緒に煮ただけの切り干し大根は手軽に買って食べられる煮売屋の定番だが、ここまで来るとまさにたかが切り干し大根、されど切り干し大根だな――

季蔵が感心していると、

「あと二品ほど大根のおかずを作ります。まずは煮てから水溶き葛粉《くずこ》を加えて葛ひきにする葛ひき大根。葛ひきは大根に限らず、京おかずならではのものです。これには上方ならではの薄口醤油を使うのですが、ここにはないので代わりに濃い目の出汁と少々の醤油麹を使います」

お嵯峨は葛ひき大根を作り始めた。

大根はやや厚めに切って皮を剝いて半月に切り、面取りをして下茹でしておく。鶏《とり》のささ身は塩と酒をふりかけてしばらくおいておく。大根を味醂、酒、醤油、醤油麹を合わせた出汁で柔らかくなるまで煮る。生椎茸の細切りと斜め切りにしたささ身を入れ、八分どおり火が通ったら、水溶きした葛粉を加えてとろみをつけ、人差し指の爪の長さほどに切り揃《そろ》えた三つ葉を飾る。

「どうぞ」

試食を勧められた季蔵は、

「葛のとろみと大根の柔らかさ、甘みが相俟《あいま》っています。大根の煮物に鶏のささ身が合うとは知りませんでした。三つ葉の香りも加わって何とも京らしい典雅さです」

ため息をついた。

「あと一品はご覧いただいていればわかります」

お嵯峨は茶目っ気たっぷりに笑って作りはじめた。

――この笑顔に涙が隠されていようとは誰《だれ》が想うだろうか？――

季蔵は痛ましい思いでお嵯峨の笑顔を見守った。

お嵯峨は大根を茶碗《ちゃわん》に軽く一杯分おろすと小鍋に入れ、茶碗二杯分の水と出汁、塩麹、醤油麹を加えて煮立たせた。水溶き片栗粉を作って鍋に入れてとろみをつける。ここに溶き卵一つを回し入れると火から下ろして余熱で固めた。

小さな丼《どんぶり》に入れて、胡麻と小口葱を飾った。

「おろし大根汁です。熱々を召し上がってください」

「このところ寒さが厳しくなによりです。ありがたい、いただきます」

季蔵はお嵯峨から手渡された大きめの木匙《きさじ》を手にした。

「温まりましたか？」

お嵯峨に訊かれた。

「ええ。とても。極上の卵酒のようです」

と季蔵は応えた。

酒と卵、砂糖を混ぜたものを温めて作られる卵酒は、体を温めてくれるため、冷えを感じやすい冬に最適であり、風邪《かぜ》のひきはじめには欠かせない飲み物であった。

「そのつもりで作りました。風邪の時は生姜《しょうが》のすりおろしを加えてもよいかと――」

お嵯峨の顔が一瞬翳《かげ》った。

「何かお悩み事でも？」

季蔵は訊かずにはいられなかった。

「実はこのところ、夜半になるとご主人様のお部屋から咳《せ》き込む声が聞こえてきておりまして、長瀬様はせめて引いた風邪が治るまで、剣術の稽古《けいこ》を休まれるようおっしゃっておいでなのですが、お聞き入れにならず、常のようにほとんど一日中励まれているのだとか――。あたし、こういうの見ていられない性質《たち》で、何かしてさしあげたくて――。卵酒はお好きでないと伺ったのでこれを作ってみたんです。さしあげてよろしいものでしょうか？」

お嵯峨は曰《いわ》く言い難い表情を浮かべた。

三

「あなたがこのおろし大根汁をさしあげればご主人様は食されるでしょう。あなたのご主人様を案じる心が籠っているとおわかりになるでしょう」

「よかった」

応えたお嵯峨の表情はまだ複雑だった。

「あなたには今どこまでのご覚悟がおありなのでしょう?」

季蔵は切り込んだ。

「覚悟と申しましても——」

お嵯峨は常になく歯切れが悪くなった。

「このままこの屋敷でお務めを果たしていくのか、それとも——」

季蔵が言葉に詰まると、

「長瀬様たちには思惑がおありのようですが、ご主人様は決してあたしに無理強いはなさいません。そういうお優しいお方です」

「それでは今のままがよろしいと?」

「ええ、まあ」

「となるとあなた特製のこのおろし大根汁はさしあげない方がよろしいかと思います。あなたがご主人様を喜ばせて期待させてしまうことは罪作りだからです」

「そうですね」

お嵯峨は悲しげな顔になった。

「わかっているつもりでしたのに——」

声が掠《かす》れた。

「何かありましたか？」

季蔵は訊いた。

「実は強い生きものたちが死んでしまって、さぞかしあたしが気を落としているだろうとご主人様は案じてくださって、子どもの虎を長崎《ながさき》に頼もうとされました。でも、お断りしました。いくら虎が強くても人の悪知恵には勝てません。人が襲われた際に一緒に殺されるだけです。そう理由を申し上げると、今度はたいそう高価で綺麗な金魚、ランチュウや出目金をあたしのためにおもとめになるというのです。金魚鉢で飼って部屋に置けば心が慰められるだろうと。それもお断りしました。部屋に置けば真っ先に狙われるだろうというのが表向きの理由でしたが、本当はご主人様のあたしへの想いが重かったからです。お気持ちをお受けしていざという時、酷《ひど》い仕打ちでお心を傷つけてはならないと思ったんです。ご主人様との間はこれ以上縮めない方がいいかと――。わかっていたはずのあたしがなにゆえ、このようなことを思いついたのか――」

お嵯峨は鍋に残っているおろし大根汁を恨めしそうに見つめた。

「それはあなたの心もご主人様同様優しいからですよ。あなたは風邪を引かれたご主人様の身体を案じる余り思いつかれたのです。風邪には身体を温めるのが何よりです。ここは一つ、わたしが風邪に効き目のある鍋を拵えましょう。今の時季ならではの鍋を拵えさせていただきます」

そして、季蔵は長瀬と相談して牡蠣《かき》のみぞれ鍋を拵えた。牡蠣は屋敷の主の好物の一つであった。

まず剝いた大根の皮を粗く刻んで牡蠣と混ぜて洗っておく。こうすると牡蠣の汚れがよく落ちる。土鍋に出汁、塩麴、酒を入れ煮立ったら醬油麴を加える。

大根おろしの水気を軽く切ってここに加えて、調味しつつ、塩麴または醬油麴を足す。親指の爪の長さほどに切った芹、牡蠣、豆腐を入れる。豆腐を俎板《まないた》に置くと見ていたお嵯峨が、

「お豆腐は包丁で切らずにすくい豆腐でお願いします」

と止めた。

「すくい豆腐?」

季蔵が手を止めると、

「お玉でひょいひょいとすくうように切り取るのがすくい豆腐です。すくい豆腐は雪鍋には欠かせません」

お嵯峨が教えてくれた。ちなみに雪鍋は土鍋に昆布でとった出汁と酒、薄口醤油を入れ、たっぷりの大根おろしを加えて、すくい豆腐を具にしただけの極めて簡素な鍋である。大根おろしが半透明になり、すくい豆腐がゆらりゆらりとしてくると食べ頃なのだが、この様子が降り続ける雪に似ているのが雪鍋の謂《いわ》れとなっている。

お嵯峨がさらに先を続けた。

「四角く切ったお豆腐には角がありますが、すくい豆腐にはないのでまろやかな食味が楽しめます。すくい豆腐は雪鍋でなくともお豆腐の入るお鍋には欠かせない切り方だと思います」

――たかが鍋、されど鍋。さすが京仕込みの鍋の豆腐扱いは違う――

季蔵は感心しつつ、

「牡蠣、豆腐、大根、どれも滋養があって風邪を引いた時の特効薬代わりになります。そして鍋の具を食べ終えた後も楽しみが待っています。旨《うま》みを奏でている残り汁を使った牡蠣のみぞれ雑炊《ぞうすい》ですよ。これは牡蠣と芹を少々残しておいて、鍋の豆腐の欠片《かけら》を潰《つぶ》してから飯を入れ、柔らかくなったところで牡蠣と芹を戻します。これほど滋味にあふれた風邪薬は他にありません」

言い切った。

牡蠣のみぞれ鍋が屋敷の者たちに振舞われた夕餉には蔵之進も連なっていて、

「牡蠣と聞いたからには聞き捨てにできない。俺もおき玖《く》も無類の牡蠣好きだからな。しかし牡蠣のみぞれ鍋とはまた珍しい。是非ともご相伴にあずかってくるように言われた。今日は遅くなってもかまわない」

と言い、続けて、

「やはりこれは豆腐が肝だな。牡蠣が豆腐よりやや硬めに煮えたところで、すくい豆腐とも合わせておろし大根と共にするりと食する。すくい豆腐なくしてみぞれ鍋なし。これぞみぞれ鍋の極意と見たぞ」

お嵯峨とはまた異なるすくい豆腐への賛辞を寄せた。

その後、役目の話に移ると、

「油断はできないがあれから変事は起きていない。ただ気になることはある」

蔵之進は話を切り出した。

「俺も時々厨を覗いている。お嵯峨の無事を確かめるためだが、このまえ、おまえさんが帰った後、厨の竈の近くの壁に気掛かりな赤い椿《つばき》の花が活《い》けてあった。雪も降っていないのに白い雪片が花の上に散っていた。この屋敷は厨まで広い。はじめはこの雪片を散らした椿は、この屋敷の奉公人に紛れている敵が庭のどこかに潜み続けている仲間に報《しら》せる印かと疑った」

「それでその赤い椿から目を離さずにいたのですね」

その椿を目にしていない季蔵は先を促した。

「もちろん。その椿はすぐになくなってしまい、ますます俺は疑いを深めた」

「そうでしょうね」

季蔵は強く同調した。

「だが違った。赤い椿に雪片を散らしたのはお嵯峨だった。壁の椿が無くなってしまうとお嵯峨はまた同じものを作ったのだ。お嵯峨は煮炊きの合間に庭に出て椿を一輪切ってきた。お嵯峨はこのところ、魚の種類を変えてかぶら蒸しを作っていた。かぶら蒸しに使う卵の白身を指で赤い椿の花弁に塗り付けて、笊に片栗粉《かたくりこ》を入れて持ち上げて振りかけた。すると卵の白身のついたところに粉がついて、まるで雪の中に咲いている椿のように見えた。お嵯峨はこれをまた壁に飾ったが一夜にしてなくなった。俺はわからなくなった。あれがなかったら、お嵯峨を最強の敵だと疑っていたかもしれない」

蔵之進はやや声を低めた。

かぶら蒸しとは鯛《たい》などの白身魚を用いた、蕪《かぶ》の出回る冬ならではの菜である。白身魚をそぎ切りにして酒、塩麹で下味を付ける。蕪は厚めに皮を剝いてすりおろし、片栗粉としっかりと泡立てて塩で調味した卵の白身を混ぜる。これを白身魚にかけて蒸しあげたものである。

「俺は役目でお嵯峨だけではなくここの主も守っている。主の部屋を見張るには恰好《かっこう》の覗き場所があることはおまえさんに伝えてあるが、そこから覗くと、お嵯峨が雪化粧した赤い椿二輪が見えた。壁に並べて飾られていた」

「厨からお持ちになったのはご主人様だったのですね」

季蔵は驚きこそしなかったが主のお嵯峨への深い想いの切なさに胸が締め付けられた。

――二輪も。もう今は片栗粉を雪に見立てた雪咲椿を作っていない。持ち去ったのは誰なのか、お嵯峨さんはとっくに気づいているはず――

するとと突然、

「前妻の姫御前は身近な変事を苦にして自ら命を絶ったのだろうか？」

蔵之進が問うてきた。

「長瀬様はそのようにおっしゃっています」

「自害したのは真実だろうが理由はもっと別にあるのではないか？　前妻は龍面の夫

との夜が恐ろしく、腕の中では息が止まりかねないほど恐れ慄《おのの》き、そんな相手の分身である腹の中のわが子が呪《のろ》わしく、そんな地獄の中で生きるより死を選んだのではないかと俺は思う。正直、何事もない日々でもお嵯峨の気持ちを察すると辛《つら》すぎる」

蔵之進は言い、

――ご主人様はあれ以来、夜半お嵯峨さんのところへは行っていない。そして一人、お嵯峨さんが雪を降らした赤い椿の花を愛《め》でている。心優しいあのご主人様の孤独もまた深い――

季蔵はたまらない気持ちになった。

四

冬至が近づいていたその日、季蔵は長瀬に呼ばれた。

「冬至は当屋敷にとって先取り正月と称されております。日の出から日没までの昼が最も短くなり夜が最も長いこの日、陽《ひ》が生まれ変わり、陽気が増え始めるからです。それで陽の再生を祝う先取り正月にはさまざまな由来の食べ物を食します。祝い酒の冷酒、無病息災のための小豆粥《あずきがゆ》、中風（脳溢血《のういっけつ》）予防のためのトウナスとも呼ばれる南瓜《かぼちゃ》の煮物、身体の砂払いと言われている蒟蒻《こんにゃく》、冬至の『と』の字に因《ちな》む食べ物である、湯豆腐、一味唐辛子、どじょう鍋、いとこ煮などです」

そこで一度長瀬は言葉を切った。

ちなみにいとこ煮は主に青物や豆類でつくる煮物のことである。語源は各々《めいめい》煮て合わせる手順から姪姪《めいめい》と転じたもので、姪と姪（兄弟の子ども、つまり従姉妹《いとこ》同士）が一緒に椀《わん》に入って一つの料理となるということから、いとこ煮と称されてきた。一般にいとこ煮といえば、小豆《あずき》と南瓜各々を、甘すぎない程度に汁けがなくなるまで甘辛く煮たものである。

「いとこ煮なら、お嵯峨さんが縁のある雑穀屋から京は丹波《たんば》の小豆大納言を仕入れる段取りをしてくれています。丹波の小豆大納言なら大きくふっくら煮えて、さぞかし風味豊かなことでしょう、楽しみです」

季蔵がいとこ煮についての話を継ぐと、

「いとこ煮は確かに冬至には欠かせません。ですが、当屋敷にはまだ欠かせない食べ物があるのです。当屋敷ならではの食べ物と言っていいでしょう」

長瀬は思い詰めた顔になっている。

「それはまた何でしょうか？」

季蔵は身を乗り出した。

長瀬は筆と硯《すずり》を引き寄せると紙に以下のように書き記した。

信長餅《のぶながもち》

「信長とあるのは、あの本能寺《ほんのうじ》で斃れた戦国の覇者織田《おだ》信長公のことでしょう？」

季蔵は念を押した。

「そうなのでしょうな」

長瀬は曖昧《あいまい》に応えて、

「ただ信長餅とあるだけではどのような餅なのか見当もつきません」

と続けた。

「屋敷に残っている書物か日記にでも書かれていたのですか？」

――当屋敷について記されたものがあれば、どのような経緯でここばかりがこのような待遇を得つつ、奉行所等の記録には決して残されず、まるであって無きがごとくに隔絶されてきたのか、わかるかもしれない――

季蔵は思わず興味を惹《ひ》かれた。

「当屋敷にそのようなものがあるとお思いですか？」

長瀬は季蔵の好奇心を鼻で笑って、

「ご主人様をはじめとしてわたくしたちは自分たちの覚えを頭の中に叩《たた》きこんでおります。ご主人様の頭の中には古今東西のさまざまな名著が記されているのです。このわたくしもお役目に必要な書は諳《そら》んじることができます。他の者たちも同様です。ここに書庫はありません」

きっぱりと言い切った。

「ということは口伝《くでん》で全《すべ》てを伝えてきたのですね」

季蔵は驚きを禁じ得なかった。

「はい。古くは稗田阿礼《ひえだのあれ》が『古事記《こじき》』を口伝えしたように」

長瀬は微笑んだ。

『古事記』は天武《てんむ》天皇、元明《げんめい》天皇の御世《みよ》（七世紀半〜八世紀初め）に稗田阿礼の口述を太安万侶《おおのやすまろ》に筆記させた日本最古の歴史書である。

どうして口伝一辺倒なのかと季蔵は訊きそうになってその言葉を呑《の》んだ。

——それゆえ、この屋敷はあって無きがごとしなのだろう——

烏谷がここの先祖は忍びではなかったかとも考えていたことも思い出された。

——忍びの術の一端であるとしたら得心できる——

驚きの余り稲穂屋敷の謎《なぞ》について考えを巡らせてしまった季蔵に、

「これについて何かご存じだったり、お聞きになっていること、思いつくことでもかまいません。ございませんか？」

長瀬は今一度紙に〝信長餅〟と書いた。

「つまり信長餅は冬至に欠かせない食べ物として口伝されてきたものの、正体も拵え方もわからないのですね。それを何とか拵えられないものかというご相談だったのですか――」

――これほどの無理難題を課せられたことはない――

季蔵はため息をつきたくなった。

「冬至の〝信長餅〟はかつてはこの屋敷で作られていたはずです。それがいつの頃からか、作られなくなり今に至っています。おそらくうっかり口伝し忘れたのでしょう。何ともご先祖様に申しわけの立たぬことです。そこでわたくしは変事が立て続き、お屋敷の存続もかかっている昨今、なんとか信長餅なるものを作り、冬至の日、これを伝えたご先祖様方に供えたいと思っております。お願いでございます、この通り――」

あろうことか長瀬は季蔵に平伏した。

「お気持ちはよくわかりました」

季蔵は応えたものの、

「わたしも料理人の端くれですので信長餅に興味は湧《わ》きます。けれどもこれほど何もわからなくてはどんなものだったのか、言い当てる術《すべ》がないのです。どうかご勘弁ください」

頭を深々と下げた。

すると長瀬は、

「信長餅の作り方は忘れられましたが、一緒に伝えられてきた言葉なら幾つかあります。米、卵、砂糖です。これは役に立ちませんか?」

まだ諦《あきら》めていない。

「餅ですので米を使って当然ですが、糯米《もちごめ》が使われる正月の餅ではなさそうですね。卵、砂糖は菓子を想わせますが、たとえばカステーラに使われるのは小麦粉でしょうから、やはりこれだけでは見当がつきかねます」

季蔵が思いつくままに応えると、

「あと一つございます」

と前置いてから、

「バテレン」

声を潜めた。

聞いた季蔵ははっと閃《ひらめ》いた。

立ち上がった長瀬は季蔵の耳に口を当てて、

「どうかこれは聞かなかったことに。けれども信長餅の方はどうかよろしく」

と囁《ささや》いた。

季蔵は、

――ならばバテレン餅とでも名付けておけばいいものを、なにゆえ信長餅なのか？

疑問が頭から離れなくなった。そのうちに、

――ああ、そうだった。信長公が天下統一に近づくことができたのは、比叡山《ひえいざん》の僧兵信徒の皆殺しに見られるような徹底して非情な戦略に加えて、いち早く最強の武器である鉄砲を持ち込んだからだった。戦に有利なこうした武器を買うための資金調達に楽市楽座《らくいちらくざ》が開かれ、今ではとても考えられないが、盛んに南蛮《なんばん》貿易が行われていた。宣教師たちが訪れ、葡萄牙《ポルトガル》のカステーラは伝えられた。その際、南蛮商人たちと船に乗り合わせた宣教師たちが、信長との貿易の仲介の労をとることもあったであろう

――

織田信長の側から信長餅を考えていた。

――長瀬様はうっかり伝え忘れたとおっしゃっていたがきっとそうではない。徳川《とくがわ》将軍による泰平がこれほど続いているゆえに、今では太閤秀吉《たいこうひでよし》や織田信長公が草紙や講談等で扱われてもさほどそしりは受けまいが、徳川を脅かす悪党と見做され、言葉にさえできない歳月が長かったはずだ。それでこの屋敷で伝わっていた信長餅を、名だけ残して拵え方を葬ったのではないか？　いずれ拵え方の謎が解ける日が訪れると確信して――。ということはこの屋敷の先祖は織田信長公なのか？　だがそうなると、ここまでの優遇ぶりの理由がわからない。信長公が祖先であると隠していたのか？　開府から関ヶ原《せきはら》を経ての徳川の初期はたいそう詮議《せんぎ》が厳しかったと聞いている。だとしたらそんな隠し事などできるとは思えない。この屋敷の先祖については混迷を極める――


季蔵は頭を振って、とにもかくにも信長餅の拵え方を得ようと思った。

早速、朝、塩梅屋へと通う前に柳橋《やなぎばし》にある菓子屋嘉月屋《かげつや》の嘉助《かすけ》を訪ねた。嘉助とは湯屋《ゆや》の二階で知り合った仲である。

嘉助は根っからの菓子好き菓子職人であった。食べるだけではなく、さまざまな菓子の起源を調べたり、料理の一環に菓子を位置づけていたりと、とにかく菓子については博識で名博士ぶりを発揮してくれる。

新参者なので菓子の味では老舗《しにせ》に負けないが知名度、評価で負けていると嘉助が悩んでいた時、季蔵と嘉助を慕っている三吉《さんきち》が少なからず力を貸した。結果、嘉助は市中の菓子選びの品評会で勝ち抜いて大奥御用を務める菓子屋の栄誉を得たのである。

五

話を聞いてくれた嘉助は、

「ふーん、信長餅。バテレンねえ」

興味津々に瞳《ひとみ》を輝かせ、

「季蔵さんには大恩がありますからねえ」

片目をつぶってみせ、

「あれだけ頑張ってとりつけた大奥御用でしたが、新参者には過ぎたお役目だったんでしょう、妬みも恨みも買って身から出た錆《さび》と相俟って呆気《あっけ》なく吹き飛んでしまいました。その時は穴にでも入りたい気持ちでしたが、今となってみればこれでよかったと思っています。堅苦しいのは柄じゃないんです。今は以前のように、好き放題に菓子を作り菓子の歴史等を調べています。菓子三昧《ざんまい》の日々ですよ。最高です。もちろん、知ると牢《ろう》に入れられかねないバテレンの菓子についてもお答えできます」

自信のほどを示した。自分の店の奥まった客間で向かい合っているせいもあるが、とりたてて声は潜められていない。

「本当ですか」

季蔵は思わずごくりと生唾《なまつば》を飲んだ。

「それには遠路はるばるこの国にやってきた宣教師たちの話をしなければなりません。あの人たちの後ろ盾はイエズス会とやらで、これはキリストの教えの世界布教を目的とする、いわば本願寺《ほんがんじ》並みの巨大宗教団です。このイエズス会が仕切る遥《はる》か遠くの大陸の地には、長く続く米作りの伝統があるのだそうです」

「出島《でじま》の阿蘭陀《オランダ》人は小麦粉によるパンをご飯代わりにしていると聞いています。ご存じのようにパンは拵えたことがあります。となるともしや信長餅はパンなのでは？」

季蔵の言葉に、

「まあまあ、先を急がないでください。信長餅はパンではないと思います。なぜなら宣教師はキリスト教の布教も含めて決してこの国に持ち込まないと約束した阿蘭陀人ではなく、鎖国宣言で追い払われた葡萄牙人や西班牙《スペイン》人等がほとんどだったと思われるからです」

　嘉助は悠揚《ゆうよう》迫らぬ口調で告げた。

　――ということはやはり信長餅とはカステーラなのか？――

「カステーラは宣教師の出身地の一つである、カスティリャ王国とやらで作られていたお菓子で、カスティリャがなまってカステーラになったとされています。また、江戸開府以前の弘治《こうじ》三（一五五七）年に肥前唐津《ひぜんからつ》で布教を進めた宣教師が作った菓子類の中に、角寺鐵異老《カステイラ》と名づけられたものがあります。けれどもわたしはこれが信長餅ではあり得ないと思います」

「キリスト教が禁教とされて以降も、歴代公方《くぼう》様はカステーラを召し上がっておいでです。カステーラ食いまでは禁止できなかった。舌がとろけるようなカステーラの美味を禁忌にはおできにならなかったのでしょう。となるとカステーラはバテレン菓子ではあっても信長餅ではあり得ませんね」

　季蔵は肩を落とした。

「わたしは信長餅の肝は米にあると思います。米粉でもなく米。粒のままを使った米菓子。よく知られているのはおこしです」

　嘉助は言い切り、

「おこしは名を起こすにかけた縁起のよい菓子です。雷おこしや岩おこしのようにきわめて硬いものから、大坂の粟《あわ》おこしのように歯ごたえがある程度のものまでありま す。興味深いのは肉桂《にっけい》入りの太閤おこしです。美濃国《みの》の笠松志古羅《かさまつしこら》んと呼ばれてきたおこしは太閤が賞味し、兜《かぶと》の錣《しころ》（兜の鉢の左右と後ろに垂れて首を守る部分）に似ていることと、肉桂と混じり合った典雅な香りが蘭《らん》を想わせるとのことで命名されました。これはその昔太閤おこしと言われていたそうですか、今は誰もそのように呼ぶ者はありません」

と続けた。

――といって、信長餅が太閤おこしであるはずもない――

相手の真意をはかりかねていた季蔵だったが、

「太閤が天下取りした頃は、今ほど出回っていなかった、海の向こうから入ってくる肉桂が肝だとおっしゃりたいのですね」

やっと言い当てることができた。

「広い言い方をすれば肉桂を使ったこれもまたバテレン菓子ですからね。古今東西の菓子の正体や源を当てるのは楽しいものです」

にっこり笑った嘉助に、

「信長餅もよろしくお願いします」

急《せ》いている季蔵は頭を下げた。

「それではもう一度、使われているという材料を言ってみてください」

「米、卵、砂糖です」

「あなたが屋敷で供された粥に欠かせないものは何でしたか？」

「牛酪《ぎゅうらく》（バター）や蘇《そ》の類《たぐい》ではないかと思います」

「となると米、卵、砂糖に牛の乳が加わった菓子となりましょう。おそらくバテレン菓子にも牛酪や牛の乳、蘇が必要なのではと。刺身や煮物に用いる醬油と煎餅《せんべい》が切っても切れないのと同じです」

「今おっしゃったもので何ができるのでしょうか？」

季蔵は訊かずにはいられなかった。

「変わりカステーラでしょうか？」

「まあ、当たらずといえども遠からずですが違いはあります。可能性があるのはライスケーク、米焼き菓子ではないかと思います」

嘉助はまたにっこり笑うと、

「石窯も備えてあるわたしだけが使う厨で作ってみましょう。幸い、牛酪や牛の乳、蘇の類も備えてあるんですよ。二人で各々のライスケークを作りましょう、見守るだけは苦手なのでわたしも手を動かしながらお教えします。お任せあれ」

立ち上がった。

こうして季蔵は嘉助の指南のもとに信長餅作りをはじめた。

「米を牛の乳で煮るのですか？」

驚く季蔵に構わず、

「米を牛の乳で煮る際、水気を飛ばした粥にしてください。くれぐれも焦がさないように。柔らかくなるまで煮えたら冷ましておくこと」

嘉助はてきぱきと指示してくる。

「次に卵を白身と黄身に分けて、白身だけを泡立てます。白身の泡立て自体はそう難しくはありません。けれども、ここへ砂糖とつなぎの小麦粉を加えていくのはコツが要ります。そっと切るように丁寧に焦らず混ぜること。女の化粧のような周到さでお願いします。くれぐれも練ってはいけません。牛酪は溶かして熱いまま入れます。これでライスケークの下の層はできました。上の層は牛の乳で煮て冷ましておいた米に卵の黄身と砂糖と塩を加えて混ぜます。この時、今なら柚子が出回っているので細かくすりおろした柚子の皮を入れると、風味が増します。ただし柚子嫌いも世の中にはいますから、どうします？　もちろん柚子の備えもここにありますよ」

この時の嘉助の言葉に、

——屋敷の主は柚子好きだ——

「是非入れたいです」

季蔵はおろし金で柚子の皮をおろした。

「実はわたしもです。この優雅で上品な香りを嫌う輩《やから》なぞいるのでしょうか？」

嘉助はすでに柚子の皮をおろし終えていた。

「さてそろそろ石窯の用意をしておきませんと」

嘉助は石窯に火を入れ、

「この手のものにはこういう焼き型が要るのです」

一尺（約三十センチ）ほどの円形で厚みが三寸（約十センチ弱）程度の瀬戸物の器を二台出してきた。

「この中に今下拵えしたものを層にして注ぎ入れて焼き上げるのです」

言われるままに、季蔵は丸い器の底と横に牛酪を丁寧に塗った。

「こうすると焼きあがったライスケークを型から出しやすくなります」

次に下層に泡立てた卵の白身と小麦粉、砂糖、牛酪の入った方を、その上に米を牛の乳で煮て卵の黄身と砂糖、塩、すりおろした柚子を入れたものを重ねた。

「火の力の強さもその日その日で違いますが半刻（約一時間）では足りず、一刻（約二時間）では焦げ付いてしまいます。いい案配のところで石窯から出しませんとね。竹串《たけぐし》をさして何もついてこなければ焼けています。表面がこんがり狐《きつね》色でも中はまだ焼けていないことがありますので、くれぐれも注意してください。ここもかなりの肝ですよ」

と締め括《くく》って、嘉助は最後まで気の抜けないライスケークなるものの作り方を指南し終えた。二台のライスケークの生地を入れた焼き型が石窯におさまると、ほどなく曰く言い難い甘く香《こう》ばしい香が漂い始める。

「これ、これですよ、これ。何ともいえないでしょう？　この匂いには女の色香なんて足元にも及びませんよ。何しろこっちは食べられるんだから」

嘉助はうっとりと目を細めた。

こうしてライスケークはこんがりと焼きあがった。

「牛の乳で煮て卵の黄身と混ぜた上の方は、このままでは下の甘味に負けてしまいます。そこでこれが要るんです」

嘉助は用意してあった粉砂糖をたっぷりとライスケークの上に振りかけた。その様子が粉雪のようだったので、季蔵はお嵯峨が赤い椿に降らせた雪のことを思い出した。

六

このまましばらく冷ました後、

「どうか試食なさってください」

勧められた季蔵は戸惑った。

——手をつけたものを稲穂屋敷に持参することはできない——

「お勧めしているのはわたしがつくった方です。季蔵さんがつくられた方は丸ごとお持ち帰りください。わたしは是非ともわたしのライスケーク、米焼き菓子にして信長餅をあなたに食べていただきたいんです」

そう言って嘉助はライスケーク、信長餅に切り分けの包丁を入れた。

「箸《はし》か、菓子楊枝《ようじ》か、どちらか食べやすい方でどうぞ」

用意されたもののうち季蔵は箸を選んだ。

——米が入っていると思うとやはり箸に手が伸びてしまった——

ライスケークを皿に移して箸で食する。

「これは美味にして珍味です」

季蔵は思わず叫んだ。

「牛の乳で煮た米を卵の黄身と合わせ粉砂糖をふりかけた上の層と、泡立てた卵の白身と砂糖、牛酪、小麦粉が焼けている下の層との食味がまるで違います。下の層はやや重めのカステーラですが上の層は何というか、米のぶつぶつが甘く、柚子の香り高く固まっていて今まで食したことのない、面白い美味しさです。一つの料理や菓子でなかなかここまで異なる食味は出しにくいものです。素晴らしい」

そう洩らした季蔵に、

「それで天下無敵と言われた変わり者の覇者である、信長の名をつけたのかもしれませんね」

嘉助は満足そうに頷《うなず》いた。

「なるほど」

と季蔵も頷きつつ、

「これは日持ちがしますね」

念を押した。

「下の層、上の層とも砂糖を使っていますから、カステーラと同じくらいの日持ちはするでしょう」

嘉助が応えると、

「こうして手摑《てづか》みでも食べられますね」

季蔵は切り分けてある一片を手にした。

「たしかに」

嘉助も季蔵に倣《なら》うと、

「こうしてぱくりとやった方が美味しく感じるかもしれません」

と洩らした。

「ふわりときめ細かなカステーラの食味だけですと高級なお茶受けのようですが、ライスケークには米が使われているのでずっしりと腹持ちがいい気がします。これは信長ならではの兵糧《ひようろう》菓子だったのではないかと――」

季蔵が閃いた言葉を口にすると、

「ああ、それで信長餅か、わかったような気がしてきました」

嘉助は両手を打ち合わせた。

季蔵はライスケークこと焼き米菓子の信長餅を持参して稲穂屋敷へと戻ると、すぐに長瀬に、

「信長餅を拵えてまいりました」

菓子屋が幾つもの菓子を入れて届ける時に使う大きな塗り箱の蓋《ふた》を開けた。そして、嘉助との話を短くまとめて、これがなにゆえ、信長餅であるかの説明をした。

「まずは召し上がってください」

季蔵は勧めたが、

「そうでしたか」

長瀬は眉《まゆ》を寄せている。

――これはもしかして信長餅どころではない変事が起きている？――

季蔵の全身に緊張が走った。

「何か――」

季蔵は長瀬を見つめた。

そのただならない様子に、

「あなたが案じるような変事ではありませんが」

と断ってから、

「大事ではあります」

季蔵がいない間に主からの指示を話し始めた。

「ご主人様は剣術の稽古に相手が欲しいと仰せになりました」

「それは無いというのが代々の決まりなのでは？」

「だがそれはここの奉公人に限っての約束事です」

「しかし、まさかこの稲穂屋敷に剣術使いが訪れることなどありはしないでしょう？」

　季蔵は思わず稲穂屋敷の高い塀を思い浮かべた。

　市井の剣術道場には腕に覚えのある剣の使い手が腕試しに訪れることがある。これはたとえ最強であるはずの道場主が老齢か病であっても代わりの者が受けて立つことになっている。挑戦者に勝てばその道場の誉《ほまれ》となり、逆に負けてしまうと道場破りとされて挑戦者の方の箔《はく》となる。

「ここの奉公人は年配の男に限られています。腕に覚えのある者もいますがお相手は固く禁じられている。だが相手が女子《おなご》となるとこれには何の決まりもありません。従来、女子はご主人様の奥方様お一人だからです。奥方様になられるお方が付添いの女をお連れになってもこれは奉公人には入りません。以前のように奥方様が亡くなられてしまえば在所に帰ってもらうのが常です」

　長瀬は決まりを並べ立てた。

「奥方様ならお相手になれるということになりますね」

季蔵は長瀬の悩みが何であるかわかった。

「そうです。こともあろうに、ご主人様はお嵯峨様を剣術の稽古のお相手に選ばれたのです」

長瀬は頭を抱えて、

「わたくしとてご主人様のお嵯峨様へのお気持ちに気づいております。けれどもあのお方はもう二度と前のような酷く辛い想いをなさりたくないのです。わたくしがお嵯峨様とのことを日に一度は聞いたり、さりげなく寝所へおいでになるように申し上げたのがいけなかったのかもしれません。これはおそらくご主人様が女人への煩悩を断ち切るための荒療治です。ですが――」

口籠った。

「長瀬様が案じておられるのはご主人様が巷間噂《こうかんうわさ》されているような、本物の酒呑童子《しゅてんどうじ》になってしまうかもしれないことですね」

季蔵は察した。

「ご主人様はあれだけの腕前です。相手は屈強な男ではなく女のお嵯峨様です。簡単にお嵯峨様を打ち負かしてしまうのは目に見えておりましょう。物心ついた時からずっとお一人で振り下ろしてきた剣です。加減というものを知らぬはず。たとえ木刀でも打ち所が悪ければ命に関《かか》わります。そんなことになったらもう決して、ご主人様はどのような方でも女人は受けつけなくなります。そしてこの稲穂屋敷は取り潰されてしまうのです。この屋敷の存続に養子縁組は許されていませんので。どうしたらいいのか、わたくしはもう——」

長瀬は言葉を継げなかった。

そこで季蔵は、

——少しこの話は一方的で長瀬様の思い込みが強すぎる——

「お嵯峨さんには伝えたのですか？」

訊いてみると長瀬は黙って首を横に振った。

季蔵は厨にいるお嵯峨の元へと急いだ。長瀬から聞いた話をかいつまんで話すと、

「あたし、長瀬様がご案じになるようなことも覚悟していないでもないんです」

と前置いてから、

「女だてらにと言われるかもしれませんが、あたし剣術を習っていました。なのでかなり打ち込んではいるんです。刀を打ち下ろす力ではご主人様に負けるかもしれませんが、道場で相手と打ち合ってた分、躱《かわ》しとか隙をつくとかの技をあたしは持っています。ですので一方的に打たれなぞしません」

きっぱりと言い切った。

季蔵はこの双方の話を蔵之進にした。すると、

「そんな風にあの長瀬は案じていたのか」

蔵之進は苦笑して、

「いやはや、ちょうど俺もおまえさんが見ていないところで、面白いものを見た話をするところだった」

と言い、

「夜泊まることもあるが俺の務めはたいてい昼間だ。道場で稽古に励む主を俺は見張り続けている。常のように近くの茂みに隠れていると、厨の仕事を済ませた様子のお嵯峨が道場の武者窓の下に来て佇《たたず》んだ。道場の中からは絶えず主の掛け声が聞こえている。それに合わせてお嵯峨は手にしていた太い木の枝を振り下ろしはじめた。掛け声は一切かけないが主の掛け声とぴたりと合わせて枝を打ち下ろす。そのうちにお嵯峨の木の枝使いが変わった。主の一刀一刀を鮮やかに躱すだけではなく、鋭い動きで斬《き》り込んでいく。よほどの才と鍛錬なくしては叶《かな》わぬ芸当だった。そしてこの後、お嵯峨は道場に入った。主の掛け声が止んだ。よもやとは思ったが俺は武者窓からそっと中を覗いた。この時、お嵯峨は〝剣術のお相手をさせてください〟と言い、主の掛

け声を真似て木の枝を打ち下ろし、躱し斬り込むという絶妙な仕草を見せた。これでどうでしょうと言わんばかりにな。見ていた龍面が頷くのが見えて、お嵯峨の手に主所蔵の木刀が握らされた。これが長瀬の悩みの始まりなのだろうが、一つ見誤っているとしたら、使い手のお嵯峨に主が打ち殺されたとしてもおかしくないということだ」

深いため息をついた。

七

この時はっと季蔵は思い当たった。

――これにはもしや――

「そうなんだ――」

蔵之進の表情が強張《こわば》って、

「古くから忍びには女中や下働きとして入り込み、敵方の報を雇用主に伝えていた女の忍びもいる。武田信玄《たけだしんげん》に仕えた歩き巫女《みこ》の集団は有名だ。この他にも『くのいちの術』と言って閨房術《けいぼうじゅつ》も知られている」

知らずと声を潜めていた。

「お嵯峨の構え、刀さばきはただの遊び半分のもの真似ではなかったぞ。迫真であった。となると――」

「まさか――」

季蔵は普段の料理とはいえ京の伝統料理にも通じている上、どんな生きものたちにも愛情を注ぐお嵯峨が秘密の売り買いに関わっているとはとても思い難かった。

「お嵯峨さんはあの有名な上千屋のお嬢さんですよ」

そんな季蔵の反意に、

「主人の実の子でなかったとすれば？」

蔵之進は季蔵を見据えて、

「奉公人たちは口を閉ざしていたが、一年ほどお嵯峨は神隠しに遭《あ》って、ひょっこり戻ってきたという話を近所から聞いた。お嵯峨が三歳の頃だという」

「お嵯峨さんは忍びにすり替えられた忍びの娘だというのですか？」

季蔵は信じたくなかった、

「そうであってもおかしくない。そして上千屋の孝行娘でありながらずっと忍びたちと通じていたともな。それならば窮している上千屋の白《しろ》右衛《え》門《もん》のために我が身を差し出しても不思議はない。忍びとして働く絶好の機会なのだから」

──蔵之進様のおっしゃることに筋道は通っている。ならば──

「本日お二人は道場に？」

ライスケーク、米焼き菓子の信長餅を拵えてきた季蔵はまずは長瀬にその成果を報せたので、厨にいることの多いお嵯峨の顔をまだ見ていなかった。

「もちろん」

すぐに立ち上がって客間から廊下を走り、外に出た蔵之進に季蔵は続いた。

──ご主人様に何かあってはいけないっ──

案じたのは季蔵たちだけではなかった。長瀬の配下たちがずらりと皺《しわ》のある顔を並べていた。手には代々の主からの拝領と思われる刀を手にしている。

道場の中からは〝えいっ、やあっ、たあっ、とうっ〟という男女の合わさった声が聞こえてきていた。主とお嵯峨が丁々発止と打ち合っている音も響いてくる。

蔵之進は道場の裏手へ向かって足音を忍ばせて駆け寄った。季蔵もついていく。

「蛇の道は蛇なのさ。俺はこの手のことにだけは長《た》けている」

蔵之進はまずそう言い、

「おそらく今回のような変事は今までもあった。そしてここで代々の主は常に一人で剣術の鍛錬を義務づけられていたとしたら、いつ襲撃されるとも限らない、当然、見張りの者がお護《まも》りしていたはずだ。だからこういう誰にもわからぬ抜け道がある」

道場の裏手にある洞穴《ほらあな》へ入った。黒い影が飛び立ってまた元の岩場へと戻った。蝙《こう》蝠《もり》であった。蝙蝠の他には何も見えない、
洞穴を歩いていくと道場の裏口に行き当たった。戸口をそっと開けて隙間を作ると、鋭い掛け声を発しながら木刀を繰り出しては振るっている主とお嵯峨が見えた。

――もっともこの抜け道は信長餅同様知る者はもういなかったはずだが――

季蔵はこの時屈《かが》み込んで錦《にしき》の手《て》絡《がら》を拾った。手絡は髷《まげ》かけとも言い、髪を結う際に、髷に巻きつけるなどして飾る布のことであった。さまざまな糸で模様を織り出した高級の織物である錦は錦紗《きんしゃ》とも呼ばれていて、特上最上の手絡であった。

――やはりな――

季蔵が拾った手絡を蔵之進の目が見逃さなかった。

「お嵯峨のものだ」

はじめて会った時のお嵯峨の髪は、たしかにこの豪奢《ごうしゃ》で孔雀《くじゃく》の羽のように美しい手絡で彩られていた。誰もが見忘れることなどない見事な髪飾りであった。

「そのようです」

季蔵は応え、二人は息を殺して主とお嵯峨の稽古を見守り続けた。

何事もなく終わって主が道場を出て行くと、白い鉢巻きと袂《たもと》を絡げた襷《たすき》を外したお嵯峨がつかつかとこちらへ歩いてきた。

「おいででしたでしょう」

戸口は板壁のように見えているはずであったが、がたぴしと音がして開けられて、

「久々に思い切り汗を流してしまいました」

若い女ならではの甘い香気を発散させていた。

――相手に悟られたとは不覚の致すところだ――

蔵之進の目は不快そうに細められて、

「護りはお役目である」

やや渋い顔で言い切り、

「わたしもご様子が気になりましたので」

季蔵は笑顔で同調した。

「あたしがご主人様を傷つけようとしているとお考えならそれは誤解です。あたしはただ――」

と続けかけてお嵯峨は言葉を止め、

「あたしも剣術の稽古をしてみたくなっただけです。厨の仕事だけでは過ぎる時が勿《もっ》

体《たい》ないでしょう？」

うつむき加減に洩らした。

「そうかな。主だけではなく、ここの奉公人全員に加えて我らの腹を満たす厨の仕事はそれだけで大わらわではないのか？」

蔵之進は食い下がった。

「あたしは奉公人たちの賄《まかな》いも含めて、上千屋の厨をずっと仕切ってまいりましたので」

お嵯峨も負けてはいなかった。

張り詰めた気が流れ続けて、

「実はこの屋敷に名だけ伝わっていた、冬至に食べるとよいとされる信長餅の拵え方がわかりました。これは結構コツがむずかしいので、お嵯峨さんにも大いに助けていただかなければなりません」

季蔵は話を信長餅に転じた。

するとお嵯峨は、

「まあ、ここにはそのような伝説じみた行事料理があったのですね。どんなものかと、あたしとても楽しみになってきました。季蔵さんのお役に立つよう頑張ります」

と目を輝かせ、

「信長餅とはおかしな名だ」

変わらず蔵之進のお嵯峨を見る目は鋭かった。


その夜、蔵之進は暮れ六ツ（午後六時頃）が鳴り終えてしばらくするとおき玖たち家族の元へと帰って行った。

この日の夕餉は米麹入りの柚子胡椒を使った柚子寿司膳で、お嵯峨は柚子好きの主のために今の時季の滋養が詰まった牡蠣の柚子釜をまず添えた。

「桃栗《くり》三年柿《かき》八年、柚子は九年でやっと実がなると言われてるんですよ。柚子は木が年を経るごとに風味も増すのだとか――。これほど香《かぐわ》しい実がなるまで時がかかるのですから、時にはこうして葉まで愛でてやりたいんです。このお屋敷にはたくさんの柚子の木が実だけではなく葉も揺らしています。葉が茂り続けてこそ実もなるのですものです――」

釜の蓋になる柚子はあえて葉をつけたままで野趣の豊かさを見せている。

「季蔵さんの牡蠣のみぞれ鍋に案を得たんですよ。ご主人様は牡蠣もたいそうお好きでしたでしょう。ですから――」

柚子釜の牡蠣は大根おろしで洗わずに酒煎《い》りにする。

「お鍋ですと牡蠣のひだに入り込んでしまっている大根おろしを、出汁がぬぐって落としてくれますが、柚子釜ではそうはいきません。茹でてしまっては旨みが茹で汁に移ってしまいますし、ここはもう酒煎りしかないんですよ。でも火にかけては駄目。熱した鍋にお酒を入れて熱くなったところでさっと牡蠣を煎るんです。茹でた芹と合わせて柚子酢をかけます。上千屋の柚子酢は柚子の絞り汁の他に、二杯酢（酢と醬油が等分）と醬油麴を少々加えたものです。柚子の絞り汁は酸味がさわやかですが、料理にそのまま使うと味が尖《とが》ってしまう恨みがあるので」

お嵯峨はこうして拵えた牡蠣を中身をくりぬいて釜に見立てた柚子の中に盛り付けた。

「これほど柚子があるのだし、あと一品ぐらいないと物足りないでしょうから」

もう一品は鰆《さわら》の柚子蒸しであった。

鰆は三枚におろして焼き物に適切な大きさに切り、塩を少々ふって表面に水気が出てくるのを待つ。出てきたら晒《さら》しで拭《ふ》いておく。柚子を横にうす切りにして、二枚使って鰆の切り身を挟み、酒をふって蒸籠で蒸す。魚も柚子も柔らかくなり、食すると柚子の方は酸味と苦みが相俟って乙な肴《さかな》になる。

「驚くほど簡単で美味しそうですね」

季蔵は感心した。

こうして夕餉の支度がととのえられ、屋敷の皆が舌鼓を打って、後片付けが終わったところで、

「あたし、少しお話があるんです」

お嵯峨が季蔵に耳打ちした。

「ここでよろしければ――」

季蔵は周囲を見渡した。

「ここでは――人目につかないところの方が――」

一瞬困ったが、

――そうだ――

季蔵は夏花粥を持参した時、招き入れられた部屋を思い出した。

第五話　鯛納豆

一

二人は念の為《ため》、蒲団《ふとん》が持ち出されている押し入れの中に隣り合って座った。すでに押し入れの天井や壁は叩《たた》いて厚みを調べてある。こういった場所の近くには忍びが潜《ひそ》みやすいからであった。今のところ幸いにも気配は全く感じられなかった。

――こういう時こそ注意は怠れない――

季蔵《としぞう》はこれ以上はないと感じられるほど緊張していた。

「道場での打ち合いをご覧になったでしょう?」

お嵯峨《さが》は穏やかに切り出した。

「ええ」

「あたし、どういうわけか、幼い時の思い出がないんです。言われていたのは兄さんに虐《いじ》められると、逆に虐め返していたということぐらい。兄さんが放《ほう》りだしてた刀を見た時もすーっとそれを手にしてたと言うんです。あたし剣術が料理と同じくらい好きなんです。それで――」

口籠《くちごも》ったお嵯峨に、

「ご主人様のお相手になろうとしたんですね」

「どうしても稽古《けいこ》がしたくなって道場の外で、ご主人様のお稽古に合わせて木切れを振ってました。それでよかったんですけど――」

「ご主人様からお声がかかった？」

「あの方のお耳はとてもいいんです。わたしが踏み出して振り下ろす音が聞こえたんでしょう、一度だけ、おいでと窓辺から手招きしてくれました。その時もうこんなことは止《や》めようと思ったんですけど出来ませんでした。そのうちに気がついたら中に入っていて、それからはお相手をさせていただくようになりました」

お嵯峨は木刀を打ち合う間柄になった経緯《いきさつ》を話した。

――元はお嵯峨さんの止むにやまれぬ剣術熱ゆえだが、もちろんご主人様の方もうれしく心を動かされていたのは間違いない。だが気になるのは――

「なにゆえ、あなたはあの抜け道の洞穴《ほらあな》をご存じだったのですか？」

季蔵は拾った錦《にしき》の手絡《てがら》を片袖《かたそで》から出して見せた。

「あの洞穴には蝙蝠《こうもり》がいましたでしょう?」

「ええ、かなりの数」

「あたしが松林で襲われた時のことでした。大蛇のにしきが駆けつけてくれる前に、あの蝙蝠たちが黒装束たち各々の顔を襲ったんです。あたしが奴《やつ》らに止《とど》めを刺されないように奴らの目を襲ったのです。それでにしきの助けが間に合ったんです」

「蝙蝠とは以前から親しかったのですか?」

「以前、わたしの部屋の縁側の軒下には何匹かのあの蝙蝠たちがいてくれていました。中には飢えかけているものもいて甘い干し柿を与えると元気を取り戻しました。それからは干し柿が目当てで護《まも》りの数が増えていき、後を尾行《つけ》てみるとあの洞穴が住処《すみか》だったんです。それから折を見ては干し柿を運んでやりました。虫を捕らない大人しい蝙蝠たちなので、庭の冬いちごの類《たぐい》が無くなってしまうと飢え死にする蝙蝠の子もいるのです。とても見ていられなくて――」

――たしかにあの蝙蝠たちはわたしたちに驚きはしたが襲ってはこなかった。忍びに手なずけられていたとしたらとてもああはいかなかったろう――

それでもなお季蔵は、

「洞穴の向こうに道場があったことにいつ気づかれたのです?」

訊《き》かずにはいられなかった。

「ご主人様が教えてくださいました。〝ここで少しも安全ではないのだよ、ここの気配には気をつけるように〟と。はじめてお聞きするお声でした。とても落ち着いて澄んだお声だったように思います」

そこで一度お嵯峨は言葉を切った。

「あなたのお話というのはそれだけではないはずです」

季蔵は促した。

「あなたは何でもお気づきになるのですね」

「いいえ、おそらくご主人様ほどではございません。わたしはただ課せられたお役目に忠実であろうとしているだけです」

「ということは、あたしのこの話を秘密にはしてはくださらないということですね」

「それは話によりましょう。けれどもあなたはもう、わたしに打ち明けるしかないのではありませんか？」

「まさか、あなたはあたしがここから逃げ出したがっているとも？」

「あなたのお悩みはたしかに深い。だがご主人様のお心の傷の深さははかりしれない。それを察してあなたはここに居るべきではないと思い詰めているのでは？　そうではないのですか？」

季蔵は察したつもりだったが、

「半分は当たっています、でもその半分は乗り越えられるとあたしは思っています。たしかにご主人様の龍面の下に隠されている顔を、我が目で見なければならない時を思うと全身が震えます。でも、きっとそのお目はお優しいはずだと信じています。いしきや蝙蝠たち、狼《おおかみ》たちがあたしに対してそうであったように。それとあたしは男女の交わりは顔と顔でするのではないと思うのです。誠実な心と清らかな魂同士が契り合うものであると。あたしはすぐにではないにしろ、いつかきっとご主人様の心に添えるのです。それはたぶんあたしが思い出せないでいる幼い頃《ころ》のことを、口に出して話すことができる時ではないかと――。このところご主人様と接していてそれも近いような気がしています。あなたがおっしゃったように、ご主人様も大変な心の傷をお持ちですから」

きっぱりと言い切ってお嵯峨は微笑《ほほえ》んだ。

「では乗り越えられないその半分というのはいったい何なのですか？」

季蔵は気が急《せ》いた。

――他にいったい何があるというのだ？――

「あと半分と申しましたが正しくは二件です。まず一件はご主人様のお心の傷と関《かか》わっております。あたしはこのところ夢で前の奥方様、姫御前にお会いするのです。そのお方は亡くなっておられても生きておられた時と変わらず、天女のように美しい女人です。萩野《はぎの》と名乗られました。長瀬《ながせ》様にそれとなくお尋ねしたところ前の奥方様と同じ名でしたので、夢枕《ゆめまくら》に立たれているのは萩野様に間違いありません」

「そのお方のお話はあなたへの忠告ですか。それとも生きていてこの屋敷の主《あるじ》の妻となるあなたへの恨みでしょうか？　そうなるとこれはもう自分の運命の不幸を生きている者に八つ当たりし続ける、世に言われている怖ろしい怨霊《おんりょう》だとあなたはお思いですか？」

季蔵の言葉に、

「いいえ、そのどちらでもないと思います」

お嵯峨は静かな口調で、

「萩野様はただただご主人様のお身を案じておられます。黄泉《よみ》へ下りられてもお慕いしておいでなのです。自分のような身になってだけはほしくないとあたしの夢枕に立たれる度に仰せです。ご主人様が自分のようにならないためにはこのあたしだけが頼りだとも――。あたしは萩野様は自害ではないと思います」

そっと季蔵の耳元に囁《ささや》いた。

「ただ、自分のような身にならないでほしいということは、変事に翻弄《ほんろう》された挙げ句、追い詰められて自死せざる得なかったということも考えられますが」

季蔵が囁くと、

「いいえ、ご主人様も夢枕の萩野様もそんな柔《やわ》なお方ではありません、命掛けでこのお屋敷を守り切ろうという気概がおありです。萩野様は表向きか弱い姫御前であられても、芯《しん》はとてもお強い方であったのです。それに変事が生きものたちではなく、ご主人様のお子を宿した萩野さんにまで及んだとしても不思議はありません」

お嵯峨はなおも強く言い募った。

——しかし、その萩野様とやらはお嵯峨さんの夢には出て来るが、会ったこともない相手だ。お嵯峨さんが自分を重ねて見た夢でしかない萩野様ではなかったか？　あるいはそうあってほしい思いが高じての心の幻なのでは？——

季蔵は応《こた》えに迷った末、

「あと一件乗り越えられないことがありましたね。そちらも話してください」

さりげなくお嵯峨を促した。

「それは——」

少し口籠ってから、

「上千屋《かみちや》のことが案じられるんです。今、どうなっているか――。兄は商いには不向きなのです。幼い頃から父に厳しく跡取りとしての覚悟を叩き込まれていて、〝そんな弱気では駄目だ、恥ずかしい息子を持った〟と叱責《しっせき》されることが多かったのです。跡取りとされていることがとても重荷のようでした。それで長じてからは若旦那《わかだんな》という立場にふんぞり返って放蕩《ほうとう》のし放題。性質《たち》のよくない人たちともつきあいがあります。おとっつぁんが難破で富を失ってもおとっつぁんや上千屋の行く末を案じるでもなく、我関せずどころか、〝ざまあみろ〟と口走ったほどです。ですから――」

言葉に詰まったお嵯峨に代わって季蔵が、

「ようは心の臓に持病を持つお父様と上千屋の商いのことを案じられているのですね」

話を続けた。

二

「ええ、その通りです。それであたし、剣の稽古であたしが一本取ったら、一度でいいから実家《さと》に帰らせてほしいとご主人様にお願いしたんです。どうしても心配で仕方なくて。そうしたらご主人様は頷《うなず》いてくださいました。すぐにも長瀬様からお許しが出るはずなんです。でも、まだ――」

お嵯峨は不安そうな表情を隠さなかった。

「それは少し無理なことかもしれません」

季蔵はお嵯峨の胸中を察しつつ告げた。

「明日は冬至です。今年の冬至は厄払いも兼ねて格別の料理を拵《こしら》えて皆様に配ることになっております。あなたにも、もちろんお手伝いいただかなくてはなりません。それにあなたはここではただの奉公人ではありませんし――」

「やはり――。ここではご主人様の命が絶対ではありませんよね。あたしは父に会って、好物の南瓜《かぼちゃ》と小豆《あずき》を合わせたいとこ煮を、是非とも食べさせてあげたいと思っていました。願いはそれだけだったんですけれどね。あたしったら、駄目とわかってて馬鹿みたいなお願いしちゃって」

お嵯峨はぽつりと呟《つぶや》いて笑って俯《うつむ》いた。必死で涙を堪《こら》えているように見えた。

「ご主人様や長瀬様をどうか恨んだりなさらないように。この高い塀の中も万全な守りにはなっていませんが、外はこの比《こ》ではありません。どんなに大勢の護りの者をつけてもあなたの命を奪おうと、虎視眈々《こしたんたん》と狙っているのは明らかです。わたしがご主人様や長瀬様でも、許したい気持ちはやまやまなれど許すことはできないでしょう。あなたを失いかねないからです」

季蔵は諭すように言った。

「そもそもあたしは実家にも帰れない身の上だったんですものね、ご主人様が酒呑童子《しゅてんどうじ》でとっくに食べられてしまっていないだけ、幸せなのだと思わなければなりませんね」

お嵯峨は自分に言い聞かせるように言った。

とても相づちは打てなかった季蔵は、

「あなたの目となり耳となって、このわたしがあなたに代わってお父様や上千屋さんの様子を見てきます。今日と明日は冬至の料理を拵えるので無理ですが、明後日には必ず——」

提案せずにはいられなかった。

「本当？」

お嵯峨の翳《かげ》っていた顔が晴れた。

「はい」

「ではあたし、これからあなたの作られる冬至料理のお手伝いをしなければ」

お嵯峨は片袖にしまっている赤い襷《たすき》を掛けた。季蔵が一瞬眩《まぶ》しそうな目になると、

「剣のお稽古の時は白い襷、厨《くりや》では赤い方、どちらも似合うとご主人様はおっしゃってくださっています」

ほんのりと頰《ほお》を染めた。

――お嵯峨さんの心はもうご主人様に傾きはじめている――

季蔵は僅《わず》かではあったが安堵《あんど》していた。

――お嵯峨さんが言っていたようにこれは乗り越えられるかもしれない――

こうして二人は押し入れを出た。再び季蔵を呼びつけた長瀬は、

「これは珍にして美味《うま》い餅《もち》ですよ。うるち米が使われていて、それがこの餅に美味さの極みをもたらしている。美米で知られている、我が屋敷ならではのうるち米使用の信長餅《のぶながもち》ならばなおさらでしょう。ご主人様もたいそうなお気に入りです。ひいては明日の冬至料理はこれだけでよいとのことです。これだけを主たる食にして滋養を摂《と》るようにとの仰せです」

有無を言わせぬ物言いで言った。

「わかりました」

こうして季蔵は厨にある石窯《いしがま》三台の火を常に絶やさず、ライスケークこと米焼き菓

子、信長餅を拵え続けることとなった。

「いとこ煮を父のところへお持ちいただこうかと思っていたのですけれど」

残念そうなお嵯峨に、

「いとこ煮はお父様の分だけ、お嵯峨さんが拵えてください。お届けするわたしが作り手はあなただと話してお父様に召し上がっていただきますから、どうか、ご安心ください」

と季蔵は言った。

翌日の冬至は何事もなく無事に済んだ。

「世話をかけているので是非ともお奉行様のところへもお届けするようにと、ご主人様が仰せです。それからあなた様と伊沢蔵之進《いざわくらのしん》様のところへもと――」

信長餅は烏谷《からすだに》や三吉《さんきち》、おき玖《く》たちの口にも入ることになった。

「深いねえ、お菓子って」

つくづくと感心しながら三吉はほぼ一人で大きな丸形の信長餅を平らげた。

季蔵はふと気になって今は矢萩《やはぎ》藩藩主となっている松枝栄二郎《まつえだえいじろう》から譲り受けた『四《し》方八方《ほうはっぽう》料理大全』を調べてみたが、ライスケークという名は見つからず、南蛮《なんばん》菓子の一種として、うるち米を煮て泡立てた卵の白身、卵の黄身、砂糖、風味果実としてレエモンの皮を加えて焼き上げ、たっぷりと粉砂糖をふる作り方について記されていた。二層に仕上げてはおらず、これは食味の違いで美味さを増させる栄二郎ならではの技なのだろうと季蔵は思った。風味果実のレエモンの代わりに柚子《ゆず》を使ったのだろう。

「これってお菓子ってことだけど相当お腹《なか》に溜《た》まるよね。握り飯よか腹持ちいいかも。だとすると南蛮人ってみーんな大きいんだろうね」

などと三吉は洩《も》らし、

――やはりこれは嘉助《かすけ》さんも言っていたように信長が考えた最強の兵糧食《ひょうろうしょく》だったのかもしれない。しかし、どうしてそれがこの屋敷の冬至食として伝わったのかはわからない。もしやここのご先祖は信長の家臣だった？　いやいや違うな、権現《ごんげん》様は信長公、太閤秀吉《たいこうひでよし》の無理難題を受け入れてかしづきつつ、時の運と自身のお力で天下をとられた。そんな信長の家臣に、しかもバテレン由来の兵糧菓子作りを伝えている相手に、これだけの特権を与えるとは思い難い。それとも特権はあっても、未来永劫身分を定めず、どこにも生きた証《あかし》を残させないことで権現様ならではの処分をされたのだろうか？――

季蔵はやはりまだ信長餅の由来に得心がいかなかった。

「ああ、美味かった、満足、満足」

太鼓腹を叩いたところで、

「少し出てくる。今日の仕込みは頼むぞ」

季蔵は店を出て上千屋のある本湊町《ほんみなとちょう》へと向かった。上千屋は屋根の上に由緒ある大きな看板が掲げられ、間口も広く堂々の廻船《かいせん》問屋兼酒問屋であった。目玉は何と言っても今時分は新酒で、例年上方のこれぞという蔵元の新酒が集められて売られている。酒好きなら避けては通れない店であった。その他にも三代珍味の特級品である長崎野母《ながさきのも》の唐墨《からすみ》、三河《みかわ》の海鼠腸《このわた》、越前汐うに《えちぜんしお》（塩蔵うに）、三代名菓の落雁《らくがん》は加賀《かが》は森下屋《もりしたや》の〃長生殿《ちょうせいでん》〃、越後《えちご》は大和屋《やまとや》の〃越乃雪《こしのゆき》〃、松江《まつえ》は三津屋《みとや》の〃山川《やまかわ》〃等が宇治《うじ》の銘茶の数々とともに並んでいた。

「どなた様でございましょうか？」

迎えた奉公人は白いものが目立ってはいても物腰は丁寧で物言いは柔らかく礼儀正しかった。

季蔵がお嵯峨の代わりに訪れたと話して名乗ると、

「てまえは大番頭の佐吉《さきち》と申します。しばらくお待ちになっていてください」

相手は頭《こうべ》を垂れて挨拶《あいさつ》を返してきた。

そこで季蔵はお嵯峨が白右衛門《しろえもん》のために拵えた、いとこ煮の入った重箱を手渡した。

「旦那様はさぞかしお喜びになられることでしょう」

佐吉は目を瞬《しばた》かせた。

季蔵は名画や名品の並ぶ特上の客間へと案内された。宇治茶は香り高く、ともに供された〝越乃雪〟はまるで舞い散る雪が何かの術で、典雅な甘みの一片に変わったかのような口溶けであった。

上千屋白右衛門は大番頭の佐吉と若い手代に両脇《りょうわき》を支えられて部屋へ入ってきた。本来は細面であるはずの顔がやや青くむくんでいて、病臥《びょうが》していたところを身支度してきた様子に見えた。それでもきちんと正座して、二人を部屋から下がらせた。

「お嵯峨のことでおいでになったと聞きました。あの娘の身に何か——」

固まった表情で季蔵の言葉を待った。

「たいそうお元気でいらっしゃいます」

季蔵は変事のことには死んだ生きものたちのことも含めて露ほども触れず、ひたすらお嵯峨の料理上手を絶賛した。

「それは何よりです」

白右衛門はほっと安堵はしたものの、

「それであの娘の身はもう――」

あまりに辛《つら》いのか口籠って目を伏せた。

「ご主人様とは気脈が通じ合える間柄のように見受けられます」

季蔵が応えると、

「それは気休めなどではなく本当でございましょうな」

相手は目を上げて射るようにこちらを見た。

「はい」

季蔵も娘を痛ましく思って苦しんでいる父親の目を見つめた。

「それでもいつかはあの化け物の妻にされてしまうんでしょう？　そもそもがそういう約束でございましたから。いやいや、わたしはあの大事な大事な無垢《むく》な娘を、この店のために化け物に売ってしまった非情な父親なのです。本来、娘のことを案じる資格などありはしません。化け物を責めることもしてはならないんです。いやはや、お聞き苦しい年寄りの戯言《ざれごと》でございました。ご無礼を申し上げた段お許しください」

白右衛門の目からは涙が溢《あふ》れ出ていた。

三

この時、帳場の方から大番頭佐吉の大声が聞こえてきた。

「そればかりは困ります。どうかお返しください」

「一時借りるだけだよ」

「その一時が今まで何度ありました？　一度や二度ではございませんでしょう？」

佐吉は泣くような声になった。

「お恥ずかしいところをお聞かせしてしまったようです。わたしが行かなければなりませんな」

白右衛門は立ち上がりかけて崩れ落ちた。

「お休みになっていた方がよろしいかと」

季蔵は止めたが、

「いや、倅京助《せがれきょうすけ》を叱《しか》るのは親であるわたしの務めですから」

白右衛門はなおも立ち上がろうとして季蔵は駆け寄ってそのか細い身体を支えた。

「ありがとうございます」

礼を言った白右衛門は帳場へと向かった。

帳場では佐吉が、

「京助様はこの上千屋を背負って立つ跡継ぎではございませんか？　そんなお立場で船の難破でお店が大事な折、このような勝手気ままなお振る舞いは目に余ります」

眦《まなじり》を上げて京助を見据えている。

瘦《や》せぎすで中背、目鼻立ちの整った京助は、二十歳《はたち》はとっくに過ぎているというのに少年のように頼りない様子であった。

「ふんっ、これっぱかしでつべこべ言われるなんてさ」

京助は手に摑《つか》んでいた三両を投げ捨てた。

「それだけではございませんでしょう。懐《ふところ》にしまった分もお返しください」

佐吉はまた声を張った。

「そんなの知らねえ」

京助が白を切ると、

「佐吉を困らせるのは止めなさい」

白右衛門が苦しげな低い声で叱った。すると京助は、

「何だ、おとっつぁんか、そこにいたのか。上千屋にふさわしい立派な跡取りになれって、子どもの時から耳にたこができるほどあんたに言われてきた。俺《おれ》が商人《あきんど》には向

かないってわかってるのに、死んだおっかさんがこっそり読んでて、俺も引き込まれてた草紙をあんたは見つけて捨てちまった。いつかは俺も書いてみたいと思っていたのに。草紙なんぞ女子どもの読むもので、商いの足しにはならないってね。代わりに算術や算盤《そろばん》を日に半日以上習わせられた。妹のお嵯峨は得意だったが俺はさっぱりで、あんたに始終叱られてたっけな。それでいい加減、俺はあんたにはうんざりだったが、あんたも年齢《とし》には勝てず、もうくたばり損ないだ。あんたがくたばりゃ、上千屋の主は俺だ。うるさい蠅《はえ》みてえな佐吉なんぞ真っ先に暇を出してやる。あんた、早くくたばれよ」

さらさらと父親を唾棄《だき》する言葉を連ねた。

聞いていた白右衛門は、

「おまえは金というものの有難味が少しもわかっていない」

こめかみに青筋を立てた。

「わかってるさ」

京助がせせら笑って、

「可愛《かわい》い娘を酒呑童子の餌食《えじき》にしてでも欲しいのが金だろ」

と言い放つと、白右衛門は支えている季蔵を振り切って息子に飛びかかった。どこにそんな力が残っていたのかと思われたが、白右衛門は立っていた京助の足を摑んで転ばせるとその背中を思い切り押した。京助の懐からばらばらと十枚の小判が床の上に音を立てて落ちた。

「佐吉」

白右衛門は息も絶え絶えに命じた。佐吉は素早く十両を集めて手文庫に戻した。

「くたばり損ないっ」

これ以上はないと思われる憎しみの目で父親を見た京助は、

「まだ、ここにあるんだぜ」

にやりと笑って髷《まげ》と帯の下の二箇所に隠した一両ずつ、二両を出すと、

「嫌だ、嫌だ、商いをしくじっての貧乏は嫌だね、ねえ、おとっつぁん」

と言い残してその場を去った。

「ど、どうしてあ、あんな倅に――」

なってしまったのかと白右衛門は続けかけ、

「若旦那様は今でこそあのように荒れておられますが、それはそれはお優しいお子様でしたね」

佐吉は洩らし、

「お嵯峨お嬢様の方がよほどやんちゃでいらっしゃいましたよ。若旦那様が尻込《しりご》みして上れない柿の木のかなり上まで上って、柿の実をどっさり落としてくださったりね」

とも続けた。

「そうだった、そうだった、あの時のお嵯峨の柿の味は忘れられない。あの味を思い出したらお嵯峨が帰ってきてくれたような気がしてきた」

白右衛門は呟いたとたんうううっと呻《うめ》いて胸を押さえた。

「このところこのようなことが――、お医者様は心の臓が悪くなられているとおっしゃっています。お医者様でも用意できないという、特効薬のびんずる大黒様のお薬が無くなってしまっているのですが、旦那様は〝もういい、稲穂屋敷にこれ以上の無心だけはするな〟とおっしゃって」

佐吉は青ざめている。

「薬は娘さんから預かってまいりました」

季蔵は心の臓の特効薬を取り出すと、

「わたしはもう薬など飲まない」

苦しみつつも白右衛門は頑固に言い張った。季蔵は閉じているその口をこじ開けて

無理矢理含ませた。ほどなく白右衛門は苦しみから解放されはしたが、

「京助の言う通り、わたしはあんないい娘を金に換えてしまったのだ。もう生きている価値などない。その薬は持ち帰ってください」

と告げた。

「そんなことをしたらどんなにか、お嵯峨さんが悲しむことか――、それに」

お嵯峨が稲穂屋敷の主を少しも恐れていない上に慈しみの気持ちを持っていることを話した。

「何ともお嵯峨お嬢さんらしい話です。どんな生きものもお嬢様にはなつかれるのです。いつだったか見世物小屋から逃げ出して茶屋に入り込んでしまった珍しい白い熊《くま》の子を、皆が恐れて、撃ち殺すしかないとお役人が駆けつけてきた時、お嬢様が話しかけられて抱き寄せ、事なきを得たことがございましたでしょう？　市井を騒がせたあの話でお嬢様のことは瓦版《かわらばん》にも書かれていました」

佐吉の言葉を、

「あの白い熊の子の話とは違う」

白右衛門は鋭く制して、

「相手は二目と見られない化け物顔の男なのだ。そしてその男との子も化け物と決ま

っている。化け物を夫と子に持たねばならないお嵯峨が不憫《ふびん》でならない。この権現様以来の老舗《しにせ》上千屋の娘ともあろうものが家名を穢《けが》すとは、ったく――」

形のいい口をへの字に曲げた。

――佐吉さんにもう少し話を聞いておきたい――

「お疲れになったことでしょう。どうかお休みください」

佐吉に目配せすると季蔵は二人で白右衛門を支えて部屋に連れて行った。弱っている白右衛門は、延べられたままになっていた布団に入ると、すぐにすやすやと寝入り、その寝息はしごく安らかだった。

「念のため後で掛かり付けのお医者様に診ていただいてください」

「もちろん」

応えた佐吉に、

「少し時をくださると有難いのですが」

と切り出すと、

「かまいません」

客間に戻ると宇治茶に加賀の長生殿を添えて供してくれた。

「お嵯峨さんが気にされていたのは京助さんのよくない取り巻きです。先ほどお見かけしたところそのような仲間たちと縁はまだ続いているのでしょう？」

　季蔵の懸念に、

「その通りです。ご存じでしょうが、この市井に定職を持たず真面目《まじめ》に働かず、誰かの財布を狙っているのは掏摸《すり》ばかりではありません」

「昼間から酒を飲んでぶらぶらしているうえ、金が目的で近づいてきたり、脅したりするごろつきの類ですね」

「それはまだましな方です。わたしは若旦那様と上千屋が案じられたので調べました。ごろつきの取り巻きだけなら小遣い銭欲しさですからたかが知れています。ところがこの連中を使って、身ぐるみ剝《は》ごうという黒幕がいることがわかりました。すっぱくさという名で呼び合っている悪党たちです」

「すっぱくさとはどう書かれます？」

「素という字に破るの破で素破、草は草木の草です」

　――なるほど草か。忍びの総称も戦国の世には草だったとお奉行が言っていた。草には前科者や山賊、盗賊も少なくはなかったとも――。まさか、京助さんは忍びの悪党に関わっているのでは？――

　季蔵は不安が募るのを禁じ得なかった。

四

「京助さんがあのように荒れてしまったのは、父親の白右衛門さんが、賢く美しい上に父親孝行のお嵯峨さんばかりに目をかけてきたからですか?」

季蔵は二人への愛情の差を感じた。

——もしやお嵯峨さんと京助さんは異母兄妹《きょうだい》なのかもしれない——

「お内儀さんが亡くなったのは?」

「お嵯峨お嬢様を産み落とした後産後の肥立ちが悪くて亡くなられました。ですから、お嬢様はおっかさんを知らないでお育ちで、その分、旦那様はお嬢様をそれはそれは目に入れても痛くないほど可愛がられていたんです」

——そう考えるとお嵯峨さんが幼い頃一時神隠しに遭《あ》ったのも得心がゆく。白右衛門さんには外に想《おも》い女がいて、お嵯峨さんを身籠った。おそらく上千屋のお内儀は重いお産で母子共に命を落としてしまった。そこへ生まれたばかりのお嵯峨さんが連れて来られて、死んだ赤子の代わりとなった。お腹を痛めて産んだ赤子の娘と引き離された白右衛門さんの想い女は、自分の気持ちを抑えきれずやむにやまれず、幼いお嵯峨さんを一時連れ去ったのだろう。しかしそのうちに、やはり娘の幸せは上千屋での何不自由ない暮らしにあるとわかって、お嵯峨さんを白石衛門さんのところへ帰したのでは？――

季蔵は思い切ってこの憶測を佐吉に話した。

「ご無礼は重々承知いたしておりますが、もしかして――」

聞いた佐吉は顔を石のように強張《こわば》らせた後、

「おっしゃる通りです。そしてお嬢様は知らないのですが若旦那様はご存じです」

「それでは京助さんの胸中は複雑だったでしょうね」

「ええ。京助さんはお嵯峨お嬢様には旦那様にも増してお優しかったんです。不憫に思われていたのでしょう。やんちゃなお嬢様に仕掛けられた喧嘩《けんか》にもいつもわざと負けてばかりいて。そんな様子に旦那様は不甲斐《ふがい》ないと腹を立てておられましたが、当の若旦那様はいっこうに気にはなさっておられませんでした。柿の木だって実は上れたはずです。とにかく妹想いのお兄様でした」

「となるとお嵯峨さんが今のような境遇になるとわかったときは、さぞかし上千屋さんへ憤怒したことでしょうね」

「〝お嵯峨を可愛い、可愛いと愛《め》でていたのは、器量好《よ》し、気立て好しのお嵯峨をいざという時のための人身御供《ひとみごくう》にするためだ。普通の親ならあんな化け物のいるところへ娘をやれるものじゃない。おとっつぁんが大事なのは一にも二にも上千屋で、俺やお嵯峨のことじゃない。そもそもおとっつぁんは外にできた娘だから、平気でお嵯峨を稲穂屋敷なんかにやれるのさ。そして跡継ぎなんぞと言われている俺はおとっつぁんの子どもじゃなくて、権現様以来の看板を担がされるだけの木偶《でく》だ〟と若旦那様は泣いてまえに止むにやまれぬ気持ちを吐いておられました」

「どこの老舗でも看板は大事です。上千屋さんとて同じだと思います。ただ、跡継ぎの京助さんへの厳しさは群を抜いているように思います。それはなぜですか？」

この季蔵の問いに、

「それは旦那様のお父様、大旦那様が上千屋を今日のような押しも押されもしない大店《おおだな》になさったからです。今の旦那様もたいしたお働きぶりですが、売り上げだけで比べますとまだまだ大旦那様の頃には及びません。大旦那様が見つけて研がれた大きな鉄の塊を旦那様が箔《はく》をつけられたとまあ、そのようなお仕事ぶりの違いです。鉄の塊とは比喩《ひゆ》でして、たとえば雛《ひな》節句には欠かせない京雛の大口買い入れ、越後屋《えちごや》と組んでの京友禅《ゆうぜん》の買い付け、もちろん灘《なだ》や伊丹《いたみ》での新酒のほぼ買い占め等のことです。箔と申し上げたのはこれらの鉄の塊をそこそこ守りつつも、他の商人たちとも上手につきあっていくことでした。もっとも旦那様の潔癖なご気性のせいで難破で窮していた上千屋に酒屋はどこも新酒を都合してはくれませんでしたが。そしてあのようなことにまで――」

佐吉は声を尖《とが》らせた。

「そこその守りでは心許《こころもと》ないはずです。いずれその守りがなくならないうちにと、白右衛門さんは鉄の塊探しを息子の京助さんに託したいのでは？　それで心を鬼にしたのでは？　白右衛門さんは自分が生きている間では間に合いそうもないがゆえに、大旦那様の頃のように、思い切って京助さんに商いを広げてほしいのではありませんか？」

季蔵の言葉に、

「その通りだと思います」

佐吉は大きく頷いて、

「それがあの難破ですっかり裏目に出てしまって――」

声を詰まらせた。

「ともあれ、気になるのは京助さんです。ああして出て行って、帰っては来るのですか？」

「帰って来たり、来なかったりです。以前懲りたはずの賭場《とば》に出入りしはじめているようです。稲穂屋敷からの援助が届いてからというもの、素破草と名乗る人相のよくない連中がちょくちょく訪ねてくるようにもなりました」

「持ち出そうとしていたのはそのための金でしたか――」

「若旦那様はお酒を過ごされると必ず、〝今に見ていろ、利子をつけて金を叩き返して、お嵯峨をこの家に戻してやるんだ〟と息巻いておいでです。てまえも心配でなりません。若旦那様は罠《わな》に嵌《は》まりかけているんです。そして旦那様はこの上千屋とお嬢様、両方を失ってしまうことになります。ああもう、どうしたことか――」

佐吉はため息をついた。

そんな佐吉に季蔵はお嵯峨から渡してくれと頼まれた髪飾りを渡した。見事な翡翠《ひすい》と赤珊瑚《あかさんご》の簪《かんざし》でいずれも稲穂屋敷の主から贈られた贅沢品《ぜいたくひん》であった。

「こんなにまでお嬢様に気を遣っていただいて」

とうとう佐吉は両手で顔を被《おお》ってしまった。その悲愴《ひそう》な姿に思わず季蔵は稲穂屋敷の重鎮長瀬を重ねた。

そして、この事実をお嵯峨にどのように話したものかと逡巡《しゅんじゅん》していると、足はいつの間にか瑠璃《るり》が療養している烏谷《からすだに》の内妻お涼《りょう》の家へと向いていた。

――瑠璃は重い心の病で苦しんでいるというのに、このようなことで訪れようとしているのは、恥ずかしながらわたしはきっと瑠璃を頼っているのだろう——

瑠璃は心の病を得てからというもの、千里眼をも超えた人の運命さえも感知し得る、特別な力を持つようになっていた。瑠璃のおかげで季蔵は幾多の事件を解決に導いただけではなく、我と我が身が守られてきた。時にそんな瑠璃の力は自分との深い絆《きずな》のように思われる。がその一方、瑠璃を通じて真実を追究する、摩訶《まか》不思議な正義の力が働いているような気もしていた。

——ここまで身を挺《てい》したというのに念願叶《かな》わず、実家が持ちこたえられそうにない、お嵯峨さんの運命を知りたい——

季蔵は瑠璃の力にすがりつきたい思いであった。


「お邪魔いたします」

季蔵は南茅場町《みなみかやばちょう》にあるお涼の家の前に立った。決して広いとはいえない庭のある二階屋ではあったが、庭には色とりどりの山茶花《さざんか》が咲き乱れていて、

「よくおいでくださいました」

元辰巳《たつみ》芸者らしく粋《いき》な羽織使いでしゃんと背筋を伸ばしているお涼が細身の身体を折った。

「急に瑠璃に会いたくなりました」

さすがにお嵯峨の行く末のことで閃《ひらめ》きを期待しているとは言えなかった。

「まあ、それはお喜びですよ、さあ、さあ」

お涼に案内されて瑠璃のいる縁側のある部屋へと入った。

「にゃあ」

鳴いたのは飼い猫の虎吉《とらきち》であった。昔は野良猫だったさび猫の虎吉は仕掛けられた毒蛇から瑠璃を守ったこともあった。虎吉というからには雄猫《おす》と思われがちだがれっきとした雌猫《めす》で、瑠璃が楽しむ美しい花の紙や布の細工に目を細めて眺めている。

「にゃあ」

もう一度虎吉は鳴いた。その目は季蔵を見据えている。

「いつもお世話様です」

季蔵は人に話すように挨拶して頭を下げた。いつだったか、ひたすら季蔵の無事を願う瑠璃の想いを実現させるべく、虎吉は奇跡を起こした、猫としての縄張りよりも遥《はる》か遠くまで遠征してくれて、季蔵の窮地を救ってくれたことがあった。以来、ますます季蔵はこの虎吉に頭が上がらない。

——大蛇のにしきはお嵯峨さんのために命を捨てた。虎吉も運が悪ければあのようになっていたかもしれない――

季蔵は虎吉への感謝を超えて虎吉に優しい目を向けた。気がついた虎吉は、

「にゃあ」

今度は驚いたような鳴き声を上げた。

「旦那様が持ち帰られたあのお菓子、信長餅という名のもの、瑠璃さんもすっかりお気に召した様子でした。そうそう、瑠璃さん、柚子の香りがとてもお好きなので、前にいただいた柚子味噌《みそ》や柚子寿司《ずし》にもお箸《はし》が進んで、わたしはほっとしました。冬場はとかく風邪《かぜ》が流行《はや》りますからしっかり食べて、力をつけてほしいと思ってましたから」

お涼は笑顔であった。

瑠璃は縁側で絵筆を取っていた。

「どうしたことか、今日の朝から急に描《か》き始めたんですよ。でも、不思議なことにどこを描いているのかはわからないんです。狭いうちの庭でないことは確かよね、いつでも描かれたい虎ちゃんでもない。ねえ、虎ちゃん、わからないわよね」

お涼が相づちをもとめると、

「にゃあ」

虎吉はやや不満げに鳴いた。

五

季蔵は瑠璃が仕上げている三枚の絵に目をやった。

「どうして？――」

一枚目に描かれていたのは見たことのある風景であった。湖か沼を想わせる水辺の中ほどに高いどっしりとした、どこか城郭に似たあの塔が建っている。

――稲穂屋敷の池の塔によく似ている――

「これは？」

二枚目は灰褐色の御影石《みかげいし》で造られている墓石であった。

「まあ、縁起でもない」

お涼が顔を曇らせた。その墓には椿《つばき》の赤い花が添えられている。花弁についているのは雪であろうか？　ただし墓石に文字は刻まれておらず誰《だれ》のものかはわからない。

そして三枚目は柚子の実がぽつんと一つ絵になっていた。

「にゃーお」

虎吉が怒りの籠った悲鳴を上げた。いつだったか虎吉は瑠璃の好きな柚子の実を菓子と間違えて齧《かじ》り、吐き下しをする羽目になったことがあった。

――それにしてもこの符合はいったい何なのだろう。どう解けばいいのか？――

季蔵は眉を寄せかけたが、

――ここは何事もなかったかのように振る舞おう――

そう決めて、

「今日は手土産《てみやげ》を忘れました。何か温かいものでも拵えさせてください。厨をお借りします」

栂尾煮《とがのおに》を拵えることにした。

「栂尾煮？　聞かない《かし》お料理ですね」

お涼が頭を傾げた。

「京料理に詳しい知人が教えてくれたもので、京の近郊にある紅葉《もみじ》の名所、高尾《たかお》、栂尾、槙尾《まきのお》のうちの栂尾の寺で作られ始めたとされているそうです。おいもさんとも呼ばれることもある唐芋（サツマイモ）の精進もので菜や八ツ時（午後二時頃）に食されているそうです」

季蔵はお嵯峨が話してくれた謂《いわ》れを話し、早速、栂尾煮に取りかかった。

作り方はほぼ煮売り屋でも売られている唐芋の甘煮である。皮をつけたまま一口大に切った唐芋を水によく晒《さら》してから、ひたひたの水で煮ていく。串《くし》が半分通るようになったら、砂糖、塩少々、酒を加えて柔らかくなるまでさらに煮る。一口大に唐芋を切ると当然端が残る。ここからが京ならではの節約を兼ねた一手間になる。これを捨てずに皮を剝《む》いて、煮汁と一緒に潰《つぶ》して片栗粉《かたくりこ》でとろみをつけるのに役立つ。

甘煮の唐芋を器に盛り、とろみをつけた煮汁を葛《くず》あんのように掛け回し、黒胡麻《くろごま》をふって供する。

厨で季蔵の手際を見ていたお涼は、

「普段の京料理の醍醐味《だいごみ》は節約ととろみなのね。葛あんよりも唐芋の残りの端っこと片栗粉を使った方がずっと安上がりですもの。なるほど、賢い知恵だし、冬場のとろみは身体が温まって何よりのご馳走《ちそう》。それに何といっても唐芋は瑠璃さんの好物ですものね」

と洩らした。

こうして出来上がった栂尾煮は虎吉を含む皆で食された。

「虎ちゃんの身体にお芋はあまりよくないから少しだけね」

そう言われて、お涼に分けてもらった栂尾煮の一切れを、虎吉は瑠璃の膝《ひざ》の上で目を細めながら食べていた。

「瑠璃のことまたよろしくお願いします」

季蔵が暇《いとま》を告げようとすると、

「あの絵のこと、何かあるのでしょう？」

瑠璃の力のことを知っているお涼が訊いた。

――瑠璃の力が示される、これと似たようなことは今までもあって、お涼さんは気がついている――

「ええ、まあ」

絵のこともとっくに見抜かれているのだ。

「あの墓石の絵はあんまりよ。不吉すぎる。瑠璃さんや季蔵さんの身に何かあったら大変、くれぐれも気をつけてくださいね」

お涼は案じて、

「瑠璃さんがまた気になる絵を描かれたら必ずお報《しら》せします」

と言い添えた。

季蔵が戸口を出て塩梅屋《あんばいや》に向かって歩いていると、とっくに追いついていた虎吉が、枯れて幹と枝だけになったしだれ柳の樹《き》から飛び降りて向かい合った。虎吉は咥《くわ》えて

いた一枚の紙を地面に落とすと、

「にゃーお、にゃーお、にゃーお」

これを見ろといわんばかりに高い声で鳴き立てた。

季蔵は屈《かが》んでその紙を広げて見た。そこには絵ではなく以下のような文字が書かれていた。

萩野

――萩野は稲穂屋敷の主の前妻の名だ――

季蔵はこの時三枚の絵の謎《なぞ》が解けかけた。

――龍面の主は柚子好きだ。わたしも瑠璃もお嵯峨さんも嫌いではない。そして今は黄泉におられる萩野様も柚子がお好きだったのだ。わたしは稲穂屋敷に柚子味噌と柚子寿司を運んだが、お奉行に頼まれてこれらを土産にしたり届けさせたりした。稲穂屋敷ではお嵯峨さんが主のために柚子使いの料理、牡蠣《かき》の柚子釜《がま》や鰆《さわら》の柚子蒸しを拵えもした。わたしたちは柚子の香味でつながっている。萩野様は柚子つながりのわたしたちに何か大事なことを伝えようとされているのだ――

季蔵は幾分得心し、店に寄って三吉にこの日の仕込みを指示して稲穂屋敷へと戻った。

厨では常と変わらずお嵯峨が忙しく立ち働いていた。

「ご苦労をおかけいたしました」

笑顔で季蔵を労《ねぎら》う言葉も忘れない。季蔵が実は——と上千屋の実情を切り出す前に、

「薬が間に合っておとっつぁんは元気になりましたでしょうか？」

と訊いてきて、

——白右衛門さんの病が重くなっていると知っているのは、柚子つながりゆえだな。夢枕で萩野様が案じられて教えてくださったのだろう——

「もちろんです」

季蔵はさらりと応えた。後は、

「今夜はご主人様が鯛《たい》を召し上がりたいと仰せなので、鯛の納豆包みを作ってみました」

という夕餉《ゆうげ》の話に替わった。

——およそのことは萩野様に報されてわかっているのだろう——

そこで、

「納豆？　上方で納豆料理ですか？」

季蔵は料理の話に乗った。

上方には江戸市中や江戸以北で作られて食されているような糸引き納豆は売られていなかった。出汁《だし》をきかせた繊細な味付けを好む上方では、江戸っ子が炊きたての飯に欠かさない糸引き納豆特有の匂《にお》いが、どうにも我慢ならないのだという。

「おとっつぁんもあたしも糸引き納豆が好きなのですが、大徳寺《だいとくじ》納豆にも目がないんです。鯛の納豆包みにはこの大徳寺の方を使います」

京の大徳寺が発祥の大徳寺納豆は、粘り気のある糸を引くような納豆とは異なり、藁《わら》に付いている納豆菌ではなく、麴菌《こうじ》を使用して大豆を発酵、乾燥させた後、さらに熟成させたものである。

「大徳寺納豆ならそろそろいただく頃です」

先代長次郎《ちょうじろう》の長きに渉《わた》る知己である芝《しば》の光徳寺《こうとくじ》の安徳和尚《あんとくおしょう》が暮れには挨拶代わりに一折携えて訪れる。

「けれども、このような使い方があるとは知りませんでした」

大徳寺納豆の風味は味噌や醬《ひしお》に近い。醬油が貴重だった頃は調味料にも用いられていたが、当世では酒肴《しゅこう》やお茶請けとして供される他、粥《かゆ》を食する時の塩の代わりに使われる。

お嵯峨は酒を一振りした大徳寺納豆を等しく微塵《みじん》に刻んでいる。

「今は大徳寺も出来たてで柔らかですが、日が経《た》つにつれて固くなるでしょう。そうなるとなかなか微塵には切れないのでは？」

季蔵は訊かずにはいられなかった。

固く丸く小さなものを細かく切り揃《そろ》えるのは存外むずかしい。

——鯛の納豆包みというからには、幅広に薄づくりした鯛を二つ折りにして中に刻んだ大徳寺を挟むのだろう。これで供して美味を味わってもらうには刻みが均等でないとまずい。刻みが固く大きさがまちまちだと口に馴染《なじ》まず、ぼそぼそした食味になる——

そこで季蔵は、

「刻むのではなく当たるのでは駄目ですか？」

と訊いてみた。

「それでは当たってみましょうか」

お嵯峨は大徳寺納豆を少しばかり当たり鉢に移した。

六

刻みと当たり各々の鯛の納豆包みができあがると、

「召し上がってみてください」

勧められて季蔵は食べ比べた。

——刻んだのは鯛の薄づくりの歯応えに負けておらず食味が豊かだ。比べて当たった方はべたっと固まりかけた醤油のようなものを鯛の身に挟んだだけ、あまりお造りと変わらない食味だ。刻みに比べれば貧相な食味というべきか——

「これは断然刻みの勝ちですね。ただし均等に刻まないと舌や口の中の当たりが悪くなるでしょう？　それだと当たりの方がまだましということになります」

季蔵の指摘に、

「それならこれではいかがですか？」

お嵯峨は保存の長い大徳寺納豆の入った蓋《ふた》付き壺《つぼ》を開けると、何粒か小皿に移して酒を適量ふりかけた。

「柔らかくなりすぎても刻みにくいものですから、加えるお酒もほどほどです」

——なるほど——

季蔵は大徳寺納豆使いの妙に舌を巻いた。

厨に桜飯の炊ける匂いが満ちてきていた。

桜飯は洗って笊《ざる》に上げた米に酒と塩麴入り出汁、醬油ほんの少々を加えて炊き上げる。

「桜の時季でなくても醬油で桜色がいつでも楽しめますね。何とも典雅です」

季蔵が思わず洩らすと、

「ええ、でも出汁はすまし汁をとった後、また水を加えてぐらっとさせた二番出汁なんですよ。上千屋では桜飯はお客様があった時、奉公人たちが楽しむ賄《まかな》い料理なんです」

お嵯峨は応えて、すでに塩と酒をふって焼いてある鯛の皮を刻み始めた。

「また刻みなんですよ」

お嵯峨は微笑むと、

「鯛のお造りをお客様方にお出しすると沢山の鯛の皮が残ります。捨てるのは勿体《もったい》ないのでこうして刻んで――」

釜の蓋を開けて炊き上がったばかりの桜飯の上に、刻んだ焼き鯛皮をばあっとふり混ぜた。

「これを大きなおにぎりにするんです。海苔《のり》をまくので真っ黒なおにぎり。だから見かけは黒土の泥まんじゅうみたいで少しも典雅ではありません。でも、ご飯がたっぷり食べられて奉公人たちに喜んでもらえます。ここの皆さんにもきっと——」

お嵯峨が慣れた手つきでにぎり飯作りをはじめたので季蔵も手伝った。

「木の芽の時季は刻み木の芽、他の時季は刻み三つ葉だったり、粉山椒《こざんしょう》だったり。粉山椒は刻まずに済むので楽ですよ。ああ、それとね、お造りにした後、鯛の中骨が残るでしょう？　あれはやはり酒と塩をふって焼いてむしって菜にするんです。大番頭の佐吉の大好物でした。骨に付いた鯛の身は旨《うま》みがありますからね。〝これだけは旦那様には内緒ですよ〟なんてふざけて言って——」

などと話し続けていたお嵯峨は言葉が続かなくなった。懸命に涙を堪えている様子に、

——常になくお嵯峨さんが立て続けに話すのは、実は実家のことが気掛かりでならずに心が声を上げて泣いているからだろう——

「醬油と砂糖の甘辛味で煮て、汁まで啜《すす》るのもなかなかですよ。これには滋養があるので〝医者いらず〟という名がついています」

季蔵は気づかぬふりをして話した。

「どうか季蔵さんもこれにおつきあいくださいな」

お嵯峨は季蔵に大きな握り飯を渡して厨を出て行った。

気になった季蔵が後を尾行《つけ》ると、お嵯峨は池の中ほどに城郭のような塔が見渡せる水辺に佇《たたず》んでいた。

表情が翳ったお嵯峨のその横顔からは涙が流れ落ちている。

「何かありましたか？」

季蔵はそっと訊いた。

「夢枕に――」

「あのお方が立つのですね」

「ええ、萩野様」

「もしや、お実家《さと》のことを報せているのも萩野様では？」

「訪れておわかりになったかもしれませんが、恥ずかしいことにおとっつぁんと兄の京助はいつも喧嘩ばかりで、時に兄は〝上千屋なんて潰れてしまえばいい〟などと言い散らす始末で、佐吉に苦労をかけています。そのことも萩野様はご存じでした。あたしがここへ来てから二人の仲がさらに悪くなったと案じてくれています」

「そうでしたか」

季蔵は相づちを打ったものの、

――なにゆえ、萩野様はお嵯峨さんの心残りを言い当てることができるのか？　またそれを伝えようとするのか？――

その理由を考えていてはっと思いついた。

「萩野様にも心残りがおありでしたね。ご主人様への想いを遺《のこ》していると」

――やはり、これは主と結ばれるためにここへ来たお嵯峨さんを、攪乱《かくらん》させて黄泉へと引き込むための策ではないか？　瑠璃が柚子つながりで気づいたのもこれ、成仏できない悪《あ》しき浮遊霊のことだったのでは？　それともこの屋敷の誰かが死者を騙《かた》っているのか？――

季蔵は混乱した。

するとと察したお嵯峨は、

「萩野様は亡くなってはおられますがここにおいでになって、あたしの身を我が身のように案じてくだすっています。萩野様はあたしが自分のようにならないために気をつけなさいと毎夜おっしゃいます。守りたい想いは強くても霊の身では守り切れないとも――」

訴えるような目になった。

「どうか信じてください」

とも言い添えた。

「もしや、萩野様は変事による気鬱《きうつ》ゆえの自害ではなく、ここの誰かに殺されたのだと？」

季蔵は戦慄《せんりつ》を覚えながら言った。お嵯峨は黙って首を縦に振った。

「あたしもそう思います。そして次はそれがあたしの身にも起きると、萩野様は忠告してくださっているんです」

お嵯峨は恐れと絶望の余り、

「実家の上千屋にも、もう、禍《わざわい》は降りかかりはじめていると。まさか兄さんがおとっつぁんを手にかけるようなことがあっては――」

蒼白《そうはく》になった。

季蔵は昼間は必ず訪れる蔵之進にこの話をした。

「俺は死者が想いを伝えてくることがまったくないとは思っていない。だが俺はまだ死んだ養父の声を一度も聞いていない。我が子以上に想ってくれて導いてくれていたというのにな。だとするとこれはやはり、誰かがここの主の前妻のふりをして、お嵯峨の心を操ろうとしていると考える方が理に適《かな》っている」

蔵之進はそう言い切ると、

「あの黒装束の奴らの仲間がこの屋敷に潜んでいると？」

季蔵は長瀬をはじめとする武士の形《なり》こそしているが、日々の与えられた労働に励む、多くは初老の男たちの姿を想い描いた。

「いかに枕元が暗いとはいえあの年齢で若い女の幽霊に化けるのは無理です」

「池だけではなく川もあるここの庭はとにかく広い。中の者が手引きすれば夜半に幽霊女をお嵯峨の夢枕に立たせることはできる。最有力はこやつだ」

長瀬道之助《みちのすけ》
「長瀬なら配下の者たちを自在に操れる」

――あの忠義一筋の長瀬様が？　とても信じられない――

「目的は何でしょう？」

季蔵は咄嗟《とっさ》に訊いた。

「そこがわからない。調べたが稲穂屋敷が米を作っている土地に長瀬の妻子はおらず独り身だとわかった。他の者たちも同じだ。ここの奉公人たちは一人死ぬと、米を作っている若者のうち、屈強で読み書きに優れ、女は主の奥方だけであるゆえ、ことさら節操のある一人が補充される。その繰り返しでこの屋敷は続いてきた。長瀬が主やその奥方をどうにかしたとしても、とって変われるものではない。直系が絶えれば奉公人もろとも稲穂屋敷は密《ひそ》かに取り潰されてしまってもおかしくない。そもそもあるとされていない屋敷なのだから」

「ところで主とその妻との間に生まれた子が女児であった場合は？　常に男児ばかりとは限らぬはずです。それでもこの屋敷の継承はできるのですか？」

季蔵はかねてから思っていた疑問を口にした。

「それについても調べた。同じことだった。生まれつき醜貌《しゅうぼう》の女児がやはり幼い時から龍面を付け続けて男の形をし、相応の家から伴侶《はんりょ》を選ぶ。子沢山の大名家なら恰好《かっこう》の婿入り先だ。莫大《ばくだい》な支度金で窮している藩政を潤すことができるのだからな。その際、相手は男子ばかりのお家ではなく、女子もいるところを選ぶとのことだった。そうすれば曖昧《あいまい》にできる。そして男子は婿入りいや嫁入りの際、花嫁姿になって稲穂屋敷へ入るとのことだ」

七

「生まれたのが女児であっても継承できる仕組みはわかりましたけれども、常に必ず主夫婦が子に恵まれるとは限らぬでしょう？」

なおも季蔵は食い下がった。

「まあ、これは俺の当て推量だが、米を作っているかの土地の腕力もあって知力にも優れている、とにかく丈夫な男児を連れてきて、子を生《な》せば一生龍面を被《かぶ》せて過ごさせる。継承はそれで足りるのではないか？　大名家や大身《たいしん》旗本家と違って幕府は公には見張ってなどいないのだから、これまた楽なものだ」

蔵之進は応えた。

「するとどこかで直系はとっくに途絶えていると考えられます。おそらく今の主も元祖の血縁ではない可能性が強いです。そうなると大名家にありがちな、いや、血縁がないのですからより熾烈《しれつ》な、御家騒動ならぬお屋敷騒動が密かに起きているのでは？　その正体はかつての主の遠い縁戚《えんせき》かもしれませんし、あの世を揺るがせた天一坊《てんいちぼう》が出てもおかしくない、ともあれ、なぜかご公儀に守られているといっていい、このような特権の最上位に立ちたいという野心に動かされてのことです」

季蔵の言葉に、

「なるほど裏で糸を引いているのは当世天一坊というわけか。たしかにそれもあり得ないことではないな」

蔵之進は目を瞠《みは》った。

天一坊とは、江戸中期、山伏の天一坊改行《かいぎょう》が八代将軍徳川吉宗《とくがわよしむね》の御落胤《ごらくいん》と偽って名乗りをあげ、浪人たちを集めて次期将軍の座を狙った謀反《むほん》であった。

「とはいえ、あの黒装束の元締めを当世天一坊に絞りこむことはできません。可能性は他にもまだあります」

季蔵は当世天一坊に固執はしていなかった。

「お嵯峨さんの稲穂屋敷入りは極秘でしょうから、この事実を知っている輩《やから》が企《くわだ》てていることも考えられます。その場合、理由や目的が見えていないので雲を摑むような話ではありますが――」

「そうではあるが――」

そこで蔵之進は硯《すずり》と筆を引き寄せて以下の名を記した。

長瀬道之助

上千屋白右衛門
大番頭佐吉
兄京助

「長瀬はかの土地で生まれていて独り身だとはわかっているが、親も親戚縁者も秘されている。これらの者たちが初代主の遠い遠い直系であっても不思議はないし、実はまったく関わりがなくとも、その手の野望を抱くことはある。そうだとすれば長瀬が首謀のお屋敷騒動、もしくは当世天一坊の企ては成り立つ。長瀬ほど長く主の信望を受けていれば屋敷内で怪しむ者などいない」

蔵之進はまずそう言って先を続けた。

「上千屋白右衛門、お嵯峨の父親だがお嵯峨が外にできた血を分けた娘でさえもなかったとしたら？　強き生きものを操るだけではない、お嵯峨の剣さばきは並みではなかったぞ。手練《てだ》れの黒装束に襲われて命があったのも偶然ではなかったのかもしれない」

「白右衛門さんが実子である娘の死を隠して、忍びの筋から養女を貰《もら》い受けたことになりましょうが、その理由がわかりません」

「その時からもう稲穂屋敷乗っ取りの目的を定めていたことになる」

「しかし、そのために船をわざわざ難破させて窮したふりをし、重い病を得たようにずっと見せかけていると？　びんずる大黒講にすがったお嵯峨さんの必死さも芝居だったと？」

季蔵は納得できなかった。

「二人が共謀していたとしたらあり得ぬ話ではない。あの父娘《おやこ》の噂《うわさ》もある」

蔵之進は声を潜めた。

あの父娘の噂というのは将軍の愛妾《あいしょう》が、孫を次期将軍の座に据えようと養父と供に画策しているというものであった。

「それゆえ、お嵯峨の稲穂屋敷入りはとんでもなく大きな秘密で、奉公人たちは佐吉以外誰も知らされていなかったそうだ。唯一知らされていた佐吉ももちろん父娘と共謀している。だから瓦版にもすぐには書かれなかった。ところが父親と折り合いの悪い兄京助がこれを仲間のごろつきたちに洩らしてしまい、市中の瓦版屋がこぞって、〝酒呑童子の嫁、上千屋お嵯峨〟について、あることないこと閨房《けいぼう》のことまでもおぞましく書き立て始めている。こればかりは白右衛門、お嵯峨にとって誤算だったろう」

そこで一度蔵之進は言葉を切って、

「といっても俺は白右衛門、お嵯峨、佐吉の企てであるとはまだ断じてはいない」

と言って、また筆を取った。書かれていたのは以下の名であった。

烏谷椋十郎《りょうじゅうろう》

――まさかお奉行が――

季蔵は息を呑《の》んだが、

「お奉行は今、ただの北町奉行ではない。大目付様の代行もほぼほぼされている。大目付は大名家の監視役の長《おさ》で、御老中方とも近い。老中の中でも筆頭ともなれば御定法を含む政《まつりごと》をほぼ自在に動かせる。だとすれば、お奉行が老中筆頭のご意向に沿って動いていることもあり得る」

蔵之進の当て推量は大胆この上なかった。

「そうなるとわたしたちのお役目は？」

季蔵が訊くと、

「いずれ稲穂屋敷を取り潰して、その富をかの土地ごと幕領にするつもりかもしれない。大名家も財政難に苦しんでいるが将軍家も同様だからな。そうだとすると稲穂屋敷警護などただの茶番だ。俺たちはその芝居の駒の一つということになる」

蔵之進は憂鬱《ゆううつ》そうに言い切った。

何の変事も起きずしばらく経ったある夜、

「塩梅屋さん、季蔵さん」

寝入っていたところを長瀬に起こされて、

「番屋からの使いの者がこれを届けてきました」

文《ふみ》を渡された。文には以下のようにあった。

赤坂《あかさか》は一ツ木町《ひとつぎちよう》にある薬種問屋《と》富山堂《やまどう》の主慈三郎《じさぶろう》に変事あり。ただちに是非とも来られたし。

烏谷椋十郎

季蔵殿

「季蔵さんや蔵之進様の外出には常に駕籠《かご》をとお奉行様に仰せつかっておりますので、すでに用意はできております」

長瀬が告げた。

季蔵は急いで身支度をして駕籠に揺られる身となった。

薬種問屋富山堂は先代が薬を背負って行商をする富山の薬売りから身を起こして、二代目の慈三郎が江戸一の薬種の売り上げを誇る大店中の大店にのし上げている。富山堂の店構えは圧倒されんばかりではあったが、上千屋のような老舗の看板は掲げられていない。

店の前で烏谷と田端《たばた》、松次《まつじ》が待ち受けていた。

「ご苦労」

と烏谷は労い、

「またでさあ」

松次が意味深な物言いをして、田端は無言で店の中へと入って行った。三人が続く。

慈三郎が死んでいたのは茶室のある広い離れであった。仰向《あおむ》けに倒れている慈三郎の顔には、浅草観音で見つかったのと同じ張りぼての鬼の面が被されている。どこにも血の痕《あと》は無かった。季蔵は屈み込んで調べた。面を外してみると、四十歳半ばのその顔は恍惚《こうこつ》としていて苦しんだ様子は少しもなかった。緩んだ皺《しわ》が微笑んでいるようにさえ見えた。

「これは阿芙蓉《あふよう》（阿片）によるものだろう」

田端が告げて、

「そのようです」

季蔵も同じく思った。

「この者は阿芙蓉を多用した挙げ句、わざわざ面を被って死んだというのか？」

烏谷がやや苛立《いらだ》った声を上げた。

「どこにも刺し傷はありませんし、頭を殴られた様子も見受けられません。もちろん首にも何の筋も見当たりません」

季蔵は視《み》た事実だけを伝えて、

「ですので、店の奉公人たちに主についての話を訊くことは大事です。このところ主に変わった様子はなかったか？　そうすればたぶん、どうしてこうなったか事情がわかるはずです」

と言い、

――おや――

畳の縁《へり》に落ちていた紫桃色の何本かの糸を拾って、

——後で証になるかもしれないが今はまだ何もわからない——

懐紙に包んで片袖に落とした。


お内儀と奉公人たちが集められた。大番頭は主をやり手であったと讃《たた》えるばかりで、特に変わったところなどなかったと言い通そうとしたが、狐《きつね》顔のつんとした様子のお内儀は、

「このところ吉原《よしわら》通いが止まぬ夫でした。親の決めた縁なので仕方ないと思っていました」

と明かしたので、

「いくらお止めしても阿芙蓉を吸われるので真からお身体を案じておりました」

渋々慈三郎の悪癖を語りはじめた。

第六話　米詰め鯉

一

「この店の者たちを調べよと申したのはそちだ。そちの目も活《い》かしてくれ。口を挟んでもよいぞ」

烏谷《からすだに》に命じられて季蔵《としぞう》はお内儀や奉公人たちの詮議《せんぎ》に加わっている。

富山堂《とやまどう》の大番頭は、

「以前の旦那《だんな》様は先代の家訓を固くお守りになる越中気質《えっちゅうかたぎ》そのままのお方で、それはそれは節約を旨《むね》とされていました。山歩き、野歩きがお好きで採取した草木の中に薬効があるものを見つけるとたいそうなお喜びようでした。また同業の薬草園を訪れると密《ひそ》かにいつも何かしら富山堂《うち》の薬草園にはない薬草や種を持ち帰ってきて、〝得をした、これを増やせばもっと儲《もう》かる、富山堂を大きくできる〟と種蒔《ま》きや挿し木に余念がなかったんです」

と続け、季蔵は内心、

——薬種屋にとって生薬をとる薬用の草木は宝も同然、節約もそこまで高じるといかがなものか？　ようは盗みではないか——

家訓とはいえ感心できなかった。

そんな季蔵の苦い表情に気がついたのか、大番頭は、

「持ち帰られた同業の方々はそんな旦那様についてもご存じで、〝富山堂さんには敵《かな》いませんよ、何しろ先代の背後霊が見えてますから〟なぞとてまえにおっしゃって苦笑されていました。旦那様方にはお子様がおられません。それもあって旦那様はまだ大旦那様が生きておられるかのような、若いお心持ちで家業に邁進《まいしん》なさってきたのです。そのことを同業の皆様もよくご存じでやんちゃ坊主のように旦那様をご覧になっていました。ですから旦那様は昔からずっと大旦那様が果たせなかった夢を追っておられたんです」

「その夢とは何だ？」

田端《たばた》が訊《き》いた。

「生薬の洋地黄《ようじおう》をてまえども富山堂の薬草園にて育てることとです」

「洋地黄とはいったい何なのだ？」

胡坐《あぐら》をかいて腕組みをしている上座の烏谷が口を開いた。

「少しお待ちください」

大番頭は主《あるじ》が亡くなっていた部屋に戻ると数枚の花の絵と一緒に戻ってきた。

「これにございます」

大番頭は花の絵を畳の上に広げた。釣鐘型の紫桃色の華麗な花が咲いている。

「ホタルブクロに似ているではないか」

初夏に釣鐘型の花をつけるホタルブクロを烏谷の内妻お涼《りょう》は、

「夏の桔梗《ききょう》さんですよ」

などと言って庭で愛《め》でている。

「花の形は似ていますがつき方が違います。こちらは一花一花咲くホタルブクロと違って、釣鐘型の花が連なって咲いています。それから色もホタルブクロはもっと控えめな紫色です」

薬種問屋の大番頭は薬草の姿にも通じていた。

「たしかにな」

烏谷はしげしげとその絵を見て、

「形は違うがふとトリカブトを思い出した。あれも鮮やかな紫の花が集まって咲いている。もしや、これには毒があるのではないか？」

大番頭の顔に目を据えた。

――さすがお奉行、たいした勘だ――

季蔵も烏谷同様、怪奇なまでに華麗で美しすぎる花の絵が毒草ではないかと直感していた。

「似ている花のホタルブクロの花や蕾《つぼみ》、若芽が食用にされていて、駆風《くふう》（腸の調整）や強壮の効能があるのに比べてたしかに毒性はあります」

「先代富山堂の頃《ころ》からこれに固執していたとなると、これまたトリカブトにも似て毒にも薬にもなるということだな」

烏谷は言い当てた。

「まさに。この草はディギターリスと言い、指を表す海の向こうの古い言葉に由来していて、全草に毒を有しています。動悸《どうき》、嘔吐《おうと》、頭痛・眩暈《めまい》等を引き起こす毒性がある一方、発作で弱った心の臓の特効薬として使われています」

――これはもしかして――

季蔵はお嵯峨《さが》が父白右衛門《しろえもん》のためにびんずる大黒にすがり、その後は季蔵に託した心の臓の特効薬を思い出した。

「そこまでの特効薬ならば心の臓の発作で死ななくとも済むのですね」

季蔵は思わず訊いていた。

「左様です」

大番頭が応《こた》えると、

「しかしそのディギターリスとやらはホタルブクロに似ているのだろう？　知らぬ者たちが山野で見間違えて食したら大事ではないか？」

田端は真剣な眼差《まなざ》しを相手に向けた。

「今のところ、その心配はほとんどございません。なぜなら目の玉が飛び出るような高価な生薬として売られているのは採取して乾した洋地黄だけで、これは海を越えた国からごく限られた量が船で運ばれてくるのみだからです。生えているディギターリスはこの国で見かけることはほとんどありません。千代田《ちよだ》のお城にある花園には、美しい花を愛でるために、このディギターリスが長崎《ながさき》から取り寄せられて植えられていると聞いていますが――」

そこで一度大番頭は言葉を切って、冬だというのに噴き出した汗を手ぬぐいで拭《ぬぐ》った。

「あのう、一つお奉行様にお伺いしてもよろしいでしょうか。主がディギターリスを育てて洋地黄とし、心の臓の特効薬として売り出そうとしていたことは、知っていたてまえまで、密貿易の罪で首を刎《は》ねられるのでしょうか？」

大番頭は必死の表情で鳥谷を仰ぎ見た。

「千代田のお城にディギタ－リスを盗みに入る算段をしていたわけではあるまい？」

鳥谷の問いに、

「滅相もないことでございます。亡き主の話ではいずれとあるところから、こんな時季だというのにディギタ－リスが手に入るとは申しておりましたが」

相手はおどおどと応えた。

「とあるところとはどこだ？」

田端が大声を上げた。

「わかりません」

大番頭はまた額の汗を拭《ふ》いた。

「そんなはずはない」

田端の詮議は厳しかった。

「いいえ、本当です。たとえどのようなお調べを受けても知らないものは知りません。本当です」

大番頭の顔は汗と涙で埋まった。

「ご主人はディギタ―リスについて何か言っていませんでしたか？」

季蔵は再び口を開いた。

――それで場所の見当がつくかもしれない――

「洋地黄として用いられるディギタ―リスの種は初夏に蒔き、約一年後に開花するとのことです。種はかなり小さいので浅い鉢に蒔いて、受け皿で吸水させて発芽させるのだとか。寒すぎても暑すぎても思わしく育たないとのことでした。江戸の気候は向いているそうです。ギヤマン室《むろ》があれば一年を通して、これで心の臓の特効薬洋地黄を作って売れると主は申しておりました。また、ギヤマン室があるところではこのディギタ―リスから、長きに渉《わた》る経験により、最も安全で効き目のある洋地黄の丸薬を作ることができるとも。その作り方を富山堂が譲り受ける約束ができているのだと旦那様はたいそうお喜びで、興奮なさっていました。阿芙蓉《あふよう》にまで手を出す遊びに嵌《は》まられたのはそれ以後のことです。その前の旦那様はこれも家訓で、〝阿芙蓉の効能は対価同様大きいが常用は人の心を廃させてやがて命をも奪う〟という大旦那様の戒めを固く守って、てまえたちにたいそう口やかましく、取り扱いの注意をなさっていたというのに――」

　そこで大番頭は言葉を止めた。

「これがてまえの知り得ていることの全《すべ》てでございます」

「そうかな、まだちょいとはあるんじゃないのかい？」

　末席に座っていた松次《まつじ》が独《ひと》り言《ご》ちると、

「そうだな」

　烏谷はにやりと笑って、

「お内儀に直《じか》に訊いてもいいのだがあんな物言いをしておいて、悋気《りんき》が高じていたと話を翻すのは恥をかかせることになる。おまえは知っているはずだ。申せ。そもそも話だけのディギターリスと同様、首が刎ねられることなどではないのだからな」

　大番頭を柔らかく促した。

「実はお内儀さんに頼まれて旦那様の後を尾行《つけ》たことがございました。当初はよくある男の遊び場でいわゆる遊蕩《ゆうとう》でした。そのうちに旦那様は並みの遊びには飽きてしまわれて、変わったお女郎がいて面白い遊びができるという羅生門河岸《らしょうもんがし》に行かれることが多くなり、あの辺りはまぎれにくいので、とうとうてまえが尾行ているのがわかってしまったんです」

　そこで言葉を一度切った大番頭は俯《うつむ》いて、

「旦那様は羅生門河岸でもできないもっと面白い遊びをするからとおっしゃって、決まった日の夜に離れで気に入った女と過ごす時が決してお内儀さんにわからぬようにしてほしいと頼まれたんです。てまえもそれがお内儀さんのためだと思いました。家に女を連れ込んでいるなぞと知ったら、お内儀さんは悋気のあまり気がおかしくなりそうだったからです。そこで、てまえは旦那様が女を連れ込む日にはお内儀さんを寄《よ》席《せ》にお誘いしました。芝居と違い夜もやっていたからです。お内儀さんは初めはそうでもなかったのですが、そのうちにすっかり魅せられたようで、時にはお気に入りの若手の噺家《はなしか》と酒席を共にされるようになりお帰りは遅くなりましたが、旦那様は〝お帰り。楽しかったかい〟と何食わぬ顔でおっしゃって——。でもこのたびばかりは——。こんなことになってしまって、てまえさえ旦那様をお止めできていたらと悔やまれます。てまえはもう何とお詫《わ》びしたらいいのか——」

一気に話して顔を両手で覆った。

二

季蔵たちは富山堂慈三郎《じさぶろう》の骸《むくろ》を小者《こもの》たちに番屋まで運ばせ、さらにくわしく全身を検《あらた》めた。

「こいつは驚いた」

松次は慈三郎の裸体に付いている無数の青あざに声を上げた。

「これらは古いものから新しいものまでありますが、どれも生きている時についたものです。棒で打たれた痕《あと》に似ています」

季蔵が告げると、

「打ち責め詮議の痕を想《おも》わせる」

田端が受けて、

「けど、まあ、よくもここまで打たれてうっとりした顔で死んでたもんですね」

松次は改めて骸の顔を見据えた。

「どうなってるのかね」

呟《つぶや》くと、

「まあ、男女の睦《むつ》み方はいろいろだ。この手の趣味が慈三郎にはあったのだろう。阿芙蓉を常用していれば痕が痛むこともなく、より激しい睦みをもとめ続けたとしてもおかしくない」

地獄耳の烏谷はこの手のことにも通じていた。

「骸を返す時、大番頭にだけはこの事実を伝えて素早く死装束を着せ、たとえ当人が気に入っている小袖《こそで》や羽織があっても着せ掛けるだけにして弔うようにと伝えろ。くれぐれもお内儀には報《しら》せぬように。騒がれて奉公人たちの耳に入り、瓦版屋《かわらばんや》の耳にでも入っては調べがしづらくなる。ここはあくまでこれの仕業と思わせておくのだ」

と続けた烏谷は骸の横に置かれている鬼の面へと顎《あご》をしゃくった。

「この鬼の面と関《かか》わって、お奉行様にどうしても一つお伺いしたいことがございます」

田端はやや強い口調になった。

「鬼の面は浅草観音《あさくさかんのん》で見つかった骸が被《かぶ》されていたものと同じです。お奉行の命でくまなく富山堂を調べたところ、蔵の中にこれと同じ鬼の面が幾つか見つかりました。ですのでこの一件は阿芙蓉と色にまみれた慈三郎が阿芙蓉を過ごしすぎて、戯れに鬼面を被り果てたものという見方ができます。稲穂《いなほ》屋敷のディギターリスを狙《ねら》っていたがゆえに屋敷の悪名を広めようとして、屋敷の主または奉公人を下手人に仕立てるべく、自害した屋敷の料理人の骸にこれと同じ鬼面を被せたとすれば理が通ります」

田端のこの主張に、

「しかし、骸に鬼面をつけて稲穂屋敷の仕業と見せかけ、長きに渉って怪異とされている屋敷をさらに貶《おとし》めたところで、瓦版屋が恰好《かっこう》の飯の種にするだけのことだ。この手の噂《うわさ》は時とともに消える。富山堂がディギターリスを我が物とするにはこのような生易しさでは到底無理だ。稲穂屋敷の塀は容易には乗り越えられない。富山堂の主はディギターリスと女の色香を餌《えさ》に阿芙蓉地獄に堕《お》ちた挙句のことのように思う。慈三郎の死は偶発であったとしても、ようは駒《こま》の一つとして使われただけだった――」

言い切った烏谷の首は大きく横に振られていた。

「慈三郎の死の因《もと》が何であったか、わたしは知りたいです。まだ殺しの証《あかし》は見つかっていません。その証さえあれば今後の調べも進み具合が違ってくるからです」

田端の言葉に、

――おそらくこれが手掛かりになるだろう――

季蔵は片袖に落としておいた、紫桃色の糸くずを挟んである懐紙を取り出した。

「これは慈三郎さんの骸の近くに落ちていた絹糸です。逢瀬《おうせ》のためにこの日訪れていたという、女と関わるものではないかと思います」

季蔵の指摘に、

「過剰な睦みで相手が息絶えた時、夫婦でもない限り、相手は誰《だれ》にも報せずその場所から立ち去るのが常ではないか？　その糸くずが決定的な殺しの証になるものかどうか――」

田端は首を傾《かし》げた。

「たしかにそうですが、ここにいくつもある張りぼての鬼面作りを頼まれた職人を見つけ出して、頼んだ者が分かれば、それが女だったら殺しが確定するのでは？　女はただの刺激的な色を売る女などではなく、稲穂屋敷を狙っている者たちの一味ということになりませんか？」

季蔵はきっぱりと言った。

「たしかに」

得心した田端は、

「やっと夜が明けてきた。早速調べるぞ」

番屋の腰高障子《こしだかしょうじ》を開けてまだ薄闇《うすやみ》が残る外に出ようとした。

「そりゃあ、ちょっと、旦那、酷ってもんですぜ」

松次が腹を押さえると、

「そうだな」

烏谷も突き出た腹部を撫《な》でまわして、

「腹が減っては戦ができぬともいう。これから塩梅屋《あんばいや》で朝餉《あさげ》を馳走《ちそう》になろう」

がははと笑って有無を言わせず、笑っていない目で、

「よいであろう、な、季蔵」

念を押した。

こうして四人は塩梅屋へと歩き始めた。途中烏谷が、

「豪勢な駕籠《かご》も悪くはないが歩きの方がなぜか疲れない。貧乏性ゆえであろうか？」

などと季蔵に話しかけたが季蔵はそれには応えず、

「今も稲穂屋敷が案じられます」

と気掛かりを洩《も》らした。

——実はあの屋敷に変事が起きていないかどうか、早く戻って確かめたい。お嵯峨さんの夢枕《ゆめまくら》に立つという前妻萩野《はぎの》様のこともある——

すると烏谷は、

「それなら案じるな。この一時そちと入れ替えるべく、稲穂屋敷の駕籠を蔵之進《くらのしん》のところへ迎えにやったゆえな。蔵之進は今頃、料理上手というお嵯峨の朝餉を心待ちにしているはずだ。そしてわしたちはそちの朝餉が楽しみだ」

表情が見えない細い目になるほど大袈裟《おおげさ》にからからと笑った。

塩梅屋に着くと、

「わしは離れの仏壇の前で一寝入りさせてもらうぞ。久々に長次郎《ちょうじろう》と夢の中で語らえるかもしれぬ」

烏谷は言い置いて、

「夜具は座布団を使うゆえ要らぬ。放《ほう》っておいてくれていい」

すたすたと裏手へと歩いて行ってしまった。これは烏谷らしい田端や松次への気遣いであった。自分が一緒では何かと窮屈ではないかと気をきかせつつ、

「しっかり腹を満たしてこそのお役目邁進であろうが」

とも言って激励した。

季蔵はまずは米を炊きはじめて、田端には湯呑《ゆのみ》の冷や酒を松次には温め具合を変えた、この時季ならではの甘酒を勧めた。田端は常と変わらず無言で呷《あお》り続け、松次は、

「いいねえ、甘さの中のそこはかとない酸味が、夜っぴいてのお役目の後の疲れを取ってくれるよ。あ、いけねえ、でもこいつを啜《すす》ったらまたまた腹が空《す》いてきた」

まだ湯気の出ていない竈《かまど》の釜《かま》の方をやや恨めし気に見た。

「実は飯寿司《いずし》ならすぐに召し上がっていただけます」

季蔵が思いついた飯寿司は樽《たる》に仕込んである。そろそろ食べ頃であった。

飯寿司は、魚と野菜を米麹《こめこうじ》に低い温度で四十日ほど漬けて作る菜であり、肴《さかな》にもな

り、飯のない時には飯代わりにもなるという便利な代物であった。教えてくれたのは奥州《おうしゅう》を行き来するという商人で、気温が低い、奥州沿岸部の地域に伝わる郷土料理で、元は漁師料理の一つであったのが広まったのだという。

「奥州では秋の終わりに漬けた飯寿司を正月頃に食べるのだと聞いたので、新年用に拵《こしら》えてみたんですよ」

季蔵は飯寿司の拵え方を記した紙を店に置いている。飯寿司に限らず、訪れた客に持ち帰ってもらい、家人や知人たちへの日々の料理に役立てばと季蔵は思っている。

以下のようなものであった。

鰯《いわし》の飯寿司

一、鰯はまず捌《さば》いて塩漬けにする。この鰯を水で洗い塩抜きする。この塩抜きの加減が味を決める。塩を抜きすぎると、味も無く保存も効かないが、多すぎると塩辛くなりすぎて風味が失われる。さらに薄めた酢で一日漬け、笊《ざる》に上げて水気をとる。
一、大根、人参《にんじん》、生姜《しょうが》を千切りにする。

一、樽をきれいに洗い、酒を内側に振っておく。
一、樽の内側に笹《ささ》の葉を敷き詰めて、大根、人参を入れ、塩、砂糖を振り入れ、鰯を並べ入れ、生姜、米麹、固めに炊いて冷ました飯を入れる。これを繰り返す。
一、樽に重石《おもし》をし、冷暗所で寝かし、漬かったころに水を切る。四十日くらい漬けておく。鮒《ふな》のなれずし等より匂《にお》いはおだやかで食べやすい。米の甘みと酸っぱさが絶妙で、魚は安価な魚を使っても仕上がりの美味は変わらず、冬場ならではの馳走といえる。

三

箸《はし》をとった松次は、

「下戸《げこ》の俺《おれ》にはお飯様って感じの食い物だよ。これだけで今日の朝餉は満足だ。冬場ならではのこの甘酒にも合うぜ」

お代わりを何度かした後、

「一品で青物と魚が一緒に摂《と》れるなんていいね。身体《からだ》が喜んでる。それにしても羨《うらや》ましいほど沢山作ったもんだね」

立ち上がると飯寿司が入っている樽の蓋《ふた》を取って目を丸くした。

「どうぞ、好きなだけお持ち帰りになってくださいませ。ただし、樽から出した飯寿司は保《も》って二日ほどですが」

季蔵は持ち帰りを勧めた。

「いいのかい？」

松次の顔が輝き、

「わしの分も頼む。飯寿司は妻の岡《おか》っ引《ぴ》きだった父親がどこでどう食したのか、とにかく大好物で雛節供《ひなぜっく》に作っていたそうだ。それでその好みを娘のお美代《みよ》も受け継いだ。だから、お美代は時折思い出したように作る。そのせいで、江戸の味ではないというのに子どもまで馴染《なじ》んでいる。とはいえ、お美代は料理下手なので今一つ味が決まらない。一つ、手本として塩梅屋のを持ち帰って食べさせてやりたい」

普段は肴や菜に無頓着《むとんちゃく》な田端が言った。

「わかりました」

季蔵は二人のために飯寿司を竹皮に包んで渡した。

「さあ、探すぞ」

店を出て行く田端の掛け声に、

「合点承知」

松次が勢い込んだ。すると、

「合点承知か――ここ何年と聞かなかった相づちよな」

珍しく田端が軽口を叩《たた》いた。

飯が炊きあがる独特の芳香が店に満ちてきた。

「よう寝た、よう寝た」

ふわーっと欠伸《あくび》をしながら烏谷が店の勝手口を開けた。

「おや、二人はもうおらぬのか？」

わざとらしく残念がった。

――お奉行の地獄耳は市中をくまなく探索したり、噂に通じているだけではない。

生まれつき持ち合わせている耳もいいのだ――

季蔵は田端と松次が出て行く油障子の開閉《あけしめ》の音を待って烏谷が起き出したことを知っている。なぜなら季蔵自身も耳はかなりよくて離れの烏谷の様子がわかっていたからである。

――わたしの場合、この耳が咄嗟《とっさ》に自分の命を守ってくれる。思えばあの稲穂屋敷の黒装束を斃《たお》した時も相手の息遣いが聞こえて、息を吐いた時に隙《すき》ができて小枝で応戦することができた――

「よく眠ったせいで腹はさらに減ったぞ、飯は炊きあがったことだし、早く何か食べさせてくれ」

ちなみに烏谷は嗅覚《きゅうかく》のよさは季蔵ほどではない。勝手口に立って中からこぼれてくる飯の匂いに気がついたにすぎない。

「まずは飯寿司をお召し上がりください」

季蔵は少しばかり説明すると、酒と一緒に鰯の飯寿司を勧めた。

「あつあつと飯が炊きあがっているというのにこれはないだろう。が、たしかに美味《うま》い匂いはしている。こやつはお涼や瑠璃《るり》への土産《みやげ》にいただこう」

烏谷は箸を取らなかった。

「それでは何か拵えましょう」

「手間をかけてすまないな」

一応烏谷は詫びて、

「富山堂慈三郎の骸の近くからそちが拾った紫桃色の絹糸は下手人のよき手掛かりになりそうだ。いやはやそちの目はまるで顕微鏡よな。これは長崎から数えるほどしか入ってきていない物で、どんな小さな粒も大きく見えるのだそうだ。千里眼ゆえ目は悪くないと自任しているこのわしもたいそう感服した」

畳みかけるように誉《ほ》めたてたが、

「いいえ、いいえ、お奉行様の千里眼にはとても敵いません」

季蔵は苦笑で返した。

——お奉行の千里眼の方はさまざまな報せや状況から起こり得る変事や悪事等を推測なさる才で、もとより畳に残った証を拾う目ではない——

「一品目はこれにございます」

季蔵は飯碗《めしわん》によそった炊き立ての飯に鯵《あじ》の開きの塩麹和《あ》えを添えた。これは仕入れた鯵が余った時の賄《まかな》い料理で、まずは干物にした鯵を焼いて身をほぐす。これを小鉢にとり、酒で緩めた塩麹で和えて一晩おくと、冷めた焼き鯵のぱさぱさ感が嘘《うそ》のように消えて、しっとりした旨《うま》みそのものの美味い鯵となる。三吉《さんきち》の得意料理の一つでもあった。

「驚くほど飯に合うな」

烏谷は一言そう洩らすと鯵の開きの塩麹和えを菜に飯を三膳《ぜん》平らげた。

——これも三吉が仕込んでおいてくれて助かった——

次に季蔵は椎茸《しいたけ》の軸の塩麹揚げを拵えた。これには椎茸の軸を捨てずに小指の先ほどの大きさにころころと切り揃《そろ》え、小鉢に入れて塩麹を加えて一晩寝かせておいたものが使われる。その際、塩麴のせいで水気が出る。小麦粉を水で溶いた天ぷらの衣に青海苔《あおのり》を混ぜ、水気を切った塩麴漬けの椎茸の軸を入れてからりと揚げて供する。

「こいつには飯というよりも酒だな。酒が合う。それも冷やだろう」

烏谷は湯呑で冷や酒を所望した。

三品目は江戸人の朝餉にふさわしい糸引き納豆であったが、納豆の塩麴和えにしている。長芋は皮を剝《む》いて小さく切り揃える。葱《ねぎ》は小口切りにする。小鉢に納豆、長芋、葱に醬油《しょうゆ》ではなく塩麴を入れ、よく和えて仕上げた。

「食べ慣れているただの納豆もこうして一工夫するとなかなか新鮮だ」

烏谷は目を細めた。

四品目は大根の葉の塩麴炒《いた》めである。大根の葉を小指の先ほどに切り揃えて、胡麻《ごま》油《あぶら》でしんなりするまで炒め、最後に塩麴、炒《い》り胡麻を加えてさっと手早く炒める。塩麴と大根の葉等が合うと水気が出るので、くれぐれも炒め過ぎないようにする。

「こうして出てくると大根の葉も椎茸の軸同様、なかなかおつな食べ物だ」

烏谷は満足げにため息をついてから、

「しかし、どれもよくも酒に合うものだと感心している。鰺の開きの塩麴和えは腹が減りすぎていたので飯に合わせたが、酒にももちろん合う。土産に貰《もら》っていく鰯の飯寿司とて肴にもなるだろうからな。不思議な相性だ」

ふと洩らした。

「それは――」

季蔵も同じで、かねがね思っていたことを口にした。

「鰯の飯寿司、鯵の開きの塩麹和え、椎茸の軸の塩麹揚げ、納豆の塩麹和え、大根の葉の塩麹炒め、この五品にいずれにも米麹、これに塩を合わせた塩麹が使われています。米麹、塩麹の元は米です。一方これらの品と合うご飯は言うに及ばず、酒とてやはり元は米です。米と米の相性がいいのは当然なのです」

「なるほどな」

烏谷は相づちを打つと、

「酒は格別な酒米と米麹と水が主たる元であったな。清流にも似た清酒はすでに米の形はしておらぬゆえ、つい忘れがちになるが、確かにこのつぶつぶの米麹が酒の仕掛けにもなっているのだな」

立ち上がって鰯の飯寿司の樽を開けるとしげしげと見て、

「しかし、この飯寿司や甘酒等に使われる米麹と新酒の銘品とではさぞかし質の上下があることだろう。名酒を造りだす米麹となるとさぞかし値も張ることだろう」

などとも洩らした後、

「もちろん土産にも貰っていくが、ここでも少しばかり食したい」

季蔵に鰯の飯寿司を皿に盛らせて再び箸を取った。

「米が酒になる、酒も米の裡《うち》、肴や菜を引き立てる米麹の元はもちろん米、どれも米、米、米、美味いはずだ」

烏谷の上機嫌な顔を見守りつつ、

――この無邪気なお顔の下に悪事、悪人たちとの駆け引きを交えた闘いへの画策を貪欲《どんよく》に模索しつつ、徹頭徹尾惚《とぼ》けて隠しておられるのだから敵わない。しかしその画策、一つ間違えば悪人たちの利に転びかねない危うさでもある――

蔵之進が今回の一件では烏谷の果たす役割が問題で、それには悪との談合をしているおそれが皆無ではないと疑っていることもあって、季蔵は複雑な想いでいた。

――お奉行だけは疑いたくないのだが――

そんな烏谷を送り出した後、季蔵は三吉を迎えて手早く仕込みを済ませると、烏谷が呼んで裏庭で待っていた稲穂屋敷の駕籠で屋敷まで戻った。

「何事もございませんでした。ただ――」

長瀬は口籠《くちごも》り、

「朝からお嵯峨が部屋から出て来ないのだ」

代わりに厨《くりや》で朝餉を拵えた様子の蔵之進はたすき掛けをしている。

「何か――」

季蔵は知らずと身構えていた。

「いや、賊の侵入はないし、中庭から部屋を眺めてみたが変わりはない。お嵯峨はぽつんと部屋に座っているだけなのだが、今までにはなかったことだけに気が揉《も》めていたところだ」

蔵之進の言葉に長瀬は大きく頷《うなず》いた。

――ともあれよかった――

季蔵はこれほど安堵《あんど》している自分に驚いた。

――富山堂の慈三郎さんがあのような亡くなり方をして、紫桃色の糸くずの持ち主が下手人として浮かび、稲穂屋敷で起きている一連の変事は長瀬様や、この屋敷の囚《とら》われ人同様のお嵯峨さんとは関わりがないとわかった――

この事実を早く蔵之進にも伝えなくてはと思った季蔵だったが、当人は長瀬に悟られないように目をぱちぱちさせた後、唇だけを動かして、

――その件ならお奉行から昨夜、呼び出しの駕籠にあった文《ふみ》で知らされている。俺

も安心した――

と告げてくれた。これは蔵之進が亡き養父から教えられた特技であり、烏谷からのお役目を通じてつきあいの長い季蔵も多少は会得している。

四

「それと実は――」

長瀬は切り出した。

「このお屋敷では年の暮れに米詰め鯉《こい》を屋敷の者全てが食して、厄を払い落すという習わしがございます。お嵯峨様があのようなご様子ですとそれが叶《かな》わなくなってしまいます」

「なにゆえです？」

――米詰め鯉？　聞いたことのない料理だがおそらくバテレン粥《がゆ》や信長餅《のぶながもち》同様、異国の宣教師がもたらした類《たぐい》だろう。しかし料理なら自分が代わって拵えるというのに――

季蔵は首を傾げた。

「鯉は池に棲《す》む野鯉《のごい》をそこそこの数使いますので」

長瀬はさらりと言ってのけ、

「野鯉とは何なのだ？　鯉は鯉ではないか？」

蔵之進は目を白黒させた。

野鯉は大陸から来た大和鯉と呼ばれる飼育型と異なり、河川、湖沼に棲む日本古来の純粋な野生種であった。

「もしやあの有名な琵琶湖《びわこ》の野鯉がこちらに？」

季蔵の言葉に、

「そうです、そうです、琵琶湖からこちらまで運ばせて当屋敷の池に放したと聞いております」

長瀬はうれしそうに頷いた。

「餌はやっているのですか？」

この問いには、

「いいえ。並みの鯉にしてしまってはいけない、琵琶湖で泳いでいた時のままにせよという、初代様のお言いつけでこの二百年以上、餌は一切与えてはおりません」

「それでは捕るのがむずかしいことでしょうね。まず撒《ま》いた餌には寄ってきませんから」

「ですので池に舟を出し、慣れた者が水の動きを見極めて網を下ろして捕るのです。野鯉は大和鯉ほど大きくないので、この屋敷の人数分、米詰め鯉をつくるには相当の数が必要になります。網は二、三箇所に下ろさなければなりません」

「網下ろしで鯉を捕る技もずっと受け継がれてきたのだな。だとしたら、何で今年に限って大晦日のその米詰め鯉とやらができぬのか？」

蔵之進が訊くと、

「鯉を捕る舟にはご主人様と奥方様がお乗りになる決まりになっています。前の奥方様の喪が明けぬ間は特例でご主人様お一人でしたが、今はお嵯峨様という方がおられます。とはいえあのような変事が起きている上、お二人もまだその仲を縮められておりません。それで今年はどうしたものかと正直頭を痛めております。口伝《くでん》では似たようなことがあったのは有徳院《ゆうとくいん》（八代吉宗《よしむね》）様の時で、幸いにも倹約令が出ていましたので、それに添った形で米詰め鯉を食さず新年を迎えています。ただし、その口伝には続きがあって、米詰め鯉なしで迎えた新しい年にはこの屋敷に大惨事が起きています。井戸の水に毒が入れられて何人もの奉公人が亡くなってしまったと。そんな前例がありますとやはり、ここは何とかしなければと――」

長瀬は頭を抱えた。

季蔵が見つめると、蔵之進の目が頷いた。

――そもそもその目的で相手は話しているのだ――

季蔵の方へ俯いて蔵之進は僅《わず》かに唇を動かした。

今度は季蔵が目で頷いた。

「そのお役目、こちらがお代わりいたそう」

蔵之進が言葉を改めた。

「そこまでしていただいてよろしいのでございましょうか？」

長瀬の顔に喜色が浮かんだ。

「もとよりお奉行様がこの場におられてもそう申されるであろう」

蔵之進は重々しく言い添えて、

「有難い、これほど有難いことはございません。ご主人様は皆に厄が降るのを止めるためなら、自分一人でも舟に乗るとおっしゃっていましたが、それでは代々の家訓に反してしまうだけではなく、池の上とはいえ水の上、いつ変事に襲われぬとも限りません。まことに有難きご配慮にございます」

深く頭《こうべ》を垂れた。

季蔵と蔵之進はお嵯峨の部屋の縁先に立った。蔵之進が作った朝餉の膳の前にお嵯峨が座っているもののその顔は青ざめきっていた。

「お嵯峨さん」

季蔵が呼ぶとお嵯峨は縁側へと出てきた。

「お二人して山茶花《さざんか》を観《み》にこられたのですか？　今時分は珍しい赤い八重咲きの山茶花が盛りですから」

お嵯峨の方から差し障りのないことを口にしてきた。

「いや、気にしているのはあちらの方です」

季蔵は蔵之進が拵えた朝餉の膳の方を見た。膳の上には炊いた飯に葱の味噌《みそ》汁《しる》、焼いた塩引き鮭《じゃけ》に沢庵《たくあん》がのっている。手が付けられた様子はない。

「まあ、よくある今頃の市井の朝餉だ。京風の菜には敵うべくもないがな」

蔵之進が洩らすと、

「いいえ、お膳のせいではありません。毎日三度は必ずあるとわかっていて、自分から言い出したお役目だというのに、放り出してしまって申し訳なく思っています。この通りです」

お嵯峨は蔵之進に向かって頭を垂れて、

「今からいただきます」

膳の方へ向かおうとした。

「無理はするな」

蔵之進は止めて、

「さらなる悩み事はやはりあの萩野様と関わってのことですか？」

季蔵は訊いた。

「ええ」

お嵯峨は大きく頷いてから、

「萩野様はお二人おいでです」

思い切ったように告げた。

――一人の死者に二霊もついているというのか？――

「それはまたどういうことです？」

思わず季蔵が問うと、

「昨夜の萩野様はいつもの萩野様ではありませんでした」

「それはまたどのように違ったのか？」

蔵之進が身を乗り出した。

「今までの萩野様はあたしや実家のことを案じてくださっている様子でした。ところが昨夜の萩野様はこの先、怖い目に遭《あ》い続けて殺されることは目に見えている。あの化け物にいいようにされて身籠る前に、自ら首を括《くく》ってはどうかと勧めてこられたんです。〝その方が来世で幸せになれる〟とおっしゃったんです。白装束はいつもの萩野様と同じでしたが、化粧が濃かったように見受けられました。あれは霊などではなく人です、女の人です」

お嵯峨はきっぱりと言い切った。

――それはたしかに恐ろしいことだ――

季蔵は生きていた頃の長次郎も盆や彼岸の頃、〝怖いのは霊ではなくて生きている人だよ。霊の方が怖いという輩《やから》はよほど後ろめたいことを他人《ひと》様にしているのさ〟と繰り返し言っていたことを思い出していた。

「それでこの屋敷の中に萩野の霊を装った女が潜《ひそ》んでいると思い、部屋に引き籠ったというわけだな」

蔵之進の言葉に、

「他に身を守る策は思いつきませんでした」

と洩らしてお嵯峨は頷いた。

すると蔵之進は、

「わかった。このまま部屋を出ないように。長瀬様に事情を話してここを見張らせることにするゆえ、どうか安心するように」

そう言い置いて季蔵を促して縁先を離れた。

縁先から客間のある屋敷の母屋へと向かう途中、

「急ぎ長瀬様に確かめてお願いしていただきたいことがあります」

季蔵はお嵯峨を守りきるためには欠かせない調べについて蔵之進に話し、

「わかった、なるほどな。だがそこまでのことをするとなるとなかなか手強《てごわ》いぞ」

相手は緊張の面持ちで頷いた。

それから二人は再び長瀬を呼び出して客間で向かい合った。事情を聞いた長瀬は、

「そんなことが――」

絶句して肩を震わせた。そして、

「すぐにお嵯峨様の部屋を何人かで見張らせてお守りいたします」

忙《せわ》しく廊下を行き来してから座に戻った。

「それだけでは足りない」

「ならば見張りを増やします」

「そういうことを言っているのではない。これには主の前妻萩野の死の真相が関わっている。よもや萩野の死は自害などではあるまい」

声高な物言いで蔵之進は長瀬を見据えた。

「いえそんなことは――」

顔を俯けた相手に、

「少し前の黒装束のような敵がその気になってかかってくれば、年老いた者が多い見張り役など一たまりもなくなる。犠牲の者たちの墓が増えるのは主も喜ばぬはず。ここは萩野の死の真相こそ、主、お嵯峨の身の安全、ひいてはこの屋敷の安泰につながるのだ」

蔵之進は理の通った説得を続けて、

「そのためにはどうか萩野の墓を調べさせてほしい。首を括って死んでいた萩野については語らずともよい」

と頼んだ。

五

この日の夜更けて、

「重いお役目ゆえ四、五日は帰らぬとおき玖《く》には言い置いてきた」

　そう告げた蔵之進と共に季蔵は屋敷の裏手にある墓地へと向かった。

　長瀬からはすでに鍵《かぎ》を渡されていて、

「墓地の隣にある蔵は蔵ではなく墓です。そこでも死者は供養されています。奉公人たちは普通の墓ですがご主人様のご家族は違うのです」

　言葉少なく説明されている。

「普通、墓は各々の家で継がれ守られています。そして埋葬された骸の上に墓石が置かれるものです。どうしてこのような蔵の中が墓なのか――」

　首を傾げる季蔵を尻目《しりめ》に、

「ようはここは特別で代々の主の墓なのだろう」

　蔵之進は器用な手つきで蔵の錠前を開けた。

　蔵の中は外よりもずっと暖かかった。棺桶《かんおけ》ではなく長持に似た棺《ひつぎ》が幾つも置かれていて、それぞれ数字だけが刻まれていた。二人は萩野の棺を探した。現在の主は十三代なので十三、室の印と思われる桜が彫られている。季蔵は十三、桜と刻まれた蓋を開けた。

　洗い清めたとしか見受けられない綺麗《きれい》な白骨が横たえられている。特有の臭気はほとんど感じられない。哀れにも、生前出産を前に用意していたと思われる襁褓《むつき》や赤子をあやすための玩具《おもちゃ》が添えられていた。

「これは洗骨という儀式を経たものだろう。骸はまず腐り果てて骨になるまで土葬にされる。ここではおそらく奉公人たちの墓地の一角に、骸を一時埋めておくためだけの埋め墓があるはずだ。真っ白な骨になって、死者が避けて通れない穢《けが》れを浄化してはじめて、長く子孫に繁栄をもたらす、祖霊として成仏するという信仰だ。こうした前提に基づいて穢れの浄化をより徹底させるために洗骨がある。この話は養父より聞いていたが、こんなところで遭遇するとは思ってもいなかった。洗骨は琉球《りゅうきゅう》等の遠い南国の地で伝えられてきた特別なものなのだから」

蔵之進は驚きを隠せず、

「それを言うならこの長細い棺にも馴染みがありません。たとえ公方《くぼう》様でも棺桶で座られたまま、あの世へ旅立たれるはずだからです。ただ以前、長崎奉行をしていた主が出島《でじま》で亡くなった異人の棺桶は四角く長かったと話していました。ですからこれは異人流でしょう」

季蔵も同様で、

「しかし、今はそんなことより――」

「そうですね、それが先決でした」

二人は萩野の白骨の首の骨に目を凝らした。

「一、二、三、四、五、五か所も折れています」

季蔵が告げると、

「するとこれは――」

蔵之進はごくりと唾《つば》を呑《の》み込んだ。

「間違いなく何度も首を絞められて殺された痕です。自分で首を吊《つ》ったのではほぼ一か所しか、骨が折れていないのがほとんどですから」

季蔵は言い切り、

「そして殺された痕は萩野の実家の手前、隠された――」

蔵之進は呟いた。

「いくらこの屋敷の者たちの生死をお上に報せずともよくても、お実家《さと》には理由を告げないわけにはいかないでしょうから。おそらく長瀬様は萩野様の骸をすぐに死装束に着替えさせ、首元の絞めた痕を隠して通夜《つや》を迎えたはずです。とはいえ、御主人様の心痛のほどは自害の方が殺害に比べて深かったと思われます。そこまではあの忠臣の長瀬様も思い至らなかったのでしょうね」

季蔵はため息をつき、

「自害も殺害も身近な愛《いと》しい命が失われたことに代わりはない。こんなところに輿入《こしい》れさえしなければ命はあったはずだと、主は真から思い悩んでいて孤独に苛《さいな》まれつつも、前に踏み出せないでいる。何ともいたわしいことだ」

蔵之進も同じ思いのようで、

「長瀬に首を括って死んだ萩野について語らずともよいと言っておいてよかった。おかげでこちらも殺しだったと改めて告げる必要がない。主やお嵯峨を守るために徹底して探して萩野の似非《えせ》幽霊を見つけ出すまでだ」

と断言した。

「それしかありません」

季蔵は力強く同調した。

この後、

「ここは何やら匂いませんか？」

知らずと季蔵は鼻をうごめかしていた。

「それは言わずと知れたことだ。洗骨はしてあっても骸ならではの臭いは完全には拭えない、それもこれほどの数の主や家族たちの棺がここにあれば――」

蔵之進の応えに、

「その手の臭いではなく、熟れた米のような、そう、米麹の匂いがしています」

季蔵は壁に貼《は》り付いて匂いの出所を見つけようとし始めた。

「そんなことをしても——ここはそもそもが墓なのだぞ」

蔵之進は止めたが、

「でも、匂いが」

季蔵は止めず、とうとう一番奥の突き当たった壁に鼻を押し付けると、

「ここですよ、ここ」

蔵之進を手招きした。

二人は最奥の壁に貼り付いたままになった。

「たしかにな」

蔵之進はとんとんと壁を拳《こぶし》で叩いて廻《まわ》って、

「ここはやけに壁が厚いが音が鈍い。鉄などではないな。これは籾殻《もみがら》の音だ。ここにはどれだけの量の籾殻が詰まっていることか——」

確かめた。

「ならば」

季蔵は腹ばいになって蔵の土間の匂いをも嗅《か》いだ。

「ここからも匂っています」

蔵之進を真似《まね》て土間を叩いてみると、やはり籾殻がみっちりと詰まっている音がする。

「そもそもが――」

蔵之進は最奥の壁だけではなく、四方の壁を手あたり次第に叩いて廻って、

「この蔵は四方八方を籾殻で包まれている。包むというよりも埋まるほどの量の籾殻だ」

と叫んだ。

「これはいったい何だ？」

蔵之進の言葉を受けて季蔵は、

「ここが最初に見つけた匂いが一番強かった場所です」

最奥の壁の前に連なっている棺に注目した。蓋に刻まれた数字は見当たらず中は白骨ではなく、鉄の重い玉が一つずつ入っている。そうした棺を壁から取り除いた後には、城や大きな屋敷、富裕な商家等にはありがちな隠し扉が見つかった。ただし錠前は掛かっていて当然、そこを開ける鍵までは渡されていない。

「まさか、このような場所の半地下に麴室があるとはとても信じられない」

季蔵は狐《きつね》に抓《つま》まれた思いで洩らした。

「何だ、麴室とは？」

「麴を作るところです。暑くてむしむしする夏場ならば麴はたやすくどこででもできます。けれども酒造りは冬場です。暑くてむしむしを好む麴を育てつつ、冬場に適した酒造りをするのです」

季蔵は知り得ていることを口にした。さらに、

「とすると、ここには年老いた奉公人たちの中に酒造り職人の杜氏《とうじ》たちまでいて、夏と冬を行ったり来たりして酒造りまでしているいうわけなのか？」

畳みかけるように問われたが、

「さて、そこまではわかりません。わたしにわかっているのは、酒造りには広い醸造場が要り様なことだけです。ここで酒造りまでしていたら、もっと特有な匂いがあちこちでしていることでしょう。ああ、でもこれほど広いお屋敷ですと、まだわたしたちが足を踏み入れていない、知らない場所があってもおかしくありません」

季蔵はそう応えるほかはなかった。すると、

「この屋敷には秘密が多すぎる。そしてそれが人の尊い命や運命を脅かしている。俺

はここに残って一日中、まずは酒造りの有無を含む、麴室までがなにゆえあるのかを突き止めるゆえ、そっちは萩野の幽霊に化けて忍び込んだ女を追ってくれ。おそらく富山堂慈三郎を狂わせて殺したも同然という女と関わりがあるだろうから」

蔵之進は言った。

こうして季蔵は最も簡単な朝餉、米麴と唐辛子を混ぜた柚子《ゆず》胡椒《こしょう》風味の卵かけ飯と、蕪《かぶ》と若布《わかめ》の米麴入り味噌汁を皆に用意してから稲穂屋敷を出た。

まだ辺りは薄闇に包まれている。

——あの鬼面を頼まれた張りぼて職人は見つかったろうか？　見つかっていたらお奉行から何らかの報せが来るはずだから、まだ手がかりは何もないということなのか？　早く確かめたい——

季蔵は懸命に走った。

あのような蔵の墓や棺を見て麴室さえ探し当ててしまったせいもあるのだろう、季蔵は自分でも気が立っているのか、それとも急《せ》いているだけなのかわからなかった。

六

長く走って南八丁堀《みなみはっちょうぼり》にある松次の家に着いた時はすでに朝で、

「塩梅屋です」

季蔵が小ぢんまりとした平屋の戸口に立つと、

「こりゃあ、珍しいね」

襷《たすき》を掛けた松次が迎えてくれて、

「今ちょうど好物の唐芋飯が炊きあがったところなんだよ、よかったら食っていかねえか。本職のあんたほどじゃあねえが、俺も好物作りについちゃ、下手の横好きでね、味はそう悪くねえと思う」

と朝餉を勧めてくれた。

唐芋と飯が同時に炊きあがる甘い香りに鼻腔《びこう》を直撃された季蔵は、走り通してきたこともあって猛然と空いた腹が暴れ出して鳴った。

「あんた、朝飯まだみてえだしよ」

松次にもその音は聞こえている。

「よろしいんでしょうか」

「何言ってんだ、いつも馳走になってんだ、こんなもんしかねえが、たまにはあんたの腹の虫によろしく伝えてくれねえと困る」

「ありがとうございます」

季蔵が頭を下げて礼を言うと、

「ま、上がってくれ」

松次が家の中に招こうとするのは断って玄関口に腰を下ろした。

「それじゃ」

松次は一度厨へと戻ると、炊き立ての唐芋飯にべったら漬け、ほうじ茶を盆に載せて季蔵の目の前に置いた。

「いただきます」

季蔵は箸を取った。

「おっ、このべったらは甘酒に漬けましたね」

――遠くからほんのりと塩気が感じられる――

季蔵が独特の甘みを噛《か》み締めていると、

「こいつは甘酒に漬ける前に七日間塩漬けしといた大根を塩抜きするんだ。その塩抜きの加減がむずかしくてね。抜きすぎると甘味が今一つなんだよ」

などと松次は他愛もない話をして、ほうじ茶が啜られるのを待って、

「あんた、朝早くから何を急いでるんだい？」

切り出しやすくしてくれた。

「市中が稲穂屋敷のことで持ちきりです」

季蔵はまずは外堀から固めていく。

――わたしは骸検めに呼ばれるし、塩梅屋で松次親分や田端様から事件を聞かされて意見をもとめられることは多々ある。けれども料理人のわたしが隠れ者でもあり、お奉行の命で、調べ廻っていることを知っているのは蔵之進様ぐらいのものだ。この守らなければならない秘密のために、今、わたしは自分が動く理由を、松次親分に〝なるほど〟と納得してもらわなければならない――

「派手に書き立てるからばんばん瓦版が売れてるしねえ」

「やはりあの上千屋《かみちや》の娘さんの稲穂屋敷入りが瓦版買いに火をつけましたね」

「評判の小町娘で気立てもいいお嵯峨って娘が、あそこの酒呑童子《しゅてんどうじ》の嫁にされるなんてえんだからな。俺も嫁いだ娘がいるんで身に沁《し》みて気の毒でなんなかったよ。お嵯峨に比べりゃ、姑《しゅうとめ》苦労なんぞ苦労の裡に入らねえってね」

松次は洟《はな》を啜った。

「上千屋白右衛門さんが血も涙もない父親だとか、実は外にできた娘だったから、商いの失敗を埋めるために売ったんだとか、いろいろ書き立てられて上千屋さんも大変でしょうね」

「それにしてもあんたも熱心に瓦版を読んでるじゃねえか？」

松次のこの指摘には一瞬ひやりとしたが、

「それはもう。ここまで大きく日々書かれていると、おいでになるお客様方の口にも上りますから。知っていないと相づちが打てません」

季蔵はさらりと躱《かわ》して、

「ところで鬼面の出処《でどころ》はわかりましたか？　どこでどう洩れたのか、稲穂屋敷の料理人で自害した老爺《ろうや》が被《かぶ》っていた鬼面と、阿芙蓉死した富山堂慈三郎の面が同じもので、どうやらこの二つの事件には稲穂屋敷が絡んでいると瓦版は騒ぎ始めています。稲穂屋敷の悪評が立てば上千屋さんだけではなく、実家のために嫁入りを決めたお嵯峨さんまで罪人扱いされかねません。せめてこれだけは止めたいと思わずにはいられません。それで気になってならず鬼面の件が知りたくなったのです。あの鬼面さえ稲穂屋敷と関わりがないとわかれば、世間の屋敷への悪感情をこれ以上、募らせずにすみますから――」

松次の同情心に共感してみせた。

「そうさね、たしかにその通りなんだが――」

口籠った松次は、

「言っとくが俺たちだってぼんやりしてたわけじゃあねえ。あの鬼面を拵えた張りぼて屋には辿《たど》り着いた。そいつときたら老舗《しにせ》の傘屋みやた屋の倅《せがれ》で卯太郎《うたろう》、下手物《げてもの》と決めつける親の手前、張りぼてを作ることは、こっそり裏で引き受けて小遣い稼ぎしてたってぇ寸法だ。だから、見つけるのは苦労だったね。そいつが言うにはあの鬼面作りを頼んできたのは富山堂慈三郎に間違いねえんだと。慈三郎を描いた絵を見せてそう言ったんだから確かさ。そこで手掛かりはぷつんと切れた。それでも俺たちは諦《あきら》めずに紫桃色の糸くずの出処を探そうとはしてる。稲穂屋敷のことがあれこれ取沙汰《とりざた》されてるだけに、何とかしようと思って、糸屋や組紐屋《くみひもや》、呉服屋と軒並み回ってるんだがまだ何にも摑《つか》めねえでいる」

口をへの字に曲げた。

「御馳走様でした。これからもよろしくお頼みいたします」

季蔵は礼を言って松次の家を出た。

行先はみやた屋である。

店先には傘がずらりと並んでいて、手代らしき者が洗いざらしの小袖に袴《はかま》をつけた、いわゆる傘張り浪人と称される浪人者と向かい合っている。浪人の納めた手間仕事である、傘の骨に張った傘を広げて幾ら幾らと値を告げている様子であった。

「ご覧になっているのは出来合いの傘です。てまえどもの仕事場は隣りにございまして、そちらでは注文の傘だけをお作りしております」

にこやかに話しかけてきた番頭らしい者に、

「若旦那様にお上の使いできたと伝えてくれ」

季蔵はわざとぞんざいに告げた。

「またでございますか？　もう終わった話では？」

番頭らしき男は露骨に嫌な顔をしたが季蔵が店の中の床几《しょうぎ》に腰かけて、粘る様子を赤裸々に示すと、

「若旦那の卯太郎様は裏手にある二軒の仕事場のうち、左手の方においでです。声をおかけしてまいります」

まずは自分が裏手へと廻って戻ってくると、

「どうぞ」

仏頂面で告げた。

季蔵は言われた場所の戸口に立つと、

「過日詮議した岡っ引き松次に代わって今一度聞きたいことがある」

と言い放って油障子を開けた。

ぱっと目についたのは天井まで届く大きな鐘《かね》であった。卯太郎は土間に膝《ひざ》をついて
その仕上げに余念がなかった。
——誰かに似ている、そうだ——
卯太郎は上千屋の京助《きょうすけ》よりも背が高く、がっしりしていたが年齢《とし》の頃や醸し出す雰
囲気が似ていた。人を寄せつけない怒りのようなものが全身から溢《あふ》れ出ている。
「鬼面のことで話をまた訊かせてください」
季蔵は知らずと頼む物言いになっていた。
——こういう手合いはこちらが腰を折らないと口を開かない——
「人の命が掛かっています」
そのとたん卯太郎の手が止まった。
——卯太郎さんは何かを隠している——
確信した季蔵は、
「あなたに鬼面を頼んだ富山堂慈三郎さんが亡くなられたことはご存じでしょう？
これ以上命が奪われないためには、どうかまだ話していないことを話してください。
命が救われるか否かはあなたにかかっているのです」
夢中で続けたが、

「松次親分に話した通りです。俺は頼まれて拵えた。頼んできた相手が死んだ富山堂の主だっていうのも親分から聞かされるまで知らなかった。多少は店の方を手伝わないとおとっつぁんの機嫌が悪いんで、見ての通り忙しい。帰ってください」

とだけ言い、卯太郎の筆は再び動き出した。

「この鐘は舞台の『安珍《あんちん》・清姫《きよひめ》』に使われる大道具ですね」

季蔵は卯太郎が色付けしている巨大な鐘に目を向けた。

能や歌舞伎《かぶき》で演じられていた〝安珍・清姫〟とは、紀州道成寺《きしゅうどうじょうじ》にまつわる伝説を脚色したものである。清姫との恋に落ちかけながらも、仏法を心身で究めようとする安珍は清姫のもとから逃げ出す。裏切られた清姫は大蛇に変化して日高川《ひだかがわ》を渡って安珍を追い求めた挙句、見つけ出した道成寺で鐘ごと安珍を焼き殺すという筋立てであった。

七

――もうこの手しかない、しかし、まだこの手がある――

季蔵はこの時ほど二ツ目松風亭玉輔《しょうふうていたますけ》でもあった、長崎屋《ながさきや》五平《ごへい》とつきあいがあることを幸いと思ったことはなかった。五平は時折、好んで『安珍・清姫』玉輔流を噺《はな》してくれていたからだった。

　――お嵯峨さんのことはこの五平さんから託された、だからもうこれは五平さんが救ってくれる定めなのだと信じよう――

「『安珍・清姫』には清姫が村の掟《おきて》により嫌々旅の僧を家に泊めたので、大蛇にされたとする話もあるそうです。まるで稲穂屋敷の主の元へ行かされたお嵯峨さんのように――」

　思い切って玉輔流の噺の大要を口にした。すると卯太郎は、

「面白い話をするね、たしか京助も似たような話をしてた。俺と京助、それぞれおとっつぁんの古臭さにうんざりしてる。清姫は大蛇にさせられたっていうの、京助も言い出してて俺もそれ、新しくてなかなかいいと思ってました。老舗に生まれて締め付けの多い俺たち、何かと気が合うんですよ――」

　上千屋京助とは気脈が通じ合う幼馴染《おさななじみ》で、妹お嵯峨の稲穂屋敷行きに心痛を抱えるようになり、憤懣《ふんまん》へと高まっていったと告げてから、

「妹さん想いだったからね、京助は。それでとうとう、どうしてもお嵯峨さんをあの化け物屋敷から取り戻すんだって思い詰めるようになってて、〝助けてくれるっていう人たちがいて、稲穂屋敷を嫌う人たちを沢山集めてくれてるから、妹を助け出すこ

とができそうだ〟って言って、あの鬼面作りを頼まれたんです。何でも〝今にも増して世間様に稲穂屋敷を嫌わせる役に立つ〟って言ってたんで引き受けたんです。妙に陽気な富山堂の主が京助の言ってた助けてくれる人たちの頭《かしら》だと思ってました。亡くなってしまったと聞かされて、京助はこれから誰に頼るんだろうかって、ちょっと心配になってきてたところです」

鬼面つくりの真相を話してくれた。

「富山堂さんのほかに京助さんの言う〝助けてくれる人たち〟に心当たりはありませんか？」

季蔵は反射的に訊いていた。

「誰かまでは言ってなかったけど、羅生門河岸のちぐさって店にも強い伝手《つて》があるんだと——女郎じゃない女とも——」

これを聞いた季蔵は、

——確か羅生門河岸は富山堂さんが通うようになってしまった悪所だと大番頭さんが言っていた——

「ありがとうございました」

卯太郎に礼を言ってすぐに羅生門河岸へと向かった。

——ちぐさには紫桃色の糸くずの落とし主がきっと居る——

羅生門河岸は吉原《よしわら》の外れにひっそりと見世《みせ》が建ち並ぶ一角ではあったが、屋根瓦《やねがわら》等手入れの行き届いていない小さな遊び処が連なっていて、まさにさびれきった見世の長屋を想わせた。

季蔵は以前、烏谷とそこを訪れたことがあった。烏谷が立ち寄ったのは体裁こそ見世ではあったが、大年増《おおどしま》の女将《おかみ》が一人で切り盛りしていて、二人は水茶屋で落ち合って話をする時同様に二階に通された。水茶屋と異なった点は客は二人だけで、烏谷が偽名を用いていたこともあり、秘密の話をするにはもってこいの所だった。

幸いなことに何人かの女たちが外に出て客引きをしているちぐさは遊女見世の体をなしていた。女たちは濃い化粧の下に重ねた年齢を隠していた。季蔵は見世に入るとまず金を払って見世の主に会いたいと頼んだ。

「それじゃ、ここじゃ、そういう決まりになってるんでもう一人分——」

結果二人分の金を払わされて季蔵は女将の部屋へと通された。稲穂屋敷やお嵯峨の話は一切せずに、紫桃色の糸くずを見せて一言、これには人の命が掛かっているのだと言うと、

「それは大変だね」

四十歳の半ばは過ぎている様子の女将は、白粉《おしろい》で塗られたやや長めの首をしならせて俯くと片目をつぶって見せた。

「命っていうのはあんたの女の命なんでしょ」

なじるような物言いだった。

季蔵の頭に瑠璃とお嵯峨、二人の女の顔が浮かんだ。

「あんたみたいないい男にあたしも惚《ほ》れられてみたいよ」

女将は皺《しわ》に白粉がめりこんだ顔を向けて、剝《む》きだせば黄色い歯を見せないようにして微笑《ほほえ》んだ。

「いいえ」

季蔵は首を横に振った。

「女でも男でもなく、昔、世話になっていた人の命です」

「ふーん」

相手はなおも疑わしそうに何度もしなを作りながら首を傾け続けたが、季蔵はさらにはもう金を積まなかった。すでに二人分で財布は空だったからである。澱《よど》んで重い沈黙が五百ほど数え終えるまで続いた。

「これに思い当たる人はいませんか?」

思い余った季蔵は紫桃色の糸くずを見せて訊いた。

「それなら半年ほど前からここに出入りしてた古着売りのお勢《せい》さんだと思うよ。古着なんてもん、ほかで幾らでも安く買えるんだけど、ここに来た時、あたしゃ見世の女たちの繕いもの一切をしてくれるんで、贔屓《ひいき》にしてやってたのよ。あの人はどんな縫物でもその紫桃色しか使わない。白無垢《しろむく》だって糸の色を見せずに縫えるって自慢してた。たしかにいい腕だったたし、あたしらは只《ただ》で繕ってもらえて大助かりだった。そういやぁ、このところ見かけないね。浅草観音で見かけたって聞いたけど。人がいっぱいいいるんだもの、あそこでどっさり売りさばけたんじゃないの？　まさか、あのなりふりかまわないお勢さんがあんたの女だとは思わないけど、そうなりゃしばらくはここへも来ないか、これっきりよ」

女将は投げ出すような物言いで締め括った。

――あの浅草観音で稲穂屋敷の料理人の骸を見つけた古着屋が富山堂さんをたぶらかし、京助さんにも取り入っていたとは――思ってもみなかった。そこそこの商いができて、荷を楽々と担ぐ体軀《たいく》と力の持ち主に見えた。素朴な女だと感じた。それがそうではなかったとは――

季蔵はがんと一発頭を殴られたような気がした。

──骸を見つけて番屋に届け出た当人なら、鬼面を被せることをはじめとするどんな細工も骸にできたはず、一瞬たりともあの古着屋を疑わなかった。何という不覚──

季蔵はちぐさを出ると浅草観音等、縁日や祭り、市の類一切を取り仕切っている香具師《やし》の元締め龍三《りゅうぞう》の元へと走った。龍三とは烏谷を介して面識があり、立派な門松に迎えられて門を入ると、松飾りや睨《にら》み鯛《たい》が鎮座している玄関口まで、初老とは思えない堂々たる体軀で赤い顔の龍三が出てきた。

「お奉行からの頼みです」

と要件を切り出すと、

「わかった、わかった。まずは上がって呑んで今年の厄を落としてくれ」

すでに仲間と呑んでいて、出来上がりかけている龍三は酒を勧めてくれたが、

「これに応えてくれないと厄は落とせません」

きっぱりと断ると、

「お奉行様からの厳命なのです。古着屋のお勢について応えてくださるまでここを動けません」

玄関の上り口に正座して動かなかった。

「お、お奉行様の厳命とは――」

龍三は一挙に酔いが醒《さ》めた様子で、

「今すぐ浅草寺一帯を任せている文太《ぶんた》を呼んでくる」

酒盛りしている客間へと戻って行った。

ほどなく龍三と一緒に季蔵と向かい合った文太は、

「古着屋お勢なら半年前、急に俺んとこへ来て浅草観音でどうしても店を出したいと言った。出店は今までの祭りや縁日なんかの売り上げで決まるんで、新参者は駄目だと断ったんだが、金を出してもいいからこの日に店を出したいという。よほど安くて客が飛びつく見栄えのいい品でも仕入れてるんだろうと俺は思った。所場代は前だけではなく後にも払うってから、それならってことで許した。それがあんな騒ぎになっちまって――。お勢は鬼面の骸が見つかった日、半日古着を広げてただけでいなくなった。もっとも古着は残ってたんでそいつを金に換えさせてもらって、約束の後金はいただいた。損はなかったけれど何ともおかしな話だとは思った。おおかたあそこで骸を見つけたんで同じ場所で商いを続けるのが嫌になったんだろう。そいつは俺にもわからないでもねえがな」

薄笑いを浮かべた。

——骸を殺されたように見せかけて鬼面まで付けさせ、番屋に届けてわたしたちを呼んだところまでで、お勢は役目を果たし終えていたのだ——

季蔵はお勢の芝居に見事に騙《だま》され続けていたのがまだ悔しかった。

「お勢さんの住まいは？　行方は知りませんか」

季蔵はどうしてもお勢を見つけたかった。

「知らねえよ。でもね——」

文太は思い出したことがあったのか話を続けた。

「お勢の隣で商いをしていた漬魚屋の娘が何日かしてお勢を見かけたっていってたな」

「どこで？」

「えーと、湯島《ゆしま》だ。漬魚屋で魚を麹漬けにするために、湯島にある麹屋美麹《びこうじ》へ米麹を買いに行った時、店から出てくるお勢の姿を見たって。お勢が商っていた古着の中にひときわ目《ひ》を惹く真っ赤な椿《つばき》模様が見事な京友禅《ゆうぜん》の着物があったんだそうだ。娘がうっとり眺めていると〝これは人目を惹くためにわざと目立つとこに置いてあるのさ。本当は売り物じゃないんだ。だって、これが似合うのはあたししかいないからね〟とうそぶいていたそうだ。だから、あんなことがあって、お勢がいなくなるのと同時にその着物もなくなっていたから、お勢が次の商売のために持っていったんだと思ったんだと。だからその着物を着ていたのはお勢に間違いないって、娘は言ってた。もういいかい？」

文太がそう言うと、もうこのへんでご勘弁をという顔で龍三が軽く頭を下げ、文太を促して奥に引っ込んでしまった。

八

――古着屋お勢、麹屋の美麹全之助《ぜんのすけ》、上千屋京助がつながった。京助が幼馴染に洩らしていた助っ人とはこの二人だったのだ。それにしてもまたしても――

全之助がこの件に関わっていることなど露ほども考えていなかった季蔵は、

――迂闊《うかつ》だった――

歯噛みしたくなるほど悔しい思いで龍三の家を出た。

すぐにも行って確かめておきたいところがあったが、すでに昼が過ぎていた。三吉に仕込みの手順を教えなければならない頃合いである。

――今日は京風に青いところも使って、焼き葱、牡蠣《かき》と葱のてんぷら、和え物は葱と烏賊《いか》のてっぱい、おから、薄くず汁、葱尽くしにでもしようか。どんな変事がどこで起きようとも人が食べ続けて命を保つことだけは変わらない。食はありとあらゆる理不尽への最大の守りなのだ――

そんな感慨を抱いて塩梅屋に戻ると、

「さっき、お涼さんが来て季蔵さんにって、これを置いてったよ」

三吉が三枚の絵を並べた。

――瑠璃が描《か》いたものだ――

「去年、湯治に箱根《はこね》へ行った時のことを思い出したんだろうって。でも何だか怖いよね、この絵、どれも」

――箱根というからにはこれらは芦ノ湖《あしのこ》に伝わる龍神伝説を絵にしたものだ――

一枚にはおどろおどろしく恐ろしい龍神が、海から空へと飛翔《ひしょう》しようとしている全身が大きく描かれている。もう一枚には小舟に乗せられている姫御前姿の若い娘が、今にも水に呑まれようとしているのに毅然《きぜん》とした面持ちでいた。

――これは飢饉《ききん》や天災の折、人柱に選ばれた庄屋の娘が龍神の生贄《いけにえ》にされる様子を描いたものだな――

不思議なのは三枚目であった。龍神の下半身が人の男で足も二本ある。正直ますます怪異であった。しかしその横で姫御前姿のまま娘が微笑んでいた。その様子は寄り添ってでもいるかのように幸せそうに見える。

季蔵は龍神の面を被る稲穂屋敷の主とお嵯峨をこれらの絵に重ねていた。

——瑠璃もそのつもりで描いたのだろうが、いったいこれに何の意味があるというのだろう——

季蔵には見当がつかなかった。

——今、わかっているのは稲穂屋敷にさらなる変事が降りかかるだろうということだ。それを止めるためには——

仕込みを終えた季蔵は上千屋へと向かった。店の前は閑散としている。迎えた佐吉《さきち》は挨拶《あいさつ》代わりに、

「瓦版とは文字の石礫《いしつぶて》でございますね。あることないこと書きたてられますとこの通り、客が寄り付きません。船が難破して積み荷を失ってしまったものの何とか店が持ち堪《こた》えているのに、今度は瓦版禍《か》でこんな店に先はないと、一人、また一人と奉公人たちが毎日のように暇をとっています。上千屋始まって以来の恥辱だと旦那様は大変にお嘆きです」

泣き声に似た掠《かす》れ声で言った。

「白右衛門さんの持病の方はいかがなのでしょう?」

「今のところはいただいた薬で何とかしのいでおられます」

「でしたら至急、白右衛門さんに伺いたいことがあります。話していただかないと上千屋の恥辱だけではすみません。稲穂屋敷へ行かれたお嬢さんが命を落とすことになるとお伝えください」

季蔵は端的に要件を告げた。

「何ですと? あの天女のようなお嬢様にもしものことがあるですと?」

驚いて青ざめた佐吉は奥へと走って白右衛門に取り次いでくれた。

季蔵と向かい合った白右衛門は、

「あなたがおいでにならなければ、そしてお嵯峨が特効薬を都合してくれなければわたしの命はここにはもうなかったはずです。そんなお嵯峨の命がわたしよりも先に奪われてしまうなど、到底、あってはならないし耐えられるものでもありません。ですからどうか何なりと訊いてください。わたしは格のある老舗を担ってきたという誇りや店の看板、ご先祖様からの家訓などより大事なのは何だったのか、今やっとわかってきています。この店やわたしのためにその身を挺《てい》してくれた娘のお嵯峨です。お嵯峨より大事なものはもう何もありません」

　きっぱりと言い切った。

「稲穂屋敷にある代々の主たちの墓は蔵の中にありました。その蔵の四方八方の壁や床は分厚く籾殻が詰まっていました。独特の匂いがして、わたしは造り酒屋さんで一度見せていただいたことのある、麹室ではないかと思い当たりました。稲穂屋敷は酒造りまで手がけているのでしょうか？」

　季蔵は単刀直入に切り出した。

「やはりそうだったのですね」

　白右衛門は驚いた風もなく頷いて、

「酒造りには一にも二にも麹と言われています。麹と蒸した米を根気よく混ぜ合わせていって酒にするわけですが、麹が甘酒や味噌、醤油等に適しているものですと、どんなに力を尽くしてもそこそこの酒にしかなりません。それほど名だたる酒を造るのは大変で麹にかかっているのです。さて、この麹ですが昔々稲作が伝わって、米を口で嚙んで酒にしていた時期はごく短く、かなり古くから酒造りに使われてきました。昔の人は麹の元の黄麴（コウジカビ）を見つけたのでしょう。米による酒が工夫されてほどなくのことだと思います」

そこで一度言葉を切って、

「稲作伝来後今に至るまで、五穀豊穣は農耕を糧《かて》とするこの国の長や民の願いでした。飲みかわす酒は働き手の日々の疲れを癒《いや》し、人と人とのつながりを堅固にするだけではありません。お神酒《みき》は豊穣神に捧げる最高の供物です。儀式にも欠かせないものとなりました。その酒の元になるのが麹であるとしたら、神なる麹があってもおかしくありません。それこそ、農耕の神である櫛名田比売《くしなだひめ》や、保食神《うけもちのかみ》の頃からです。そして、やがては神武《じんむ》天皇から続いてきた天子様方を仰ぎ見るように――」

と続けた。

――ということはもしや――

季蔵は仰天した。

「まさかその麹が今もまだ引き継がれてきているとでも？」

思わず季蔵の口から言葉が出ると白右衛門は頷いて、

「麹の引継ぎは長い長い月日を経て開府を機にこの江戸で行われてきたという話は父より聞かされていましたが、それがあの稲穂屋敷だとまでは知りませんでした。ああ、あそこは神なる麹屋敷でもあったんですね」

声を震わせた。

「稲穂屋敷ではその神なる麹で神なる酒を造っているのでしょうか？」

「まだ、あなたの問いに応えていませんでしたね。造られているのは麹だけだと思います。理由はおそらく稲穂屋敷の使命が麹の引継ぎ、麹の守りだけだからだとしか申し上げられません。もっともこの神なる麹は毎年、国中の酒屋、造り酒屋、果ては味噌屋、醬油屋等の守り神として、津々浦々まで届けられています。どのようにしてあの屋敷から持ち出されて届けられるのかも、それが対価に結びついているものなのかどうかもわたしは一切知りません。そもそもあなたに聞かされるまで、稲穂屋敷で神なる麹が引き継がれていることも知らなかったわけですから。今申し上げたことに嘘偽りはないのです」

白右衛門は精一杯声を張った。

「わたしのほかに稲穂屋敷の神なる麹について知っている、よからぬ輩がいます」

季蔵は相手を見据えた。

「お心当たりはありませんか？」

「特には――ああ、でも、あの時のあれは――」

うろたえかけている白右衛門に、間髪を容《い》れず、

「麹屋美麴の全之助をご存じでしょうか」

季蔵は念を押した。

「名までは覚えていませんでしたが、わたしの話を聞きたいというので訪れたのが麹屋美麹だったと思います。驕《おご》って会わなかったのではなく、麹屋というのが引っ掛かって会いたくなかったんです。昔は麹屋は酒屋とは別にあったとされていますが、人目をはばかる忍びの副業にすぎず、四百年前、足利《あしかが》将軍の頃から酒屋に取り込まれてしまいました。ようは麹屋は忍びの子孫です。風見鶏《かざみどり》のように節操なく、利をもとめて行き来する者たちで、外見は真っ当な商人《あきんど》でも内にはその魂を持ち合わせているはずなぞもありません。そんな相手に教える酒の話などありはしませんよ」

白右衛門は口をへの字に曲げたがそのとたん、胸を押さえて苦しみはじめて、慌てて季蔵は佐吉を呼んであの特効薬を飲ませて休ませた。

佐吉と二人になった季蔵は今、白右衛門から聞いた話をかいつまんで話して、

「これはとても白右衛門さんには申し上げられませんでしたが、息子さんの京助さんはおそらくたぶらかされて亡くなった富山堂慈三郎さんや、たぶらかした古着屋お勢を通じて、麹屋美麹や全之助さんをご存じのはずです。ここを訪れたという全之助さんはどんな様子の方でしたか？」

確かめずにはいられなかった。

「どういう特徴のない江戸市中には多い四角い顔で、年齢は四十歳ほど、ありがちな小商いの主然としていました。ところがわたしが旦那様の断りを告げると、血相が変わって顔までも、頬骨《ほおぼね》の飛び出たぎょろ目の見るからの凶相に変わりました。何やら怒鳴っていましたがてまえの知らない言葉でした。旦那様は会わなくてよかったと思いました」

と佐吉は応えて、

——やはり、あの全之助さんも忍びだったのだ——

そんな相手だとは知らずに親しく楽しく話していたことを思い出すと季蔵は背筋が冷たくなった。

——わたしへの偵察も含めて、敵たちはこちらのことを余すことなく知っていた——

九

立ち上がりかけた季蔵は佐吉を頼みの綱と見做《みな》したかった。そこで、

「見も知らぬ相手を助けと信じてきた京助さんは稲穂屋敷への反感を、最後には正面からぶつけるつもりなのだと思います。そして、妹さんのお嵯峨さんを屋敷から奪い

返そうとしているのではないかと――。赤子の頃から見てきたあなたなら何とか京助さんを諫《いさ》められませんか？」

と言ったのだったが、逆に、

「若旦那様はお嵯峨お嬢様があなたに託された翡翠《ひすい》や珊瑚《さんご》まで持ち出されてしまわれました。きっと欲深い奴《やつ》らに渡すよう言われたのでしょう。てまえはこのところ、年の内には絶対、稲穂屋敷をぶっ潰《つぶ》してやる、やれるんだとうそぶく若旦那様が恐ろしいのです。若旦那様は大好きだった妹を奪った稲穂屋敷への恨みを募らせ過ぎて、すっかり悪い奴らに騙されてしまっているんです。てまえの言葉などもう決して耳には入りますまい。お願いです。どうか、何とかして若旦那様の目を覚まさせてください」

佐吉に片袖を摑まれてすがりつかれてしまった。

その足で稲穂屋敷へと戻ると、

「お待ちしておりました」

長瀬が駆け寄ってきて、

「わたくしたちは約束したここの役目を果たさなければならぬようだ」

身支度を済ませていた。

役目というのはあの米詰め鯉のためであった。

「今年も残り少なくなってまいりました。そろそろ野鯉を捕らなければなりません。その前に一度舟を出しておいただかなければなりません。翌日に支障が出ぬように鯉の網下ろしをしておくのです。それにおつきあいいただくのも、お引き受けいただいたお役目にございます。もちろん毎年ご主人様方にも二日続けてお乗りいただいております」

長瀬の言葉に、

――何ともめんどうなしきたりではあるが、この屋敷の者たち全ての野鯉を確保しておくためのようだ――

蔵之進の唇が動いた。

「それとこれは申し忘れましたが今日はそのままでよろしいですが、お一人は明日はご主人様の形《なり》をして面をつけていただき、もうお一人はお嵯峨様、ゆくゆくは奥方様の様子をなさっていただきます。よろしいですね」

長瀬に念を押された。

――俺は女の姿になるより龍面の方がましだ――

先手を打ってきた蔵之進に、

――仕方ありません――

季蔵は女装を余儀なくされることとなった。

こうして二人は長瀬と網を仕掛ける奉公人たちと共に舟に乗った。奉公人たちがてきぱきと仕事をこなしていく間、長瀬は、

「わたくし、たっての頼みをお聞き届けいただけたお二人の退屈しのぎと、この屋敷の米料理についてのいろいろを、口伝で伝えられている者から聞いてまいりました。その者によると稲作はこの国や南方ばかりではなく、西洋にも起こる大飢餓、戦争、大感染病等の折、米は高い収穫量を認められて備えられてきたとのことです。最も熱心だったのはバテレンの本場の国の僧でどうやら、かなり寒くても育てることができるよう、熱心に米作りが研究、改良されていたようです」

などと語る一方、

「この屋敷に水田はないので池を代わりにしていますが、屋敷のために稲作を行っているかの土地では、田に張った水の中で鯉が飼われています。そしてかの土地では米の収穫の折に米詰め鯉が食されています。どうやらバテレンの本場の国でもこのように食していたようです」

不思議な米食いについてよもやまを言い添えた。

この間、二人は舟から池の真ん中に聳《そび》え立つ城のような塔を見据えていた。

――ここにはきっとさらなる秘密が隠されていますね――

季蔵が蔵之進を真似て僅かに唇を動かすと、

――そうだ、この稲穂屋敷が徳川《とくがわ》幕府と共にこのようであり続ける理由が、あそこへ行き着けばきっとわかる。そしてそれこそ、今の変事を起こしている元凶なのだ――

応えた蔵之進は俯き加減に目配せして、

――明日、米詰め鯉とやらの夕餉を終えたら俺たちだけであの塔へ上ろう。舟は漕《こ》げるか？――

と問いかけてきて、

――何とか――

ずいぶん昔、侍だった頃、主の望みで奥方の退屈しのぎにと、毛色の変わった舟遊びに付き合うよう命じられた際、習っておいてよかったと季蔵は思った。

――よかった――

上機嫌の蔵之進はにこにこと笑って、

「お話、なかなか蘊蓄《うんちく》深く面白く拝聴させていただいた」

長瀬に手厚く礼を言った。

その日の夕餉が茶で締め括られた時であった。三度の膳の後、ほうじ茶の支度に限っては使用人たちが交替で行っている。

「味がいつものようではありません」

一口啜って混ぜられているものがあることに季蔵は気がついた。

湯呑を手にした蔵之進は素早く立ち上がると茶の中身を、部屋の金魚鉢に一滴垂らして、金魚の様子を凝視していた。金魚はすぐに動きを止めたが、白い腹を見せて浮き上がってはこなかった。

「猛毒ではない」

蔵之進はまずは安堵して、

「毒使いでは毒見で気づかれると懸念して、奉公人たちをも共に眠らせ、てっとり早く始末をつける策だろう。いよいよ敵が乗り込んできた」

と告げた。

――従来の敵ならば奉公人に化けて茶に眠り薬を仕込むなど朝飯前のはず――

頷いた季蔵は奉公人たちが集まって摂っている夕餉の間に、蔵之進は主とお嵯峨各々の部屋へと駆け付けた。

「長瀬様が欠伸ばかりなさるので今、寝所へお連れしたところです。何だか今日はやけに眠いですなあ」

長瀬付きの奉公人がふわーっと欠伸の大口を開いた。他の者たちも同様に舟を漕ぎはじめている。そのうちにがくりと頭を垂れて寝入ってしまう。まるでこの屋敷ごと眠りに包まれていくかのようだった。

——これはこれでよいのかもしれない——

主に仕えて広大な屋敷のために砕身粉骨してきた老いの近い奉公人たちが、鍬《くわ》や鋤《すき》、箒《ほうき》や雑巾《ぞうきん》等ではない武器を手にして闘えるとはとても思えない。

——眠らされているこの人たちを我らが守らなければ——

そう決意して誰にも何も語らずに蔵之進が走った。主とお嵯峨の部屋へと急いだ。何と二人は寝入ってなどいなかった。お嵯峨の部屋に主と蔵之進がいた。

「いつもと茶の味が違うゆえお嵯峨にも飲むのを止《や》めさせた」

はじめて聞く主の声は凛《りん》としてすがすがしかった。刀は主の手にもある。

「覚悟はできております」

お嵯峨は日々道場で打ち合うことになった時、主から拝した木刀を守り神のように抱きしめていた。

「これさえあればあたしも——」

——しかし、木刀では——

季蔵が危惧《きぐ》した時、さらさら、さらさらという衣擦《きぬず》れに似た音が近づいてきた。

——中庭から聞こえる。この部屋はもうすでに取り囲まれているのだ——

中庭に面した側の障子がすーっと音もなく開いた。黒装束の賊たちに取り囲まれている。季蔵は咄嗟にその数を十五人までは数えた。

「江戸市井の者たちに代わって、長きに渉《わた》り酒池肉林の限りを尽くしているという化け物酒呑童子の退治に参った。我らこそは渡辺綱《わたなべのつな》とその仲間たちの生まれ変わり、邪鬼討ち党である」

首領らしき一人が口上を述べた。その声や切れ長の目は全之助のものではあったが、季蔵の知っているのどかで小心者の麴屋の主とはほど遠かった。

「京の昔の酒呑童子は仲間もろとも毒酒に倒れて首を討ちとられたというが、当世江戸の酒呑童子は眠り薬を盛った茶を飲まなかったとは気の毒だ。そのせいで化け物成敗を心ゆくまでさせてもらえる。思い切り邪悪な鬼肉を切り刻むことができようというもの、楽しみよな」

全之助は酷薄に笑って見せた。

首領を挟んで右に京助、左にお勢と想われる女が黒装束に身を包んでいる。京助の方は過度に緊張していてしきりに瞬《まばた》きをしているが、お勢は瞬き一つせず、溢れる女の妖気《ようき》を冷ややかに放ち続けていた。

「京助兄さん」

お嵯峨は京助に気がついた。

「兄さんなんでしょう？　どうしてこんな恐ろしいことをするの？　信じられない。あたしが不幸に見える？　ご主人様はしきたりで面をつけているだけなのよ。それによく見て。鬼面などではなく龍面でしょうが。人であるご主人様と酒呑童子は何の関わりもありません。だからこんなことは止めて。止めてください」

なおも諭し続けようとするお嵯峨の頬を、

「うるさいっ、もう黙ってっ」

お勢がお嵯峨の頬を一撃した。張られたお嵯峨の口から血が流れるのを見ると、

「やめろっ」

京助が怒鳴ってお勢の肩を摑みかけた。するとお勢は一瞬にして京助の手を後ろに捩《ね》じり上げた。

「もう用済みだし、殺《や》ってしまいましょうか？」

歌うように言って全之助を見た。

「まあ、これが済むまでは生かしておけ。役に立つことがあるかもしれないからな」

全之助が顎をしゃくるとお勢は京助の口に手ぬぐいを噛ませ、

「わんわん吠《ほ》えられちゃ、うるさいからね」

犬でもつなぐかのように柱に縛りつけた。

うーうーっと京助がわめいて足をばたつかせると、

「この馬鹿」

お勢はやにわに刀の切っ先を京助の足首に突き立てた。

「止めてっ」

この時はじめてお嵯峨は怒りを込めた目でお勢を睨んだ。

十

「兄さん」

お嵯峨が木刀を手にして柱に走り寄ったのと黒装束たちが一斉に刀を抜いたのとはほとんど同時だった。すぐに主も刀を抜き放つ。

──これはいかん──

蔵之進の唇が動いて刀を抜くと全之助に斬《き》りかかって中庭へと飛び降りた。季蔵も続いた。敵は全之助も含めて中庭へと誘導されていく。斬り合いが始まった。蔵之進は黒装束を一人、二人と斃していく。ただし手練《てだ》れ中の手練れである全之助とはまだ刀を交えていない。

——あちらを頼むぞ——

蔵之進の唇に託された。

季蔵は斬りかかってきた相手を躱し、その手首をしたたかに叩き、刀を落とさせると、その刀を拾い上げ、応戦しながら柱のある部屋の方を見続けていた。主は柱の前を動かずお嵯峨兄妹を守る形で闘い続けている。動ける範囲が決まっているという負い目があるにも拘《かか》わらず、主の剣さばきは見事で無駄がなく、今のところは黒装束たちを柱に近付けていない。

——とはいえ——

蔵之進と季蔵の応戦ぶりに意外にも中庭が劣勢になったと気づいた全之助は部屋へと跳びあがった。躊躇《ためら》うことなく主が一撃した。その刹那《せつな》、のけぞり捻《ひね》って躱しかけた全之助の手にしていた刀が躍った。主が膝をついた。振るわれた刀の勢いが頭に響いたようだった。季蔵は主のつけている龍面にひびが入っているのを見た。主を襲った全之助は、「おおおお」と叫びながらどうとその場に斃れつつ、「こ、これだけで終わるものか」と断末魔の声を発して絶命した。この時、中庭では蔵之進が最後の一人を斃していた。

「ご主人様」

お嵯峨が主に駆け寄った。

「しっかりなさってください」

縦にひびの入った龍面をつけた主の頭をお嵯峨が膝の上で抱いている。

「わたしは今幸せだ。たとえ死んでもいい。どうか、このまま、このままで」

主は懇願するように呟いている。

「このままでもちろんあたしはかまいません。あなた様はあなた様ですから。あたしはずっとあなた様が、面をおつけになるお顔のことであたしに疑いを抱いているのが悲しくてならなかったのですから。またそのようなお疑いであたしの心がはかられるのも本意ではなかったのです。でも、今あなた様は面の下に怪我《けが》を負われています。治さねばお命に関わる大事になりかねません。あなた様であればどんなあなた様であってても愛おしくてならない、このあたしにこそ、面を外させていただきとうございます」

この時、季蔵の頭の中に瑠璃の絵が閃《ひらめ》くように浮かんだ。

その絵はお嵯峨と端整な顔立ちの若い男が寄り添っている様子が描かれていた。男が主とわかったのは引き裂かれかけた龍面が秀でた額まで引きあげられていたからだった。

「しかし、この面だけは――」

渋る主に、

「大丈夫です。御無礼ながらそのお役目、わたしがさせていただきます」

季蔵はひびの入った主の龍面を慎重にしかし素早く外した。蔵之進は目を瞠《みは》ったが、お嵯峨は顔色一つ変えなかった。

「お心のままのお顔です」

と言って微笑むと、薬箱を取りに立って主と兄の手当てを済ませた。

しかし、またさらさら、さらさらという音が近づいていた。屋敷の裏手の高い塀をいとも簡単に乗り越えて、何十、何百ともしれない黒装束たちが乗り込んできた。

――まさに全之助の怨念《おんねん》の音だな――

季蔵は死を覚悟した。多くの忍びを敵に回して勝てることなどまずあり得なかった。

その時である。星月夜の光を浴びて赤、橙《だいだい》、黄、緑、青、藍《あい》、紫と七色に輝くものが、夜空を埋めた。しきりに羽ばたいて飛んでいる。この屋敷の何箇所にもある森と言ってもいい深い林の中から一斉に飛び立った鳥であった。

「ここで時折、みかける異国の鳥だ。たしかインコという名で、遠いさまざまな異国からはるばる来て飼われているものの、不自由な籠《かご》飼いを好まずに逃げ出すものが多いと聞いている。それにしてもこの屋敷にこんなにも多く棲みついているとは思わなかった」

そう言って主は夜空を見上げた。

「綺麗ですね。まるで紅毛渡りの更紗《さらさ》眼鏡（万華鏡）みたい」

お嵯峨が呟くと七色に輝く鳥たちが示し合わせでもしたかのように、屋敷の裏手へと飛んで行った。ほどなくぎゃーっ、ぎゃーっ、助けてくれ、助けてくれという、耳をつんざく人の声がこだまし続けた。

さらさら、さらさらは止まり、黒装束たちが屋敷の建物に入ってくる気配はない。

――いったいどうしたことか？――

季蔵と蔵之進は中庭《にわ》から裏手へと走った。それから起きた事実はあまりに稀有《けう》すぎて見ていた二人にも俄かに信じ難かった。鷲《わし》でも鷹《たか》でも鳶《とんび》でさえない、草木の実を主食とするインコが人を襲うことなどできるのか？　しかし今、目にしているのはインコの嘴《くちばし》が正確な武器となって、黒装束たちの目を口を突き続けている様だった。中には頭巾《ずきん》の上から頭に嘴を深く立てるものもいる。追い払われても追い払われてもインコたちは七色の攻撃を止めようとはしない。

「うわーっ」

「これはたまらん」

片目から血を流しながらやっと黒装束の一人が裏門の鍵を外した。黒装束たちは一人残らず門を目指して走り、外へと逃れ出て行った。夜空を見上げるとすでにもう鳥たちはおらず、空は星だけが輝いていた。何人もの黒装束がその場に斃れていなければ、とても真に起きたこととは思い難かった。

深夜、季蔵は烏谷の元へと走った。

「終わりました。屋敷においでになればおわかりになることでしょう。ただし、ご主人様は――」

主がこの陰惨な死闘について、長瀬以下奉公人たちには報せてほしくないと言っている旨を伝えた。

「明日、いやもうそろそろ今日、米詰め鯉とやらの馳走が振舞われるそうなので」

季蔵の説明に、

「わかった。こちらもその方が好都合だ。すぐにそれとわかるものはこちらで始末しよう。それからわしも今から行く」

大きく頷いた烏谷は身支度を調えた。途中、番屋に寄って急ぎ多人数の小者の手配がされた。こうして明け方までには全之助を含む黒装束たちの骸が屋敷から運び出された。最後にここに居てはまずい、傷を負った京助は駕籠で上千屋へと送り届けられて行った。

「このたびは大変世話になった。世話になったうえ、さらに頼みごとをするのはいかがではあるが、池に舟をだしてはもらえまいか？　奥とともに池にでたいのだ」

主は傍らに控えているお嵯峨を見遣《みや》った。お嵯峨は奥と呼ばれたことに頬を赤く染めて俯いている。

「頼む。鯉はすでに昼のうちに伊沢殿と季蔵さんが獲《と》ってくださったから形だけになってしまうが、襲われる恐れが去った今、御先祖様がお定めになった家訓を守りたいのだ」

あろうことか主はお嵯峨と共に、烏谷、蔵之進、季蔵に頭を下げた。

烏谷ははじめて龍面をつけていない主の顔を見、声を聞いた。

――稲穂屋敷の主としての矜持《きょうじ》だな――

三人は顔を見合わせた。

舟は季蔵が操ることになった。薄靄《うすもや》が立ち上る水面《みなも》を主とお嵯峨を乗せた舟が進む。池の中央でしばし止まり、やがて岸に戻ってきた。

「礼を言う。そして、礼を言うだけではなく、何かできることをしたい」

そう言った主とお嵯峨の顔は晴れ晴れとしていた。

「そうおっしゃってくださると有難い。是非とも池に立つ塔の中をお見せください」

烏谷が願い出ると、

「それでは存分に。あそこには何もないがそのままにせよ、近づくなと長きに渉って伝えられてきたはずなのだが――」

主は怪訝《けげん》な顔で鍵を渡してくれた。

季蔵が舟を漕いで蔵之進と烏谷が乗った。

石で造られた塔に辿り着いて天守閣を模した最上にまで上ったが何もない。下りて舟が見えてきた時、突然烏谷は、

「目指すは地下かもしれない」

と言い出した。

――あるいは――

半信半疑で季蔵たちは地下への入り口を探して奥へと歩いた。すると、

――これは――

奥の岩と岩で造られている石壁の間から紫桃色の糸くずが覗いている。その部分を押してみた。仕掛けがあるのだろう、重いはずの岩戸が難なく開いた。

「確かめなければ」

烏谷は意外な敏捷《びんしょう》さで岩戸の中へと滑り込み、季蔵、蔵之進と進んだ。石階段を下りて地下へと進んで行く。

「これは――」

お勢がうつ伏せで息絶えていた。全之助との示し合わせでお勢はここを探す役目を果たしていたのだろう。

――とはいえ、いったい何を？――

そこには主がいう通り何も無かった。お勢の手には何も握られてはいなかった。誰かと争った様子もない。

しかし烏谷は、

「これだな」

季蔵に手燭《てしょく》を近づけさせた。そこだけが見事な御影石《みかげいし》が嵌めこまれていて以下のように彫られていた。

騰雲院殿隆厳長越大居士

清瀧寺殿前三州達岩善通大居士

「これはあの悲運のお方、大権現《だいごんげん》様のご嫡男松平信康《まつだいらのぶやす》様のお戒名お二つだ。騰雲院殿隆厳長越大居士とあるのは遺髪を五輪塔に納めて祀《まつ》ってある古刹江浄寺《こさつこうじょうじ》のもの、清瀧寺殿前三州達岩善通大居士は大権現様が信康様の菩提寺《ぼだいじ》となされた清龍寺《せいりゅうじ》のものだ。信長《のぶなが》公に届けられて首実検された首は後日、首塚として若宮八幡宮《わかみやはちまんぐう》に奉ってある。やれやれこれでやっと大目付様とのお約束が果たせた」

そう烏谷が満足そうに言い切った時、季蔵は急に立ち込めてきた異臭に気がついた。

「これはいけません」

季蔵は二人を促して階段を上り、ギィーッと鈍い音を立てながら閉まりかけている岩戸の隙間から這《は》い出た。岩戸は開いて一定の時が経つと毒気を放たせて閉まるように仕掛けられていたのだった。

「危ないところでした」

季蔵の言葉に、

「俺はもうお陀仏《だぶつ》かと思いましたよ。まさか最後の最後までこんなに危ないお役目とは思っていませんでした」

蔵之進は恨み事を口にして、

「二百年以上も昔のことながら、権現様のご嫡男で舅《しゅうと》の信長公に母の築山《つきやま》殿ともども謀反《むほん》を疑われ、自害させられた信康様のことは知っています。ですからせめて、松平信康様の御戒名がいったい今、何を意味するのかということは教えていただきたいものです」

と詰め寄った。

「自害したとされている信康様は実は生きていて、権現様がこうして稲穂屋敷の主として永遠にお隠しになられたのだ。あるいは築山殿からの懇願であったかもしれぬ。それゆえ稲穂屋敷の初代主はこの信康様である。太閤秀吉《たいこうひでよし》が亡くなった後も関ヶ原《せきはら》で決着がつくまでは、権現様も忍びを忠義の徒として信康様に従わせていかなる時の変化にも関わらせなかった。農耕を行わせたかの地さえも川に挟まれていて行き来がままならぬ場所にし、屋敷同様高い石塀を築かせた。忍び同士で徒党を組んだり、忠臣面して信康様に要らぬ時勢のことを吹き込む者は徹底的に見張らせて消していったはずだ。こうして徳川幕府とともに信康様の稲穂屋敷は完全に守られてきたのだ」

「奉行所の記録をはじめとするありとあらゆる記録に残さぬのもそのためですね」

烏谷は首肯し、

「信康様の奥方様は信長公のご息女だった。信康様が自刃に追いやられようとしたのはご息女による父信長公への讒言《ざんげん》だったと言われている。としてみるとあの美味な兵糧《ひようろう》菓子がこの屋敷に信長餅として伝えられてきたのも頷ける」

烏谷は意味深長な物言いをした。

――たしかに。当初は信長公から作り方の文と共に贈られたものであったかもしれない。そして、信康様が世を忍んで厚遇される稲穂屋敷の初代になるに至っても腹持ちがよく力のつくその美味さゆえに作られ続けた。美味な食べ物は敵味方を超えて受け入れられる。それでもあえて〝信長餅〟と名付けたのは愛息信康様を死者とみなして、その直系たちを永遠に日陰の身とさせざるを得なかった権現様の無念の表れなのだろうか――

季蔵同様に考えた烏谷は、

「〝信長餅〟の由来はさんざん無理難題を押しつけてきて、どのような非道に対しても折れざるを得なかった信長に対して、〝ならばいずれは食うてしまうぞ〟という権現様の強い想いだったのかもしれぬな」

独り言ちた。

そして、

「一方で、忍びたちの中では、草がそよいで風を伝えるようにこの話を伝えられてきてしまっている。それゆえ今回のようなことが起きる。全之助を名乗る忍びが先祖の稼業でもあった麴屋となり、神なる麴を自在に操って酒造りから酒問屋、小売の酒屋、ひいては居酒屋まで掌中におさめようなどという大悪事を仕出かそうとした。そのために上千屋の倅まで巻き込んで信康様とそのご子孫を根絶やしにしようとしたのだ」

烏谷は全之助の悪を糾弾した。

「大目付様とのお約束とは？」

季蔵の追及に、

「呟いただけだが聞こえておったかの。稲穂屋敷には諸役、軍役、運上金、冥加金《みょうがきん》などを納める義務もなく、参勤交代、ようはつきあいというものがない暮らしぶりも、多少の贅沢《ぜいたく》に限られるので大名ほど派手ではない。たしかに富は溜《たま》っている。だがそれは表向きのことで、神なる麴による莫大《ばくだい》な対価は幕政に多大に寄与してきた。それでもまだ足りないという向きのお方が御老中方の中にはおいでになって、稲穂屋敷を訝《いぶか》る向きの意見も出てきていたそうだ。わしはこのお方が今回の黒幕であると思っておる。上千屋の難破とて商いにくわしく、商人たちともよしみを通じているこのお方ならやってのけられるはずだ。このお方は信康様が初代だなどというのは真っ赤な嘘で、偽物がなり替わっていて、大恩恵を受けてきたなどとも言い放っているそうだからな。そんな不逞《ふてい》の輩ならばいっそ取り潰してしまい、幕政に組み込んでしまえばさらなる寄与になるのではないかとも――。まあ、稲穂屋敷は屋敷ごとの天一坊《てんいちぼう》を疑われていたわけだ」

烏谷は淡々と応えた。

「それでお奉行様がその見極めを仰せつかったのですね」

蔵之進の言葉に、

「証付きの見極めだ。しかし、まさか、大目付様からお受けした時はこれほど難儀が待ち構えていようとは思ってもみなかった。二人には本当にすまなかった。この通りだ」

烏谷は頭を垂れて、

「それにしても稲穂屋敷の口伝にはまいった。主はきっともう何代も前からあの塔の地下のことは知らぬであろう。もちろん奉公人たちもな。だが考えてみればあのような恐ろしい仕掛け、わからぬ方がよいことはよい」

と続けた。

「黒幕は全之助たちにあそこを探させて、何か証が出てくればそれを隠してしまい、稲穂屋敷を似非と見做して取り潰せると企んだのでしょう」

季蔵は知らずと歯噛みした。

――これだけの騒ぎの元凶になったというのにその黒幕にまでは咎《とが》は及ばないとは

――

舟から下りた季蔵を待っていた長瀬は、

「鯉は鱗《うろこ》を取り肝の類も外して水洗いが済んでいます。米は塩と胡椒、当家の米麴を入れてお嵯峨さんが炊き上げたところです。これに刻み芹《せり》、胡麻油で炒めた刻み葱、柚子の汁を加え、卵の黄身とたっぷりの米麴も入れてよく混ぜ合わせます。これを鯉の腹にぱんぱんに詰めます。輪切りの柚子とマンネンロウ（ローズマリー）を載せて石窯《いしがま》で一刻《とき》（約二時間）ほどじっくりと焼き上げます。七輪で焼く魚とはまた違った格別な旨みとコクが味わえます」

と米詰め鯉が出来上がりつつあることを報せてくれた。長瀬たちは深夜に起きたことについては、主が弾みで転んで石に当たり、龍面が割れ、首筋にわずかな怪我を負ったと知らされている。他は何も知らずにいる。

「よろしかったらお奉行様もお召し上がりになっていってください」

長瀬に誘われた烏谷は、

「もちろん。楽しみだ。ただし、こちらの方も特上を頼むぞ」

盃《さかずき》を傾ける仕草をした。

「となりますと白い血（白ワイン）ということになりましょうが」

長瀬は当惑顔になり、

「そんな気の利いたものがあるのか？」

烏谷はきらりと目を輝かせた。

「まあ、ございます」

「それではそれを頼もう」

「しかし、元は米ではございません」

長瀬は米に拘っている。

――米詰め鯉は神なる麹料理、その味を引き立てているのは、昔からずっと引き継がれてきた神なる麹なのだからな――

「ならば、いっそ酒も白い皿も所望いたそう。どちらも存分に飲む」

烏谷の言葉に、

「それはそれは何よりでございます」

長瀬はやっと笑顔になった。

この後、米詰め鯉を味わった季蔵は、

――信康様が生きておられた頃は国が閉ざされてなどおらず、バテレンが禁教の徒とも見做されず、海を渡ることも渡って訪れ来ることも許されていた。この屋敷とその味はまさにそうした自由で混沌《こんとん》とした頃の名残りなのだ。鎖国の中でのさらなる鎖国の味が鎖国前の味だったとは――

感慨深くこの貴重な料理を味わった。

稲穂屋敷の静謐《せいひつ》は保たれた。以後、主が再び龍面を作らせて着けているものなのか、外してしまっているかについては季蔵は知らない。

「深慮の鑑《かがみ》のような権現様は信康様の配下にした選《え》りすぐりの忍びたちさえも信用な

らざると見做しておられたはずだ。それで信康様が生きていることを配下たちにも悟られないように取り計らわれた。これが何と代々受け継がれてきて酒呑童子等奇っ怪な風聞を生んだのだ。主が終生被らなくてはならない面を鬼ではなく神である龍と定めたのは稲穂屋敷と主への敬意の表れであろうな」

と烏谷は感慨深く洩らした。

――どちらにしても、主とお嵯峨さんが真から心身共に寄り添うことができているのだから同じことだ――

と季蔵は思っている。

――それからおそらく、もう萩野様の霊はお嵯峨さんの夢枕には立たないはずだ。おそらくお勢に殺された萩野様はそれを伝え、身を守ってほしいと思われたのだろう。お勢といえば――

季蔵は死んでいたお勢の細すぎる華奢《きゃしゃ》な鼻筋が、上千屋白右衛門によく似ていることに気がついていた。

――稲穂屋敷の奉公人たちの先祖が忍びだったとすれば、奉公人となって安定した暮らしをする者たちへの、同胞であるがゆえの嫉《そね》みも加わって、代々陽《ひ》の目を見ない忍びたちの間でこの企てには長い歳月が費やされてきたのではないか？　だとすると子どもの頃神隠しに遭って戻ってきたお嵯峨はやはり忍びの子で、遺されて、ひたすら稲穂屋敷への恨みを吹き込まれ、辛《つら》い忍びの修業を積まされたのがお勢だったのかもしれない。いずれは血縁だと明かして、味方につけるはずだったのだろうお嵯峨さんに取り付く島がなかったのが何よりだった——

季蔵はこの話だけは墓まで持っていく気でいる。

一方、すっかり懲りた京助は幼馴染の卯太郎を見習って稼業にそこそこ精進しつつ、最近始めた草紙書きの方は道楽に止《とど》めている。それでもあの夜、稲穂屋敷で起きたことだけはどうしても書かずにはいられず、「酒呑童子、悪を斬る」と題して書き上げたところ、版元の目に留まり、あれよあれよという間に歌舞伎の舞台で演じられた。

五平にお嵯峨の件をどう話そうと迷っていた季蔵に、訪れた五平が、

「実は京助さんの書いたのを頼まれてわたしが手直ししたんですよ。妹思いの兄が無茶ばかりだけれど命がけでなかなか泣かせる話になってましたでしょう。当世酒呑童子は実はいい鬼で悪い鬼をやっつけるという仕舞いもなかなかでしたよ。でもね」

と言い、人差し指を口にあてた。万事了解してくれていた。

「酒呑童子、悪を斬る」のことは町中でばったり出会った烏谷も知っていた。、

「やれやれ、これで稲穂屋敷への風当たりも弱まるだろう。となれば大目付様のわし

への聞こえもますますめでたくなろうがうれしくない。大目付様から頂戴《ちょうだい》するお役目は難題すぎる」

烏谷は頭を抱えて、

「こういう時は美味いものを食うに限るな。この何日かのうちにそちのところへ行く。いいか、とっておきの美味いものを頼むぞ」

と言ってきた。

──お奉行のとっておきも難題だが──

季蔵は心の中で呟いて先を急ぐ様子の烏谷を見送りつつ、お嵯峨が風邪を引いた主につくりたいのだと相談してきたおろし大根汁を思い出していた。

──お嵯峨さん、今は心おきなくあれを作ってさしあげてください。この世にあれほど温かい料理があるはずがないのですから──

あの時、お嵯峨が拵えたものを季蔵は食したが、主に供することを考え直すよう諭した。そのおろし大根汁を拵えることにした。

茶碗に軽く一杯分下ろした大根を小鍋《こなべ》に入れ、茶碗二杯分の水と出汁《だし》、塩麹、醤油麹を加えて煮立たせた。水溶き片栗粉《かたくりこ》を作って鍋に入れてとろみをつける。ここに溶き卵一つを回し入れたら火から下ろして余熱で固め、小さな丼《どんぶり》に入れて、胡麻と小口葱を飾った。

瑠璃が描いた三枚の特に最後の一枚が季蔵の頭に浮かんでいる。その絵の顔はお嵯峨と主、瑠璃と季蔵が交互に入れ替わる。

この時季蔵は四人の強い絆《きずな》を感じた。

おろし大根汁を通じてわたしたちは結ばれている――

外ではことさら寒風が強く吹いている。だが季蔵の心は充分温かかった。

〈参考文献〉

『うかたま　甘酒と米麹』　２０２３年春（農山漁村文化協会）
『うかたま　発酵ごはんエブリデー』　２０２１年秋（農山漁村文化協会）
『江戸時代に描かれた鳥たち　輸入された鳥、身近な鳥』　細川博昭著（ＳＢクリエイティブ）
『リーゾ　本場リゾット名人が伝授するイタリアの米料理』　ピエロ・ベルティノッティ著（柴田書店）
『酒博士の本』　布川彌太郎著（地球社）
『バテレンの世紀』　渡辺京二著（新潮社）
『京の旧家の台所から』　澤村市子著（文化出版局）

本書は、時代小説文庫（ハルキ文庫）の書き下ろし小説です。

時代小説文庫

わ 1-60

信《のぶ》長《なが》餅《もち》 料《りょう》理《り》人《にん》季《とし》蔵《ぞう》捕《とり》物《もの》控《ひかえ》

著者 和《わ》田《だ》はつ子《こ》

2024年 1月18日第一刷発行

発行者 角川春樹

発行所 株式会社 角川春樹事務所

〒102-0074 東京都千代田区九段南2-1-30 イタリア文化会館

電話 03(3263)5247[編集] 03(3263)5881[営業]

印刷・製本 中央精版印刷株式会社

フォーマット・デザイン＆シンボルマーク 芦澤泰偉

ISBN978-4-7584-4614-3 C0193

http://www.kadokawaharuki.co.jp/[営業]
fanmail@kadokawaharuki.co.jp[編集] ご意見・ご感想をお寄せください。